Martin Elsbroek

# Fail better

Martin Elsbroek

# Fail better

## Die Suche nach der Anderswelt

Shaker Media

**Bibliografische Information der Deutschen Nationalbibliothek**
Die Deutsche Nationalbibliothek verzeichnet diese Publikation in der Deutschen Nationalbibliografie; detaillierte bibliografische Daten sind im Internet über http://dnb.d-nb.de abrufbar.

Umschlaggestaltung: Petra Nachtigall



Printed in Germany.

ISBN 978-3-95631-802-3

Shaker Media GmbH • Am Langen Graben 15 a • 52353 Düren
Telefon: 02421 / 99 0 11 - 40 • Telefax: 02421 / 99 0 11 - 49
Internet: www.shaker-media.de • E-Mail: info@shaker-media.de

„Wenn Gott mir geböte, Mist zu essen, so würde ich es thun und gewiss sein, dass es mir heilsam ist.“

*Martin Luther*

„Gott mutet uns nicht zu, das Unbegreifliche zu glauben.“

*Huldrych Zwingli*

Für Wiebke, Petra, Mila und Juli.

Der vorliegende Text ist ein Werk fiktionaler Literatur. Die geschilderten Ereignisse haben nie stattgefunden und die beschriebenen Personen gibt und gab es nicht, es sei denn, sie wären Ereignisse bzw. Personen der Zeitgeschichte.

# Buch 1

# Rotwein

## *Sâlon-de-Provence, 8. Mai 2016*

Sibylle stockt der Atem. Im Tiefflug rasen die schwarzen Alphajets aufeinander zu, der eine von links über die Pinienwipfel dahinjagend, der andere von rechts.
Erschrocken hält sie die Luft an und bedeckt mit der Rechten den Mund. Jan schließt die Augen und steckt die Zeigefinger in die Ohren. Im Moment des erwarteten Zusammenstoßes jedoch reißen die Piloten die Nasen ihrer versetzt fliegenden Maschinen hoch, deren Triebwerke plötzlich roten Rauch speien. Erleichtert atmet Sibylle aus, beschattet mit den Handflächen die Augen, um das Schauspiel weiter zu verfolgen. Jedes der Flugzeuge malt nun spiegelbildlich zum anderen den Ast einer Parabel in den blauen Himmel, steht einen Wimpernschlag lang senkrecht in der Luft, kippt dann hintüber und vollendet den Looping, bis die Flugbahnen beider Maschinen einander erneut kreuzen. Kaum schalten die Piloten in diesem Moment das Rauchgas ab, verschwinden die Flugzeuge auch schon in der Bläue des provençalischen Frühlingshimmels. Unversehens rast nun schräg von hinten ein dritter Jet heran und durchbohrt das zitternd am Himmel treibende Herz, dessen Konturen langsam zerfasern wie ein Tintenstrich auf nassem Papier, mit einem weißen Pfeil aus dem Abgas seines Triebwerks.
„Wow", stieß Sibylle, eine guterhaltene Mittfünfzigerin von durchschnittlicher Größe und sehr femininen Formen, ebenso erstaunt wie erleichtert aus, während sie ihre kastanienfarbene Lockenpracht ordnete, die das gar nicht nötig hatte. „Was machen die da? Ist hier irgendwo Flugtag?"
„Nein, nein", schüttelte Jan, der Anstifter dieser ersten

gemeinsamen Urlaubsreise, sein kahles Haupt, „die trainieren. Ideale Bedingungen heute.“
„Trainieren? Was und wozu?“
„Das ist die Patrouille de France, die Kunstflugtruppe der französischen Luftwaffe. Das sind die, die am 14. Juli über den Champs Élysées die Trikolore in den Himmel malen. Hast du sicher im Fernsehen schon gesehen.“
Sibylle nickte.
„Und über dem Meer und der flachen Camargue lassen sich derlei Mätzchen wunderbar üben.“
Der erste Alphajet näherte sich inzwischen im Sinkflug dem unscheinbaren Flugfeld am Stadtrand von Sâlon-de-Provence, an dessen Zaun das Paar mit seinem Auto stand, und setzte auf. Das donnernde Crescendo des Umkehrschubs hüllte sie ein.
„Woher kennst du den Flugplatz?“, schrie Sibylle.
„Von früher“, schrie Jan zurück, „ich war schon mal hier!“ Der Turbinenlärm verebbte, und in die Stille hinein fügte er leise schmunzelnd hinzu: „Das Herz habe ich übrigens extra für Dich bestellt...“
„Wie süß“ spottete sie, „mit fremden Federn schmückt sich der Herr, soso, … und dann ist es am Ende doch nur Schall und Rauch …“
„Nenn‘s, wie du willst“, rezitierte Jan, „nenn´s Glück! Herz! Liebe! Gott! Gefühl ist alles; Name ist Schall und Rauch, umnebelnd Himmelsglut.“
„Huch“, tat Sibylle überrascht, „was war das?“
„Das war Goethe.“
„Soso, Goethe. Scheinst ja in diesen Dingen sattelfest zu sein.“
„Na ja. Mit Mut zur Lücke, würde ich sagen. Außerdem habe ich lediglich das Zitat ergänzt, das du mir hinge-

worfen hast. Und mir den Hinweis auf das dahinterstehende Gefühl erlaubt."
„Oh, Männer haben Gefühle?"
„Und ob", versicherte Jan ungerührt, „Hunger und Durst zum Beispiel."
Sibylle lachte herzlich, umarmte ihn und küsste ihn auf den Mund, wozu sie sich allerdings auf die Zehenspitzen stellen musste. „Merci beaucoup für das Herz. Ich weiß es zu schätzen. - Aber sag, wieso kennst du dich hier so gut aus?"
Während Jan, ein untergewichtiger Schlaks mit fast kahlem Schädel und eisgrauem Walrossschnauzer, das Verdeck des Autos öffnete, nahm Sibylle bereits auf dem Beifahrersitz Platz. Bevor er den Motor startete, langte er nach Basecap und Sonnenbrille. Während das Cabrio zwischen verbuschten Brachen mit weidenden Ziegen, Gärten mit Aprikosenbäumen und Oliven, und staubigen Gewerbeflächen gemächlich dahinrollte, begann er zu erzählen, wie er vor vierzig Jahren als Zwanzigjähriger mit dem Motorrad zum ersten Mal in die Provence gekommen war, nachdem er im Fernsehen eine Sendung über die traditionelle Herstellung der Marseiller Seife – Savon de Marseille – gesehen hatte.
Er hatte mit eigenen Augen sehen wollen, wie hier nach jahrhundertealter Rezeptur und überlieferten Verfahren eine Seife hergestellt wurde, die ihm vorkam wie eine Synthese aus allem, was für ihn die Provence ausmachte: Öl aus den Olivenhainen der Alpillen, Salz aus den Salinen der Camargue und Kokosfett aus Outre-mer, den französischen Überseegebieten, das per Schiff in Marseille ankam; das Ganze mit einem Hauch von Lavendel parfümiert.

Als er damals den Hof der Savonnerie von Marius Fabre in der Nähe des Bahnhofs von Sâlon-de-Provence zum ersten Mal betrat, sei es ihm wie ein Déjà-vu vorgekommen; fühlte er sich an seinen ersten Parisbesuch erinnert, denn die Architektur des Grand Palais und der Galeries Lafayette schienen ihm aus derselben Epoche zu stammen wie diese Seifenfabrik mit ihren gusseisernen Pfeilern, Toren und Gittern sowie den verspielten Jugendstiltüren – und alles im selben freundlich-grünen Pastellton gehalten wie die Eingänge zu den Pariser Metro-Stationen.
Drinnen gab es neben der Boutique noch die alten Zuber, in denen die Seifenmasse gekocht wurde, bevor sie wie heiße Lava über verstellbare Rinnen träge in flache Steintröge lief und dort langsam erstarrte, bevor sie gestürzt, zu Blöcken geschnitten und gestempelt wurde. In einem angegliederten kleinen Museum gab es viel historisches Handwerkszeug aus hundert Jahren Seifenherstellung zu sehen. Dass derlei Traditionen die Zeiten zu überdauern und neue Bedeutung zu erlangen vermöchten, fasziniere ihn gerade heute um so mehr, denn ihm komme dies in Zeiten einer alles Reale entwertenden digitalen Virtualität vor wie die Renaissance eines analogen Weltwissens, das seiner Rückbindung an überprüfbare, sinnlich erfahrbare Fakten wegen von immer mehr Menschen geschätzt und honoriert werde.
Mittlerweile hatte das Auto den kleinen Ort Grans erreicht, folgte dem sanften Gefälle der Ortseinfahrt und rollte im Schatten dicker Platanen langsam um den Dorfkern. Die breiten Trottoirs waren unter der drückenden Hitze des späten Vormittags menschenleer, manche Fensterläden an den Häuserfronten mit dem bröckelnden

ockerfarbenen Putz hingen schief in ihren Angeln, die Türen von Papeterie, Postamt und Boulangerie standen weit offen, die wenigen Restaurants hatten geschlossen. Nur die Terrasse einer Brasserie jenseits eines schmalen Flüsschens – es hieß Touloubre, wie auf dem Blechschild an der Brücke zu lesen war – schien belebt.

Der Dorfbrunnen, dessen wasserspendende Säule ganz und gar mit einem dicken Moospolster überwuchert war, aus dem das Wasser in dicken Tropfen in die Brunnenschale platschte, verzauberte Sibylle so sehr, dass sie spontan verlangte, hier ein zweites Frühstück zu nehmen.

Jan war es recht; er suchte auf dem angrenzenden Parkplatz eine freie Bucht, schloss den Wagen ab und folgte ihr, die inzwischen unschlüssig vor ein paar Bistrotischchen stand. Sie einigten sich auf eines im Schatten tiefhängender Platanenäste und setzten sich. Sibylle wies Jan auf den Namen der Bar hin: „Guck mal!"

Er drehte sich in die Richtung und murmelte: „Brasserie Michel de Notredame."

„Michel de Notredame", wiederholte sie und sah ihn mit bedeutungsvoll erhobenen Augenbrauen an.

Als er nicht reagierte, wiederholte sie mit Nachdruck jede einzelne Silbe: „Nos-tra-da-mus!"

„Jaja, schon klar", entgegnete Jan. „Der ist hier allgegenwärtig. Hat lange in Sâlon-de-Provence gelebt, stammt aber aus St. Rémy."

Sibylle erinnerte sich, kürzlich eine Fernsehsendung über Nostradamus gesehen zu haben, von der sie nun zu erzählen begann. Nostradamus habe im 16. Jahrhundert eine gewisse Prominenz erlangt als Apotheker, der erfolgreich Pestkranke behandelte, ohne selbst Arzt zu sein.

Dass ausgerechnet seine eigene Frau dennoch an der Pest starb, habe ihn zeitlebens gekränkt. Seine zweite Ehe mit einer wohlhabenden Witwe habe es ihm ermöglicht, den Beruf aufzugeben und statt dessen zu schreiben. Jährlich habe er einen Almanach mit Prophezeiungen für das jeweils kommende Jahr herausgegeben. Zunächst in Prosa, später in gereimten Strophen, die gewürzt waren mit verrätselten astrologischen Bezügen. Bis zu seinem Tod mit Mitte sechzig habe er Hunderte solcher Strophen verfasst.

„Au weia", warf Jan ein, „Tod mit Mitte sechzig! Ich stehe am Rand des Abgrunds ..."

„Du vergisst, dass ich weder wohlhabend noch Witwe bin", versetzte Sibylle augenzwinkernd, „das wirkt wie ein Jungbrunnen!"

Jan lachte.

Dass Nostradamus angeblich Dinge vorhergesagt hatte, die erst Jahrhunderte später wirklich eintraten, hatte Sibylle tief beeindruckt.

„Und für den kommenden Winter hat er den Weltuntergang vorausgesagt", schloss sie.

Der Kellner erschien, wünschte Bonjour und hob fragend die Brauen. Sie bestellten Café crème und Croissants.

„Weltuntergang?" Jan lachte leise auf. „Wer behauptet denn so'n Quatsch?"

„Die Fernsehsendung von neulich. Die hieß 'Der Nostradamus-Effekt' oder so ähnlich. Und da wurden Textstellen präsentiert, die für kommenden November eine Katastrophe prophezeien, die unsere Erde auslöscht."

„Und das glaubst du." Das war keine Frage, sondern eine resignierte Feststellung.

„Sagen wir mal so: Ich würde es nicht ausschließen. Zwischen Himmel und Erde gibt es Dinge, die sich mit Vernunft und Logik nicht greifen lassen. Ich bin zutiefst überzeugt, dass es verborgene Energieströme und Kommunikationskanäle gibt, die sich nur spirituell und emotional erschließen."

„Weißt du", beugte Jan sich mit ironisch erhobenen Brauen leicht vor, „wie häufig das Ende der Welt schon vorhergesagt worden ist? Die Zeugen Jehovas sind in dieser Disziplin unschlagbar. Alle paar Jahre terminieren die den Weltuntergang neu. Und? Ist was passiert?" Er brach ab und machte eine wegwerfende Handbewegung. „Esoterischer Bullshit." Kopfschütteln.

„Nostradamus hat so vieles präzise vorhergesagt...", beharrte Sibylle auf ihrem Standpunkt.

„Sibylle! Ich bitte Dich! Wir säßen nicht hier, wenn…"

„...zum Beispiel Hitler und den Zweiten Weltkrieg! Und Nine-Eleven auch. Wenn all das eingetroffen ist, wieso sollte es dann diesmal nicht eintreffen?"

„Nine-Eleven ist vorhergesagt worden?" Jan schüttelte ungläubig den Kopf. „Du beliebst zu scherzen."

„Moment, Moment, ich hab's gleich." Sie zog ihr Smartphone und fingerte eine Weile darauf herum, währenddessen Jan ungeduldig mit seiner Brille spielte. „Hier, ich hab's. Hörst Du mir zu?"

„Na klar."

„'Vierzig Grad wird Himmel glühen, Feuer nah'n der großen neuen Stadt, / Groß im Augenblick die Flammen sprühen, / Von Normannen man die Probe hat.' So lautete der Text", ereiferte Sibylle sich, „und genauso ist es doch gekommen: Vierzig Grad ist der Breitengrad von New York - die neue Stadt! - , und Feuer und Flammen hat's da ja wohl reichlich gegeben vor fünfzehn Jahren.

Okay, der Dritte Weltkrieg ist ausgefallen, bislang jedenfalls."
„Reim dich oder ich fress dich", spottete Jan. „Das ist doch nichtssagendes Geschwurbel. Jeder findet darin genau das, was er sucht. Schwachsinn."
„Voilà, messieurs-dames!" Mit gekonntem Schwung setzte der Kellner die Tassen auf die Marmorplatte und ein Körbchen mit Croissants dazwischen. Zum Schluss klemmte er den Bon unter Jans Tasse. „Bon appetit!"
„Merci! - À propos", fuhr Jan fort, „'Neue Stadt', auf Griechisch: 'Nea Polis', passt viel besser zu Neapel. Liegt ebenfalls auf dem vierzigsten Breitengrad. Da machen dann auch die Normannen Sinn, denn die haben im Mezzogiorno ihre Spuren hinterlassen. Und auch der glühende Himmel: Der Vesuv. So banal ist das."
„Woher willst du wissen, dass deine Auffassung die richtige ist, du Klugscheißer?"
„Sie liegt einfach näher. Sie erklärt den Text viel zwangloser als die New-York-Story."
„Und was ist mit Hitler und dem Zweiten Weltkrieg?", wandte Sibylle ein. „Da lag Nostradamus aber richtig."
„Ich bin gespannt."
Wieder scrollte sie sich durch die Suchmaschinen, derweil Jan das Zuckertütchen aufriss, den Inhalt in seinen Café Crème schüttete und versonnen umrührte. Seine Aufmerksamkeit galt einem kleinen drahtigen Mann von etwa vierzig in verschlissener Kleidung, der am späten Vormittag bereits Bier trank und sich durch die offenstehende Tür laut mit dem Kellner unterhielt. Dem Typen fehlten die meisten Frontzähne, weshalb das, was er sagte, kaum zu verstehen war. Außerdem klebte ihm beständig eine Kippe im Mundwinkel.

„Hier", sagte Sibylle schließlich, „ich hab's. Hör zu: 'Viele werden sterben, bevor der Phönix stirbt. Er wird 670 auf Erden wohnen, während die Jahre 15, 21 und 39 vorüberziehen werden. Im ersten wird er erkranken und im zweiten wird er eine lebensgefährliche Streitmacht haben; 39 wird eine feurige Sintflut ausbrechen.'"
„Ja, und?" Jan hob amüsiert die Schultern und ließ sie unter leichtem Kopfschütteln wieder fallen.
„Wie – ja und! Ist doch klar: Hitler ist 56 Jahre alt geworden, das entspricht 672 Monaten auf Erden. 1915 ist er im ersten Weltkrieg schwer verwundet worden, 1921 hat er in München geputscht und 1939 den Zweiten Weltkrieg vom Zaun gebrochen." Triumphierend warf sie hinterher: „Noch Fragen?"
Jan schüttelte amüsiert den Kopf. „Ja! Zeig mal."
Sie gab ihm ihr Fon und er scrollte sich durch die Seite. „In diesem Text ist nicht von 1915, 1921 und 1939 die Rede sondern von 15, 21 und 39. Und es steht dort 670, nicht 672, und auch von Monaten ist nicht die Rede." Er gab ihr das Fon zurück.
„Na, und?", räumte sie ein, während sie einen Schluck Café nahm. „Herrje! Da kommt der superkorrekte Beamte durch. Einmal Ingenieur, immer Ingenieur! Als ob das eine Rolle spielte!"
„Ja, das tut es in der Tat", gab Jan zurück, „im Übrigen bin ich pensioniert. Aber du liest Dinge in den Text hinein, die der gar nicht hergibt. Aber okay - tun wir doch mal so, als sei tatsächlich das 20. Jahrhundert gemeint. Dann bleibt immer noch der sachliche Widerspruch, dass Hitler als Soldat im Ersten Weltkrieg nicht 1915, sondern erst 1916 verwundet worden ist. Und der Marsch auf die Feldherrnhalle hat im Jahr 1923 stattgefunden, und nicht

1921. Lediglich 1939 würde als Jahreszahl passen, aber was bedeutet schon eine Jahreszahl für sich genommen? Und wer ist mit 'Phoenix' gemeint? Was genau meint die wolkige Metapher 'feurige Sintflut'? Bedeutet sie zwingend Krieg? Genausogut, wenn nicht sogar besser, könnte damit ein Vulkanausbruch gemeint sein. Oder ein brennender Tanker auf See! Oder ein Waldbrand infolge des Klimawandels! Der Text bleibt derart im Ungefähren und ist so unpräzise, wolkig und metaphorisch, dass man mit ihm alles und deshalb nichts beweisen kann. Sorry, aber das ist esoterischer Unfug."

„Aber das Fernsehen wird doch nichts senden, was nicht Hand und Fuß hat!" Langsam ging Jans Besserwisserei Sibylle auf die Nerven. Überrascht sah er auf, als sie die Tasse klirrend absetzte, mit einer heftigen Bewegung nach ihrem Croissant griff und davon abbiss.

„Beglaubigt das Medium wirklich die Botschaft?", fragte er spitz. „Glaubst du wirklich, private Fernsehsender seien ein Hort der Seriosität? Germany's next Topmodel. Ich bin ein Star, holt mich hier raus. Big Brother. Muss ich noch mehr zitieren?"

„Wenn daf allef Quatf if", sprach Sibylle mit vollem Mund, „wieso ist Nostradamus 500 Jahre nach seinem Tod immer noch aktuell? Du hältst wohl alle, die daran glauben, für hirnrissig, oder?"

„Leute! Fresst mehr Scheiße! Milliarden Fliegen können sich nicht irren!" Jan lachte.

„Jetzt reicht's aber, ich bitte dich. Du wirst beleidigend!"

„Warum lesen Leute Horoskope? Oder, anders gefragt: Warum glauben sie daran? Ich sag's Dir: Weil sich in ein Horoskop jede gewünschte Deutung hineinlesen lässt. Ein Horoskop ist eine Fundgrube für alles, woran man

sowieso glaubt, wofür einem aber nur noch der Beleg fehlt. Die Prophezeiungen des Nostradamus funktionieren ganz genau so. Das macht sie für Nerds, Spinner und Verschwörungstheoretiker so attraktiv."
„Oh, merci vielmals", sagte Sibylle pikiert, „Was davon bin ich in deinen Augen?"
„Alles natürlich." Jan zwinkerte ihr zu. „Ach komm, nun sei nicht beleidigt. Ich meine doch nicht dich persönlich. Mich entsetzt nur die unglaubliche Leichtgläubigkeit vieler Menschen. Es gibt gestandene Leute, die sich im Alltag niemals ein X für ein U vormachen ließen; wenn sie aber in der Zeitung ihr Horoskop inhalieren, sind sie bereit, jeden Mist zu glauben. Dabei sind das nichts weiter als sich selbst erfüllende Prophezeiungen."
„Ich finde dich furchtbar engstirnig", warf Sibylle ihm wütend vor, „kannst du nicht mal fünfe gerade sein lassen?"
„Wenn engstirnig bedeutet, nüchtern zu denken, bedanke ich mich für das Kompliment." Jan schmunzelte.
„Aber du bist so streng darin. Und damit schließt du andere Erkenntniswege aus."
„Welche?"
„Immerhin gibt es übersinnliche Phänomene wie Vorahnungen, Telepathie und ähnliches. Und auch Sagen, Mythen und Märchen enthalten doch Wahres und Richtiges. Warum lehnst du derlei ab?"
„Weil sie der Interpretation bedürfen. Und die sind halt subjektiv."
„Und das findest du schlecht?"
„Überhaupt nicht, schlecht ist nur, wenn subjektive Deutungen als ultimative Wahrheiten verkauft werden. Die Weltuntergangsphantasien der Zeugen Jehovas sind das

beste Beispiel dafür."

„Ich will mir das aber trotzdem nicht nehmen lassen", stellte Sibylle klar. „Auch nicht von dir. Du weißt von meiner Leidenschaft für Sagen und Märchen. Denn auch sie enthalten ganz viel Weltwissen. Desgleichen bin ich überzeugt, dass es nicht gleichgültig ist, in welchem Sternzeichen jemand geboren ist. Du als Wassermann hast etwas anderes im Gepäck als der Skorpion, der ich bin."

„Dagegen ist ja auch nichts zu sagen. Aber der Weltuntergang zu Weihnachten dieses Jahres fällt aus, glaub's mir. Ich wette eine Flasche Veuve Cliquot dagegen." Jan hielt ihr die Hand hin. „Schlag ein."

„Ich will aber nicht wetten."

„Warum nicht?"

„*Du* riskierst ja nichts. Wenn ich recht behalte, sind wir sowieso tot. Wenn du aber recht behältst, muss *ich* den Champagner bezahlen."

„Schlaues Mädchen", lachte Jan. „Dafür lade ich dich jetzt zum Kaffee ein." Er griff nach dem Bon und verschwand im Innern der Bar.

Von Grans aus erreichten sie schnell die Route Nationale in Richtung Arles. Am nächsten Kreisel wählte Jan die Ausfahrt ‚Mouriès' in nordwestlicher Richtung. Die schmale Straße führte durch topfebenes, steiniges, steppenähnliches Gelände, das von den Franzosen ‚Crau' genannt wird, wie er Sibylle erklärte. Die Crau sei berühmt für ihr gehaltvolles Heu; arabische Scheichs kauften es schiffsladungsweise für ihre Rennkamele auf.

Im Hintergrund wurden die Konturen der Alpillen, der kleinen Alpen, sichtbar.

„Wohin fährst Du mich eigentlich?", fragte Sibylle.

## *Les Alpilles, 8. Mai 2016*

Das Gelände wurde wieder grüner, auch hügeliger, die Crau lag hinter ihnen. Sibylle und Jan erreichten bald Mouriès, ein Dorf, das vom Olivenanbau lebt. Um in den Ort zu gelangen, mussten sie einen Kreisverkehr durchfahren, in dessen Mitte ein Ölbaum wuchs, um den herum die Gerätschaften zur handwerklichen Ölherstellung drapiert waren, unter anderem eine alte Ölmühle, deren beiden Mahlsteine aufrecht stehend wie Räder auf einer Achse im Kreis geführt wurden und dabei das Mahlgut zu Brei zerquetschten.

Entlang der Hauptstraße reihten sich Bars, Restaurants und die üblichen kleinen Läden für Brot, Tabak, Zeitungen, Obst und Gemüse, rechter Hand die Mairie mit der Trikolore über dem Eingang, zur linken die Kirche. Um eine betriebsame Straßenkreuzung herum – hier gab es eine Bankfiliale – gab es unter Platanen eine Handvoll Cafés, die um diese Zeit aber nur mäßig besetzt waren. Vor dem ‚Café de l'avenir' fanden sie einen Parkplatz und stiegen für einen kleinen Bummel durch den Ort aus.

Als sie nach zwanzig Minuten zurückkehrten, sahen sie einen kleinen, schmalen, alten Mann auf der Terrasse des Cafés sitzen, vor sich eine aufgeschlagene Zeitung und eine Espressotasse, in der Rechten eine filterlose Zigarette. Er las konzentriert, gelegentlich inhalierte er tief.

„Sag mal, der kommt mir bekannt vor", sagte Sibylle leise, „wer ist denn das?"

„Wer denn?", fragte Jan, folgte mit den Augen Sibylles verstohlenem Fingerzeig und musterte den Mann ausgiebig. Das schneeweiße volle Haar über dem verwitterten

Gesicht kontrastierte auffällig mit der vollkommen schwarzen Kleidung: Hemd, Hose, Jackett, Schuhe. Auch Jan kam das Gesicht bekannt vor, wenn auch in einer deutlich jüngeren Variante.
„Ich hab's", sagte Sibylle plötzlich und schlug sich mit der flachen Hand vor die Stirn, „Aznavour, Charles Aznavour. Dass es den noch gibt! Kann das sein? Der muss doch uralt sein!"
„Du hast recht", sagte Jan, „das ist Aznavour! Der ist, soweit ich weiß, derselbe Jahrgang wie mein Vater, 1924. Der muss jetzt, ja, zweiundneunzig sein. Und qualmt immer noch."
Zurück im Auto googelte Sibylle ‚Aznavour', und tatsächlich: Laut Wikipedia hatte Aznavour seinen ständigen Wohnsitz in Mouriès, wenn er nicht gerade in Paris weilte.
Sie verließen Mouriès in nordwestlicher Richtung. Kurz vor Maussanne-les-Alpilles war die Straße plötzlich übersät mit grünbraunen Bröckchen, die von den Reifen klatschend ans Blech geschleudert wurden und dort kleben blieben.
„Kotflügel ist doch ein sinniger Ausdruck, oder?", fragte Jan und ging vom Gas.
„Wie bitte?", fragte Sibylle stirnrunzelnd.
Jan zeigte voraus auf einen wogenden Teppich aus tausenden wolliger Rücken und Köpfe, der die Straße bis in die Gräben hinein bedeckte und im Fußgängertempo vorankam. Als sie langsam heranrollten, waren auch die Hunde zu erkennen, die den Laden zusammenhielten.
„Ach so", schmunzelte sie, „Schafscheiße."
„So ist es", sagte Jan, „das dauert jetzt 'ne Weile."
Sibylle stieg aus und machte Selfies.

Eine Viertelstunde später bogen sie in ein unscheinbares Sträßchen nach Osten ein, auf dem außer ihnen niemand unterwegs war. Nach wenigen Kilometern verwies ein abblätterndes, mit Einschüssen verziertes Blechschild auf eine ‚Moulin d'huile'. Dem folgte Jan und bog bald in ein weitläufiges Grundstück ein, auf dem ein schmales, langgestrecktes Gebäude stand. Die Reifen knirschten im Kies, das Auto lief sanft aus, Jan zog den Schlüssel ab, sie stiegen aus.

Das zweistöckige Bauwerk, aufgeführt in gebrochenem Naturstein, zum Teil in Ocker grob verputzt, maß in der Länge etwa hundert Schritte. In regelmäßigen Abständen stützten nach oben verjüngt gemauerte Pfeiler das Gebäude wie ein externes Gerippe. Die roten Dachziegel waren nach altem Herkommen als Mönche und Nonnen gelegt.

Die östliche Hälfte des Gebäudes beherbergte offenbar die Betriebsanlagen der Mühle, denn die Wände in diesem Bereich waren fensterlos. In der Giebelseite befand sich lediglich ein doppelflügeliges Stahltor, von der die Farbe abblätterte und große Rostflecken freigab. Davor ein Förderband, das auch schon bessere Tage gesehen hatte.

Daran schlossen sich Verkaufs- und Lagerräume an, in deren Wände bodentiefe Laibungen mit gemauerten Portalbögen eingelassen waren. Das Grün der Türen darin nahm die Farbe einer Reihe von Feigenbäumen auf, die parallel zum Gebäude die südlich vorgelagerte Terrasse zum Parkplatz hin säumten. Sie waren breitkronig erzogen und erinnerten Jan in ihrem bizarren Wuchs an die Süntelbuchen seiner norddeutschen Heimat. Im westlichen Viertel des Gebäudes lagen offenbar die Wohnräu-

me der Betreiberfamilie.
Den Aufgang vom Parkplatz zur Terrasse flankierten zwei aufrecht stehende Mühlsteine von knapp Mannshöhe. Die Terrasse selbst war mit grobem Kies bedeckt und lebhaft gegliedert durch solitäre, sorgfältig beschnittene Büsche von Buchsbaum, Salbei, Rosmarin, Thymian, Ginster, Lorbeer und Oleander. Dazwischen standen vereinzelt runde Stahltische mit Steinmosaikplatten, an denen leicht patinierte Klappstühle mit Sitzflächen aus Olivenholzleisten lehnten. Eine alte Sackwaage fehlte ebensowenig wie ein angejahrter Sandsteintrog mit kariösem Rand unter einer rostnarbigen Schwengelpumpe.
Den südlichen Rand des Parkstreifens markierte eine Reihe Säulenzypressen, zwischen denen der Blick auf Plantagen mit halbstämmigen Ölbäumen fiel, soweit das Auge reichte. Alte mit knorrigen, rissigen Stämmen, Jungpflanzen, die einen kräftigen Erziehungsschnitt brauchten, und gestandene Bäume im besten Ertragsalter mit mustergültigen Kronen flirrten mit den silbrigen Unterseiten ihres Laubs, bewegt vom mäßigen Aufwind der Alpillen. Dazwischen Streifen aus wild aufwachsendem Mohn, durchsetzt mit Margeriten.
Bienengesumm. Ansonsten: Ruhe. Frieden. Jan hörte sein eigenes Blut rauschen.
Hinter dem Haus, im Norden, verlief die Kammlinie der Alpillen, der „kleinen Alpen“: Ungestüm, wild, regellos, abweisend, unwirtlich, nur in ihren Schrunden und Rinnen bewachsen. Bisweilen sahen sie aus wie das schadhafte Gebiss eines Greises, an anderer Stelle jedoch wie die erstarrte Masse eines zerlaufenen, zähen Teiges; manche Erhebung auch wie eine sanft schwellende, üppige Brust, gekrönt mit einem steilrandigen Muffin.

Sibylle erinnerte sich, dass die Alpillen als wiederkehrendes Motiv in van Goghs Spätwerk vorkamen. Und sie fand, er habe ihr Ungestüm gut getroffen.
Sie waren alleine. Kein Geräusch weit und breit, bis zum nächsten Gehöft waren es Kilometer. Auch im und am Haus regte sich zunächst nichts. Niemand kam, sie zu begrüßen. Sibylle schlenderte zu einer der grünen Türen, drückte erfolglos die Klinke und studierte einen Aushang.
„Wenn wir was wollen, müssen wir klingeln", sagte sie und setzte sich zu Jan auf die Bank.
„Ich will im Moment nichts", sagte der, „momentan bin ich wunschlos."
„Wunschlos was?"
„Nichts weiter. Wunschlos halt. Ohne Wünsche, ohne weitere Bedürfnisse, im Moment reicht mir, was um mich ist."
Sibylle nickte und musterte die Umgebung mit zusammengekniffenen Augen.
„Im Grunde ist es die Abwesenheit bestimmter Dinge, die mich so zufrieden stimmt", fügte Jan hinzu. „Und das Stillstehen der Zeit."
„Stillstehen der Zeit?" fragte Sibylle?
Eine Katze strich mit steil erhobenem Schwanz an der Hauswand entlang auf die beiden zu. Von weitem hörte man das Geschnatter von Gänsen.
„Die Abwesenheit von Lärm, Terminen und Verpflichtungen fühlt sich für mich an, als stünde die Zeit still", erklärte Jan. „Ich fühle mich vollkommen entschleunigt. Dasselbe Gefühl, das mir die Seifenfabrik verschafft hat, du erinnerst dich. Die Vergewisserung, dass es die analoge Welt noch gibt, dass Realwirtschaft noch eine Rolle

spielt, dass ihre Regeln noch in Kraft sind, dass ihr Zeitmaß noch gilt – all das spüre ich in Situationen wie diesen. Und finde es ungemein tröstlich und entspannend."
Die Katze umkreiste sie auf einem spiralförmigen Kurs und es war klar, dass sie nach zwei weiteren Umrundungen bei ihnen sein würde.
„Ja, ja, früher war alles besser ...", spottete Sibylle.
Jan fixierte sie mit gerunzelter Stirn über den Rand seiner Brille hinweg. „Ganz abgesehen davon, dass 'früher' eine absolut unscharfe Zeitangabe ist: Nein, früher war nicht alles besser, aber vieles anders. Und manches eben besser. Dass heute alles gut wäre, kann *ich* jedenfalls nicht behaupten."
„Du bist ein konservativer Knochen, der sich an Altes klammert."
„Findest du."
„Ja, finde ich."
„Besser old school als gar keine Erziehung."
„Ha, ha. Sehr witzig."
„Ach, weißt Du, natürlich bin ich ein alter Knochen, wie du sagst, warum sollte ich das leugnen? Aber wenn Alter ein Verbrechen wäre, machtest du dich desselben Delikts schuldig. Und: Alt ist nur ein anderes Wort für erfahrungsgesättigt. Du darfst mich auch gern für konservativ halten, allerdings bestehe ich darauf, für wertkonservativ zu gelten."
„Das heißt?"
„Du kennst doch sicher die Definition, dass Tradition nicht bedeutet, die Asche zu bewahren, sondern die Glut weiterzureichen."
„Nee, kannte ich nicht, hat aber was für sich."
„Siehst du. Und das heißt, dass ich Neues nicht schon

deshalb für besser halte, weil es neu ist. Umgekehrt heißt es, dass ich Bewährtes nicht deshalb über Bord schmeiße, weil es alt ist. Und schließlich heißt es, dass ich mir immer wieder bewusst mache, dass unsere basalen Lebensgrundlagen natürlicher Art sind und nicht digitaler. Der Irrtum der modernen Lebensweise besteht doch darin, dass der Mensch versucht, sich von der Natur zu emanzipieren, indem er sich der Technik ausliefert, ohne zu reflektieren, dass sich die Technik in ihren Funktionen auf Naturgesetze stützt. Er tauscht also lediglich eine Abhängigkeit gegen eine andere. Und in deren Namen zerstört er en passant die Natur, um am Ende die überraschende Feststellung zu machen, dass diese zurückschlägt. Dabei lernt er dann, dass Bits und Bytes nicht satt machen."

„Aber ohne die moderne Lebensweise, wie du dich ausdrückst, besäßen wir gar nicht die Mittel, im Mai zwei Wochen mit dem Cabrio durch Südfrankreich zu stromern und es uns gut gehen zu lassen. Mach mal halblang."

Die Katze hatte ihr Ziel erreicht und umschmeichelte Jans Waden. Als er nach ihr greifen wollte, wich sie aus und fauchte ihn an. Da ging sie doch lieber zu Sibylle, die ihr versonnen das Nackenfell kraulte.

„Aber zu welchem Preis? Die Menschheit bezahlt das mit Depression, Burnout und Herzinfarkt", fuhr Jan fort, „und es gäbe viel weniger zerbrochene Familien, gescheiterte Biographien und neurotische Kinder. Das solltest gerade du als Psychologin besser wissen als ich. Und wozu das Ganze? Immer engere Arbeitstakte, Zeitdruck, jederzeitige Erreichbarkeit, Auflösung der Grenzen zwischen Work und Life. Und nun sitzen wir hier auf einem Fleckchen Erde, das einem vollkommen anderen Rhythmus gehorcht. Von November bis Januar werden die Oliven geerntet, anschließend gemahlen und entölt, dann die Bäume beschnitten, im Sommer fährt man auf die Märkte und verkauft das Öl, gelegentlich mäht man zwischen den Bäumen das Gras. Den Rest der Zeit verwendet man auf Buchführung und Instandsetzung und Essen und Trinken. Dieses Zeitmaß gibt die Natur vor. Daran sind wir angepasst. Und deshalb tut es uns gut. Und deshalb tut es mir gut."

Sibylle seufzte und gab der Katze eine Klaps, worauf diese einen Satz zur Seite machte. „Entschuldige, lass uns nachher weiterreden, ich muss dringend telefonieren. Ich habe schon seit zwei Tagen nichts von Winfried gehört. Im Gegensatz zu dir bin ich überhaupt nicht entschleunigt, sondern angespannt und unruhig."

„Glaubst du, du findest hier ein Netz?"

Sie warf einen Blick auf ihr Smartphone und nickte. „Doch, ziemlich schwach zwar, aber ich hoffe, es reicht." Sie hielt sich das Ding ans Ohr und schlenderte durch den Kies davon.

Kurz darauf sah Jan, wie sie, das Fon am Ohr, auf und ab ging, sich an die Stirn griff, mit dem Fuß aufstampfte, mit dem linken Arm durch die Luft ruderte, ihn resigniert fallen ließ, den Kopf schüttelte und verzweifelt die Augen schloss. Und redete, redete, redete. Nur gut, dachte Jan, dass diese Zeit hinter mir liegt. Seine Kinder waren erwachsen und er selbst Großvater. Großvater zu sein war übrigens das Größte, das ihm bislang widerfahren war. Man wurde von den Knirpsen voraussetzungslos gemocht, konnte mit ihnen Zeit verbringen und sich an ihnen freuen, während man die Kleinkriege locker den Eltern überließ.

Nach einer gefühlten Ewigkeit steckte Sibylle das Fon in die Gesäßtasche ihrer Jeans und kam kopfschüttelnd zurück.
„Und?“, fragte Jan.
„Hach“, warf sie aufgebracht die Arme in die Luft, „der kommt wieder nicht aus dem Bett, geht nicht zur Schule, vernachlässigt den Hund und hockt nächtelang vorm PC.“
„Immerhin“, sagte Jan.
„Wie: 'immerhin'? Wie meinst'n das?“
„Immerhin ist er offen für Neues und klebt nicht am Alten.“
„Ha, ha.“
„Er macht genau das, was du an mir vermisst. Wo ist das Problem?“
„Das ist was anderes.“
„Klar“, lachte Jan, „das ist es immer.“
„Ach komm, spar dir das. Das kann ich gerade nicht brauchen“, maulte sie.
Jan schüttelte den Kopf. „Und? Hast du mich gefragt, ob ich das brauchen kann?“
„'tschuldigung, nein.“
Eine Weile saßen sie schweigend nebeneinander, die Katze, die sich mit Hingabe putzte, zwischen sich.
„Wollen wir mal klingeln?“, fragte Jan. „Ich möchte auf alle Fälle Öl mitnehmen. Und wenn du magst, wird man dir auch den Betrieb zeigen.“
Das Klingeln erwies sich als unnötig, denn zwischenzeitlich schlurfte eine gebeugte, weißhaarige Dame mit blauer Leinenschürze aus dem Wohnhaus, sperrte die Tür der Boutique auf und erwartete sie lächelnd hinter dem Tresen der Boutique.

Auch dieser Raum schien wie aus der Zeit gefallen. Auf einem altmodischen Tresen aus dunklem, harten, lebhaft gemaserten Olivenholz stand eine mechanische Kaufmannswaage, wie Jan sie aus seiner Kindheit kannte. Hinter der Frau nahm ein Regal aus demselben Holz mit unzähligen Fächern die Wand ein bis unter die Decke. Von Hüfthöhe an aufwärts waren sie offen und enthielten geschmackvoll bedruckte Blechbüchsen mit je einem halben, einem ganzen oder zweieinhalb Liter Füllmenge. Die Farbe der Büchse verriet die Varietät des Öls: ‚fruité vert' oder ‚fruité noir'. Außerdem gab es Savon de Marseille, fest und flüssig, sowie Eau de Toilette und Parfüm aus einer Lavendeldestille in St. Rémy sowie verschiedene Hautpflegeprodukte. Von Hüfthöhe an abwärts waren die Fächer mit Schubläden versehen, auf deren Front emaillierte Schilder geschraubt waren. Die Fünf-Liter-Kunststoffkanister standen hinter ihnen vor der rückwärtigen Wand auf dem Boden.
„Bonjour", wünschte die Dame mit jenem ausgeprägt südfranzösischen Zungenschlag, der „Bon" zu „Bong" und „Vin" zu „Väng" verschleift.
Sie erwiderten den Gruß. Da Sibylle kaum Französisch sprach, setzte Jan der Dame auseinander, dass sie das Öl gern kosten möchten. Sie nickte, verschwand kurz hinter einer Tür, kam mit einem Körbchen frisch geschnittenen Brotes und zwei Likörgläschen zurück. Aus einem Edelstahlkännchen füllte sie vorsichtig die Gläser und empfahl ihnen freundlich lächelnd, das Öl auf die Zunge zu nehmen, es im Mund zu verteilen und sich auf die Geschmacksempfindungen zu konzentrieren. Sie taten wie befohlen, ließen das Öl langsam in den Rachen gleiten, strichen mit der Zunge dann über sämtliche Schleimhäu-

te der Mundhöhle, zogen Luft ein, schmatzten und verschluckten das Öl am Ende. Die Dame reichte ihnen das Brot und schaute fragend.

„Zum Schluss hat das hinten im Rachen ganz schön gebissen“, fand Jan.

„Anfangs schmeichelt es sehr den Schleimhäuten, aber je weiter es an den hinteren Gaumen gelangt, desto herber, frischer, bissiger wird es. Aber nicht unangenehm. Ich mag das“, fasste Sibylle ihren Eindruck zusammen. Jan übersetzte, fügte aber hinzu, dass dies seinen Geschmack nicht treffe.

Die Dame nickte lebhaft und erklärte, dies sei die Varietät ‚fruité vert‘, also ‚grünfruchtig‘. Die werde aus reifen Früchten gewonnen, die noch am Tag der Ernte gemahlen und entölt würden. Pressen dürfe man nicht, denn nur, wenn das Öl vom Eigengewicht aus dem Mahlbrei tropfe, dürfe man es als ‚extra vierge‘ – ‚besonders jungfräulich‘ – verkaufen. Gepresste oder gar warm extrahierte Öle seien von minderer Qualität und höherem Säuregrad. Daraus mache man höchstens Seife. Jan übersetzte.

Nachdem das Brot die Geschmacksknospen ihrer Zungen neutralisiert hatte, nahm die Dame ein zweites Kännchen und füllte die Gläser erneut. Wieder nahmen sie das Öl zu sich und spürten ihren Geschmacksempfindungen nach.

„Langweilig“, sagte Sibylle. „Da beißt gar nichts. Im Gegenteil, am Ende spürt man nichts. Fade. Das ist nicht meins.“ Sie senkte den Daumen, was die Dame unmittelbat begriff. Jan fügte hinzu, dass ihm dieses Öl sehr gut munde, besonders die feine Note von leicht angeräuchertem Speck im Abgang gefalle ihm sehr.

Die Dame freute sich über das Lob, reichte erneut Brot

und erklärte, dies sei die Varietät ‚fruité noir', also ‚schwarzfruchtig' oder auch ‚à l'ancienne', was soviel bedeute wie ‚nach altem Herkommen'. Dabei würden die Früchte unter Luftabschluss einige Tage in einem warmen Raum gelagert, fermentiert und erst dann gemahlen und entölt. Der bissige, ‚grüne' Geschmack, der von manchen als unangenehm empfunden werde, werde durch dieses Verfahren vermieden. Während sie noch eine Scheibe Brot verzehrten, fragte Jan: „Und welches nehmen wir nun?"

„Ich glaube, ich möchte nur einen Liter von 'fruité vert'."

„Voilà", sagte Jan zu der Dame, „wir möchten zwei Fünf-Liter-Kanister 'à l'ancienne' und einen Liter 'fruité vert'. Kann ich mit Karte bezahlen?"

Die Dame bestätigte beides auf mediterrane Weise, indem sie nicht, wie Nordeuropäer, nur nickte, sondern den Kopf schräg legte und ihn dann von links oben nach rechts unten führte.

Das Geschäft wurde abgewickelt, nach kurzem Smalltalk verabschiedeten sie sich von der Dame und verstauten die Kanister im Kofferraum.

„Jetzt haben wir gar nicht nach einer Besichtigung gefragt", fiel Jan ein.

„Ist nicht schlimm", wehrte Sibylle ab, „lass uns noch einmal auf die Terrasse setzen und das Gespräch von vorhin zu Ende bringen. Ich mag es nicht einfach so stehen lassen."

Jan nickte und sie schlenderten zurück zu der Bank von vorhin. Die Katze war weg. Aber zu Füßen der Bank lag ein Mäuschen mit sauber zerbissenem Genick.

„Oh", sagte Jan, „sieh mal, ein Geschenk!"

„Tatsächlich", erwiderte Sibylle und stupste die Maus mit

der Fußspitze an. „Ist die wirklich tot?“
„Mausetot.“ Er schmunzelte kurz und fügte dann an: „Sit venia verbo.“
„Weißt du, Jan, du hast ja mit vielem recht“, sagte Sibylle. „Aber du vertrittst es mit einem Nachdruck, der keinen Widerspruch duldet. Und wenn du dich dann über mein Smartphone amüsierst, über Winfrieds PC-Konsum den Kopf schüttelst und dich über Leute lustig machst, die nach Navi fahren, dann weiß ich nicht, was das soll.“
Jan, den dieser Vorhalt sichtlich traf, ließ sich mit der Antwort Zeit. „Es tut mir leid“, erwiderte er nach einer Weile des Schweigens ein wenig kleinlaut, „wenn ich so absolut rüberkomme Das ist wirklich nicht meine Absicht, aber vielleicht nicht ganz zu vermeiden, wenn man mit Herzblut bei der Sache ist. Aber kannst du dich selbst davon freisprechen?“
Jetzt war die Überraschung ganz auf Sibylles Seite. „Ich versteh' nicht“, fragte sie irritiert, „was meinst du?“
„Sind *deine* gelegentlichen Elogen auf das Matriarchat“, fragte Jan, „nicht auch eine Form von 'Früher war alles besser'? Duldest *du* in dieser Frage Widerspruch? Und, by the way, findest du deine Haltung etwa nicht dogmatisch?“
„Dogmatisch? Ich bitte dich ...“
„Meine Argumente sind immerhin sachlich belegt, lassen sich also verifizieren: Haben wir 1986 etwa gegen die Volkszählung demonstriert, um dreißig Jahre später mit Datenschleudern in der Hosentasche herumzulaufen? Haben wir mehr Bildung gefordert, um unsere Kinder und Enkel mit digitalem Schwachsinn zu sedieren? Und was soll ich, bitte schön, von Menschen halten, die ihre Autos in Hafenbecken lenken, weil sie einer schlampig

programmierten Software mehr vertrauen als ihren fünf Sinnen?"
„Verstehe. Die Geschichte des Matriarchats ist also sachlich nicht belegt, also nicht verifizierbar, soso."
„Die Existenz eines Matriarchats *ist* historisch nirgends belegt, oder?"
„Aber prähistorisch."
„Wie das? Es ist doch gerade die Schriftlichkeit, die Historie von der Prähistorie abhebt. Historie ist alles, was durch schriftliche Zeugnisse belegt ist, prähistorische Menschen kannten keine Schrift. Um die Prähistorie kümmert sich die Archäologie, und die winkt beim Thema Matriarchat ab, soweit ich weiß."
„Und die Venus von Willendorf? Eine dreißigtausend Jahre alte Frauendarstellung, ein Fruchtbarkeitssymbol, eine Gottheit. Die hab ich dir doch gezeigt! Ist das etwa kein Beleg?"
„Was beweist die denn? Nur sich selbst und die Tatsache, dass steinzeitliche Menschen sich Bildnisse geschaffen haben. Dass sie Symbol sei für Fruchtbarkeit oder gar eine Fruchtbarkeitsgöttin, ist bereits Interpretation. Das funktioniert wie die Weissagungen des Nostradamus. Es werden Aussagen getroffen, die von den Fakten nicht gedeckt sind. Dann werden die Fakten solange interpretiert, bis sie zu den gemachten Aussagen passen, die sie damit scheinbar beweisen. Damit enthält der Beweis seine eigenen Voraussetzungen. Ein Zirkelschluss."
„Amen", sagte Sibylle, schob für einen kurzen Moment die Stirn in Falten und setzte dann hinzu: „Korinthenkacker!"
Jan verdrehte die Augen.
Sibylle nahm Jans Hand. „Weißt du was?"

„Du hast Hunger."
„Genau, woher weißt du?"
„Immer, wenn du Hunger hast, suchst du Streit."

## *Saint Rémy, 8. Mai 2016*

Die Straße lief beständig bergan, zuerst sanft, dann immer stärker. Sie rollten durch ausgedehnte Weinberge und Olivenhaine, linker Hand das Weingut ‚Mas de la Dame', auf das Jan Sibylle aufmerksam machte. Dort hatte er vor Jahren einen Rotwein verkostet, der ihm ein unglaublich harmonisches Geschmackserlebnis aus Alkohol, Frucht und Tanninen verschafft habe. Der habe sich in seinem Mund genau so weich angefühlt wie ein Seidenhemd auf der Haut. Aber zu teuer für sein Portemonnaie, viel zu teuer.

Wenige Kilometer hinter dem Weingut ragte schroff ein Nebenkamm der Alpillen auf, darauf die Festung Les Baux. Der Reiseführer notierte, seinen Namen habe dieser Ort von dem Vorkommen an Bauxit, dem Rohstoff für Aluminium, der in vergangenen Jahrhunderten hier abgebaut wurde. Heute lebt das schmucke Dörfchen Les Baux komfortabel von dem Geld, das Russen, Japaner, Amerikaner und Nordeuropäer in seine Restaurants und Souvenirläden tragen. Von dort oben gibt es einen grandiosen Fernblick bis tief in die Camargue hinein.

Die Straße unterquerte bald eine Bahnlinie; von da an wurde das Gelände so steil, dass es nur noch in engen Kehren aufwärts ging. Unversehens änderte sich die Vegetation. Die wohlgeordneten Spaliere der Rebstöcke und Ölbäume überließen Pinien und Aleppokiefern das Feld, denen es mit ihren flachen Wurzeln gelang, ihren Lebenswillen noch an den unmöglichsten Stellen zu behaupten. Die warme Mailuft roch nach deren frischem Harz.

Auf dem Alpillenkamm wurde die Straße von einigen Picknickplätzen gesäumt, die freien Blick auf die Stadt

Arles und die Camargue boten. Das offene Meer war am Horizont zu erahnen, wenn man mit den Augen dem Lauf der Rhône folgte.
„Wenn man das alles auf sich wirken lässt", sagte Sibylle nachdenklich, „dann begreift man, was van Gogh meinte, als er sagte, er sei des Lichtes wegen in die Provence gekommen."
„Absolut", pflichtete Jan ihr bei. „Ich finde das Licht in der Provence – wie soll ich sagen – ja: unerbittlich. Es ist hart und präzise, es bringt alles auf den Punkt, es beschönigt nichts. Nichts verschwimmt, nichts wird weichgezeichnet, nichts geschönt. Das Licht des Südens ist gleichsam das Licht der Erkenntnis."
„Wow", spottete Sibylle, „wie poetisch!"
„Danke für die Blumen", verbeugte Jan sich, „vielen Dank."
„Ehre wem Ehre gebührt, Herr Ingenieur", trieb sie den Spott weiter, „aber jetzt mal im Ernst: gibt es eine rationale Erklärung für dieses Phänomen?"
„Wie bitte?", versetzte Jan verschmitzt, „nach unserem Nostradamus-Disput hatte ich Sie für die Wissenschaft bereits verloren gegeben, gnä' Frau..."
„Blödmann!", sagte gnä' Frau nur.
„...umso mehr freut es ich mich, Sie dem Dunkel des Glaubens entreißen zu dürfen. Aber im Ernst: Ich bin Bauingenieur, kein Physiker, aber ich nehme an, das hat mit dem Lichtwellenspektrum zu tun. Je näher man dem Äquator kommt, desto steiler steht die Sonne, desto größer der Anteil an kurzwelliger Strahlung im Lichtspektrum, desto härter präpariert das Licht Farben und Konturen." Er hob leicht Schultern und Hände, um sie gleich wieder fallen zu lassen. „Das war die Kurzfassung des

Vermuteten, ins Unreine gesprochen."
Abwärts ging es wieder in Serpentinen, bald verwies ein Schild auf die Ruinen der alten Römerstadt Glanum, dann kamen ihnen bereits die Randbezirke von St. Rémy entgegen. Kurz hinter der Stadtgrenze gab es einen Hinweis auf das Kloster 'St. Paul de Mausole'.
„Moment mal", sagte Sibylle, „ist das nicht die Klapsmühle, in der van Gogh seine letzten Tage zugebracht hat?"
„He, Dottoressa, sagten Sie Klapsmühle?" Jetzt war der Spott an Jan. „Ist das ein hinreichend wertschätzender Ausdruck für eine Einrichtung, in der man sich in aufopferungsvoller Weise um die Inklusion verhaltensorigineller Mitgeschöpfe mit besonderer Begabung bemüht? Ich muss schon bitten; das von einer Psychologin!"
„Boah, Jan ...", stöhnte sie, „jetzt halt doch mal den Rand. Gefällt Irrenhaus dir besser?"
„Das war die Bezeichnung zu van Goghs Zeiten; heute wäre, glaube ich, einzig der Begriff 'Psychiatrie' politisch korrekt."
„Klugscheißer. Antworte mal auf meine Anfangsfrage!"
„Gestorben ist er hier nicht, wenn du das meinst. Aber soweit ich weiß, hat er hier ein Jahr verbracht. Nach der Episode mit dem abgeschnittenen Ohr. Und kurz darauf hat er sich dann in irgendeinem Nest in Nordfrankreich erschossen."
„In Auvers-sur-Oise."
„Stimmt, Auvers."
„Wollen wir das Kloster nachher mal besuchen? Das interessiert mich brennend."
„Klar. Aber erst mal befriedigen wir unsere basalen Bedürfnisse", sagte Jan und bemühte sich, harmlos zu gu-

cken.
„Basale Bedürfnisse?“, tat Sibylle genauso naiv. „Wovon redest du?“
„Ich? Vom Essen, wovon sonst?“, versetzte Jan, als er das Auto auf einen Parkplatz mit Platanendach lenkte. Während Sibylle zum Automaten ging, um ein Parkticket zu ziehen, schloss und verriegelte Jan das Faltdach. Gemach folgten sie sodann dem sanften Gefälle der Straße und stießen bald auf den Ringboulevard Victor Hugo, der den historischen Kern von St. Rémy umschließt. Ihn überquerten sie an der nächsten Fußgängerampel und wählten irgendein Gässchen, das sie weiter abwärts führte.
Links und rechts wurde es begrenzt von den ockerfarbenen Mauern der meist zweistöckigen Häuser, manche verputzt, andere in Naturstein, und reichte in der Breite eben für ein Auto, mehr nicht. Sein Belag aus anthrazitfarbenem Granit, mittig mit einer Gosse versehen und an den Rändern abgesetzt mit weißem Kalkstein, ließ keinen Zweifel daran, dass Autoverkehr hier zwar möglich, aber nicht erwünscht war. Bunte Holzläden schützten Türen und Fenster der Häuser gegen die Mittagshitze. Nur die Tore mancher Höfe gaben den Blick frei auf das Leben der Anwohner. Viele kleine Geschäfte – für Kleidung, Kunstgewerbe und regionale Produkte – wechselten sich ab mit Cafés und Restaurants. Ein solches war auch das „Cuisine des Anges“, das mit je einem weinroten Aushängeschild rechts und links seines Hoftors für sich warb; „Restaurant“ stand auf dem einen, „Chambres“ auf dem anderen.
Während Sibylle das Ambiente mit allen Sinnen aufsog, hörte sie Jan fragen, ob ihr dieses Lokal recht sei. Sie schaute in den Hof, in dem eine Handvoll Tische einge-

deckt waren, im Hintergrund sah sie den Eingang zur Bar und zu weiteren Gasträumen.
„Jaaa", zögerte sie, „meinethalben, aber nur, wenn es auch einen vegetarischen Hauptgang gibt. Und wenn's nicht so arg teuer ist."
Jan vertiefte sich in die aushängende Karte.
„Es gibt Maultaschen mit Frischkäsefüllung und Steinpilzsoße. Kein Fleisch, kein Fisch. Das Menü kostet 32 Euro, Vorspeise, Hauptgang und ein Dessert. Getränke zuzüglich."
„Find ich okay", entgegnete Sibylle, „und du?"
Jan hob die Schultern, ließ sie fallen und nickte zustimmend.
Sie wählten einen Tisch an der Mauer, bekamen vom Kellner sofort Wasser, Brot und die Karten gebracht, in die sie sich vertieften.
„Wie heißt das vegetarische Gericht?", flüsterte sie.
„Ravioles du Dauphiné", flüsterte Jan zurück.
„Ah, ich hab's, danke. Gibt's bei den Vorspeisen auch was Vegetarisches?"
Jan blätterte. „Ja, grünen Salat. Bisschen profan, oder? Ach hier: Rote-Bete-Carpaccio mit Ziegenkäse und Schnittlauch. Wäre das was?"
„Hört sich gut an. Das nehme ich."
„Und als Dessert?"
„Pannacotta lese ich da, aber mit Püree, was ist das für ein Püree?"
„Mangopüree."
„Oh, das hatte ich ja noch nie. Das nehme ich."
„Was trinken wir?", fragte Jan. „Möchtest du Wein? Oder einen Aperitif?"
„Also Wein auf keinen Fall. Bei dieser Wärme macht der

mich lull und lall. Aber Aperitif? Warum nicht? Was nimmst du?“

„Ich nehme einen Absinth, ansonsten bleibe ich beim Wasser.“

„Absinth? Ich denk, der ist verboten?“

„Nicht mehr“, lächelte Jan.

„Nicht, dass du mir so endest wie van Gogh!“

„Wie soll das gehen, ich bin doch fast schon doppelt so alt wie Vincent bei seinem Tod. Aber im Ernst: Ich trinke Pastis.“

„Pastis ist nicht so meins, gibt's auch Prosecco?“

„Sicher, allerdings heißt der hier 'Crémant'. Lieblich oder trocken?“

„Trocken natürlich.“

Schon näherte sich der Kellner mit gezücktem Stift und schaute seine Gäste erwartungsvoll an. „Madame?“

Mit dem Zeigefinger zeigte Sibylle auf der Karte das jeweils Gewünschte, worauf der Ober zustimmend nickte und sich dann Jan zuwandte. Der bestellte für sich eine Terrine de Campagne als Vorspeise, eine Dorade mit Safransauce als Hauptgang und einen Café gourmand zum Schluss. Der Ober griff nach der Weinkarte, klappte sie auf und hielt sie Jan vors Gesicht. „Monsieur, du vin? Avez-vous choisi?“

Jan machte dem Mann klar, dass sie keinen Wein wünschten.

„Un apéritif peut-être?“

„Oui, einen Crémant sec für Madame und einen Pastis mit Eis für mich.“

Der Ober nickte und verschwand.

„Hast du auf den Namen der Straße geachtet?“, fragte Sibylle.

„Äh, jaaa", erwiderte Jan gedehnt, „Straße des 8. Mai 1945, wieso fragst du?"
„Na ja, heute ist auch der 8. Mai. Allerdings 2016."
„Stimmt", bestätigte Jan leicht irritiert und scannte sein Gedächtnis, „ach so, verstehe, wir kennen uns jetzt genau ein halbes Jahr. Schade, dass wir noch nichts zu trinken haben. Vielleicht hätte ich besser auch einen Crémant bestellt." Er winkte dem Kellner und änderte die Bestellung.
Dann wandte er sich wieder Sibylle zu.
„Und", fügte sie hinzu, „der 8. Mai war auch der Ankunftstag von Vincent van Gogh im Irrenhaus von St. Rémy."
„Ach! Aber nicht 1945 ..."
„Natürlich nicht, du Clown. 1889 war das."
„Erzähl mal! Was weißt du darüber?"
Sibylle begann damit, dass hinsichtlich van Goghs Erkrankung so viele Diagnosen auf dem Markt seien, dass sie, neugierig geworden, sich näher damit befasst habe. Epilepsie werde am häufigsten genannt, sodann Hysterie, Schizophrenie, bipolare Störung und Syphilis. Dass er tatsächlich an Syphilis litt, scheine heute gesichert, denn van Gogh war ein eifriger Bordellbesucher. In Frage komme aber auch sein schlechter Ernährungszustand in Verbindung mit hohem Alkoholkonsum, insbesondere dem von Absinth. Über den Wermut gelangte nämlich das Nervengift Thujon in das Getränk, welchem genau jene Symptome zugeschrieben werden, die van Gogh zeigte. Vermutlich war auch der zugesetzte Alkohol von schlechter Qualität, beim Brand war das Ethanol wohl nicht sauber genug von den giftigen Begleitalkoholen getrennt worden. Außerdem lag der Pro-Kopf-Konsum an reinem

Alkohol zu van Goghs Zeiten mehr als doppelt so hoch wie heute. Es sei also zumindest denkbar, dass van Goghs Probleme einfach nur die eines Alkoholikers waren.

„Madame, Monsieur“, der Ober servierte die Crémants, „à votre santé!“

„Tja, meine Liebe“, sagte Jan, „dann wollen wir Vincent mal nicht nachstehen: Auf das vergangene halbe Jahr, auf uns und auf das, was noch kommt.“

„Auf uns!“, erwiderte Sibylle und stieß mit ihm an.

Sie tranken, und als Jan das Glas absetzte, fragte er, ein spöttisches Zucken um die Mundwinkel: „Das bedeutet, dass wir unser Einjähriges vor dem Weltuntergang feiern.“

„Weltuntergang? Wieso … ach, jetzt begreif ich. Ja, genau. Wenn er denn kommt.“

Sie hielt ihm schmunzelnd ihr Glas hin und so stießen sie ein zweites Mal an.

„Und die Geschichte mit van Goghs Ohr?“, kehrte Jan zum Thema zurück. „Ich weiß nur, dass er sich im Suff selbst das Ohr abgeschnitten hat.“

Nicht einmal das sei sicher, fuhr Sibylle fort, sicher sei nur, dass er am frühen Morgen des Heiligen Abends 1888 bewusstlos vom starken Blutverlust in seinem Zimmer im sogenannten ‚Gelben Haus‘ in Arles gefunden worden sei und ins Spital geschafft wurde. Dort behielt man ihn eine Weile, entließ ihn dann aber wieder nach Hause. Weil er aber unter seinen Nachbarn als ‚fou roux‘, als verrückter Rothaariger, galt, der ihnen Angst machte, reichten sie bei der Obrigkeit der Stadt Arles eine Petition ein mit der Bitte, den Mann wegzusperren. So blieb er im Spital bis zu seinem Umzug nach St. Rémy im Mai 1889.

Bis zum Heiligen Abend 1888 hatte Vincent für drei Monate mit Paul Gauguin, den er ein Jahr zuvor in Paris kennengelernt hatte, im Gelben Haus zusammengelebt. Ihn hatte er nach Arles eingeladen mit der Absicht, gemeinsam zu leben und zu arbeiten. Beide Männer waren jedoch allen Gemeinsamkeiten zum Trotz zu verschieden im Charakter, als dass dieser Plan hätte aufgehen können. Sie teilten die Liebe zum Absinth, den sie in rauhen Mengen tranken, wie auch die zu jungen Huren. Regelmäßig kam es zwischen beiden zu heftigem Streit, der am Heiligen Abend 1888 mit dem abgetrennten Ohr seinen Höhepunkt fand. Ohne dass Vincent sich an das, was vorgefallen war, erinnern konnte.

Eine Version der Ereignisse besagt, dass Vincent in einem Moment der Raserei Gauguin mit dem Rasiermesser verfolgte, um ihn an seiner endgültigen Abreise nach Paris zu hindern. Als Gauguin sich nicht umstimmen ließ, habe Vincent das Messer gegen sich selbst gerichtet und sich in einem wahnsinnigen Akt der Selbstbestrafung das linke Ohr abgetrennt.

Der Kellner brachte die Vorspeisen, das Rote-Bete-Carpaccio mit Ziegenkäse für Madame, und die Terrine de Campagne für Monsieur, und wünschte „Bon Appetit!"

„Oh", sagte Sibylle, „interessant! Die Küche hat offensichtlich Sinn für Ästhetik!" Sie zückte ihr Smartphone und fotografierte die Vorspeise. „Das schick ich jetzt Winfried."

„Vielleicht solltest du das Foto besser deinem Hund schicken", murmelte Jan, „die Roten Bete kommen mir grad so vor wie abgeschnittene Ohren."

Sibylle fiel klirrend das Besteck aus der Hand. „Jan! Ich bitte dich!" Dann schüttelte sie den Kopf, begann leise zu lachen und rügte ihn: „Du bist unmöglich, weißt du das? Im Übrigen hat mein Hund kein Smartphone."

„Wenigstens ein Vernünftiger in der Familie ..."

„Jetzt hör aber mal auf!"

„Okay. Guten Appetit!"

„Danke, dir auch."

Eine Weile widmeten sie sich schweigend der Mahlzeit. Das Frühstück war doch schon eine Weile her und das Croissant in Grans war auch nur etwas für den hohlen Zahn gewesen.

„Aber", nahm Jan das Thema van Gogh wieder auf, „wenn schon Selbstbestrafung, wieso dann ausgerechnet das Ohr? Und dann auch noch abschneiden?"

Für das Abschneiden des Ohrs als Strafmaßnahme, erklärte Sibylle, gebe es ein literarisches Vorbild in der Bibel. Im Markus-Evangelium des Neuen Testaments werde beschrieben, wie Judas' Verrat an Jesus dadurch gerächt wurde, dass einem Schergen zur Strafe das Ohr abgeschlagen wurde. Van Gogh war der Sohn eines glaubensstrengen Pfarrers der Niederländisch-Reformierten Kirche, weshalb man davon ausgehen müsse, dass er diese Bibelstelle kannte. Interessanterweise verlor Vincent zwar das *linke* Ohr, dennoch malte er die beiden folgenden Selbstbildnisse vom Januar 1889 jeweils mit verbundenem *rechten* Ohr. Zur Erklärung werde gelegentlich angeführt, dass er vorm Spiegel sitzend malte und die Selbstbildnisse folglich spiegelbildlich ausführte. Dies halte sie, Sibylle, aber für eine etwas dünne Erklärung. Wenn man berücksichtige, dass das Lukas-Evangelium im selben Kontext ausdrücklich vom rechten Ohr spreche, scheine es ihr naheliegender, dass Vincent sich in seinen Selbstbildnissen als Verräter mit abgeschnittenem

rechten Ohr markieren wollte.
„Aber Verräter woran?“ fragte Jan dazwischen.
Sibylle hielt inne und dachte nach. „Vielleicht an der Idee des gemeinsamen Künstlerlebens“, sagte sie dann. „Vielleicht war er sich ja der Tatsache bewusst, dass er für Gauguin eine Zumutung war.“
Für die Selbstverstümmelung spreche schließlich auch, dass Vincent am Abend des 23. Dezember 1888 persönlich im Bordell auftauchte und seiner Lieblingshure das Ohr in die Hand drückte mit der Bemerkung, sie möge es gut verwahren.
Jan legte das Besteck zurück, während Sibylle wegen des Redens mit dem Essen nicht hinterher kam. Er nahm einen Schluck Crémant. „Du sagtest anfangs, es sei nicht klar, ob Vincent selbst es war, der sich so zugerichtet hat. Wenn er es nicht war, kommt ja wohl nur noch einer als Täter in Frage, oder?“
Sibylle spießte ein Stück Rote Bete auf, strich ein wenig Ziegenkäse darauf und schob es in den Mund. Dann nickte sie, und als ihr Mund wieder leer war, sagte sie, seit Anfang der Nullerjahre werde die These diskutiert, dass Gauguin sich gegen den tobenden van Gogh zur Wehr gesetzt habe, selbst in Rage geriet und ihm mit dem Degen das Ohr abschlug. Dafür spreche einiges, nicht zuletzt die Tatsache, dass Vincents linkes Ohr viel zwangloser zur Rechtshändigkeit von Gauguin passt als zur eigenen Linkshändigkeit.
„Mit dem Degen?“, entfuhr es Jan.
„Ja, Gauguin war passionierter Fechter und besaß nachweislich Degen, Handschuhe und Gesichtsmaske zum Fechten. Aber, wie auch immer – es ist und bleibt unklar“, schloss Sibylle ihren Bericht. „Man kann sich mit

guten Gründen beiden Thesen anschließen; keine von beiden wird man je beweisen können. Mein Favorit ist und bleibt aber die Hypothese der Selbstverstümmelung." Sie legte das Besteck beiseite, schob den Teller von sich und ließ sich gegen die Stuhllehne fallen. „Boah, war das gut. Deins auch?"

„Ja, sehr lecker. Die mitgegarten Rosmarinzweige geben dem Ganzen ein unglaubliches Aroma. Super. Möchtest du mal kosten?"

„Gerne."

„Obwohl Fleisch drin ist?"

„Je ne suis pas pingelig."

„Oh, Madame, vous parlez français! Quelle surprise!" Jan schnitt von der pastetenartigen Scheibe ein mundgerechtes Stück ab, spießte es auf und reichte Sibylle die Gabel. Sie verkostete das Stückchen so gründlich wie am Morgen das Olivenöl und lobte es dann mit einem anerkennenden Gesichtsausdruck. „Sehr gut, in der Tat!"

„Ehrlich gesagt", spann Jan den Gesprächsfaden weiter, „würde ich nach allem, was du mir erzählt hast, auf Gauguin als Täter tippen. Erstens war er Rechtshänder und Vincent Linkshänder. Hätte also Vincent der zitierten Bibelstelle genügen wollen, hätte er sich mit links bequem das rechte Ohr abschneiden können. Zweitens war Gauguin für seinen Egoismus und seine handfeste Art bekannt. Wenn beide wie üblich betrunken waren, kann ich mir gut vorstellen, dass Gauguin sich von Vincent genervt fühlte und ausrastete. Drittens der ominöse Degen. Wenn der in der Wut zur Hand war, dann gnade Gott."

„Ja", hob Sibylle die Schultern und öffnete leicht die Hände, „möglich. Aber unbewiesen."

„Und schließlich, bevor ich's vergesse: Ockhams Messer."

„Ockhams was?“
„William von Ockham, Philosoph und Theologe, spätes Mittelalter, hat ein sogenanntes Sparsamkeitsprinzip formuliert, demzufolge von allen Erklärungen für ein beobachtetes Phänomen die jeweils einfachste und nächstliegende vorzuziehen sei. Also die mit der geringsten Zahl an Variablen und Randbedingungen.“
„Korinthenkacker. Und das bedeutet?“
„Das bedeutet für unser Problem, dass Gauguins Täterschaft plausibler ist als die van Goghs.“
Wieder hob Sibylle die Achseln. „Ich sagte ja, dass beide Interpretationen etwas für sich haben. Aber ich halte es eben mit der mystischen von beiden.“
„Und ich mit der pragmatischen“, entgegnete Jan amüsiert, „wir können ja morgen in Arles mal nachsehen, wie nah die drei Orte Bahnhof, Gelbes Haus und 'Maison de Tolérance' beieinander liegen.“
„Das können wir gern tun, aber wozu? Falls du vorhast, mich von meiner Auffassung abzubringen, so wird das vergebliche Liebesmüh sein. Und wieso eigentlich morgen?“
„Na ja, wenn wir gleich noch ins Kloster St. Paul de Mausole wollen, ist der Tag rum. Dann sollten wir uns um ein Zimmer kümmern. Oder was denkst du?“
„Stimmt, du hast recht. Wir sollten mal verschnaufen. Und uns um unsere basalen Bedürfnisse kümmern.“ Sibylle zwinkerte Jan zu.
„Ich weiß nicht, wovon du redest.“
„Vom Schlafen, wovon sonst?“
„Ach so. Ich dachte schon sonstwas.“
Der Ober räumte ab und kehrte bald darauf mit dem Hauptgang zurück; Ravioles du Dauphiné für Madame

und Safran-Dorade für Monsieur.
„Hm, das riecht gut“, schnupperte Sibylle, „und gut aussehen tut's auch noch. Lass dir's schmecken.“
„Danke, du Dir auch. Möchtest du noch Wasser?“ Jan schenkte ihr nach. „Und dann ist Vincent am 8. Mai 1888 aus dem Spital von Arles hierher nach St. Rémy gekommen.“
„Genau.“
„Und wenn du die verschiedenen Diagnosen einmal Revue passieren lässt; welche von denen hältst du für wahrscheinlich?“, fragte er.
„Meines Erachtens reichen eigentlich schon der Suff, die Syphilis und der schlechte Ernährungszustand aus. Lässt man das aber außen vor, dann würde ich am ehesten eine bipolare Störung annehmen, die von den anderen Faktoren natürlich verstärkt wurde.“
„Manisch-depressiv also.“
„Ja.“
Jan löste mit dem Fischmesser das Filet der Dorade zunächst am Rücken, dann hinter den Kiemen. Sodann entfernte er die Gräten des Bauchlappens und schob sie an den Tellerrand. Schließlich hob er das gesamte obere Filet von der Mittelgräte ab, legte es auf den Teller und beträufelte es mit Zitronensaft, bevor er von dem Gemüse nahm.
„Wenn man dir so zusieht“, schmunzelte Sibylle, „dann weiß man auf der Stelle, wie du funktionierst.“
Jan sah erstaunt auf. „Ach ja? Wie denn?“
„Wie ein Chirurg. Rational, analytisch, funktional.“
„Du hast 'zielführend' vergessen. Darauf kommt's nämlich an. Und die Ästhetik, die darin enthalten ist, scheinst du auch nicht wahrzunehmen. Picasso hat mal eine sol-

che Mittelgräte mit Kopf und Schwanz in eine Platte frischen Tons gedrückt – fertig war das Kunstwerk."
„Doch, die Ästhetik sehe ich auch." Sibylle schmunzelte immer noch. „Nur gut, dass ich Maultaschen genommen habe. Die brauche ich nicht zu zerlegen."
„Da siehst du mal, zu welch feinmotorischer Verarmung der Vegetarismus führt. Guten Hunger!"
„Danke, gleichfalls."
Sie aßen schweigend unter dem aufmerksamen Blick einer getigerten Katze, die sich, vom Geruch der Dorade angelockt, neben Jans Tischbein gesetzt und dabei mit dem Schwanz selbst umzingelt hatte. Nur die Schwanzspitze reckte sich gelegentlich.
Sibylle schmolz dahin und war drauf und dran, dem Tier einen Happen vom Grätenteller hinzuwerfen. Aber Jan, der das wohl ahnte, hinderte sie daran mit empörtem Kopfschütteln und warnenden Blicken.
Hin und wieder griff einer nach dem Brot, mit dem ein Bissen auf die Gabel geschoben und Sauce aufgetunkt wurde, bevor es selbst im Mund verschwand. Dann und wann schenkte Jan Wasser nach oder der Ober erkundigte sich nach weiteren Wünschen. Sowohl Jan als auch Sibylle dachten über Vincent und sein Ohr nach und über die Frage, ob der Knabe richtig durchgeknallt war oder einfach nur schräg.
„Wo wollen wir denn heute nächtigen?", fragte Sibylle unvermittelt. „Hier oder in Arles oder irgendwo dazwischen?"
„Gute Frage. In den Städten ist das Angebot größer, in den Dörfern die Ruhe. Mein Vorschlag wäre, nach dem Besuch des Klosters in Richtung Arles zu fahren und unterwegs zu gucken. Fontvieille finde ich ganz nett. Außer-

dem war ich dort einmal in einem exquisiten Restaurant. Wenn wir da nichts finden, fahren wir halt bis Arles."
Sie tupfte mir mit der Serviette den Mund ab. „Einverstanden. Und morgen dann nach Les-Saintes-Maries, ans Meer?"
„Ja, dachte ich."
„Okay."
Mittlerweile war auch Jan mit seinem Fisch fertig und der Ober räumte ab. Ein zweiter brachte den Nachtisch, Pannacotta mit Mangopüree für Madame, Café gourmand für Monsieur.
Sibylle schaute verwundert auf die rechteckige, leicht gewellte Porzellanplatte, die der Kellner Jan servierte. Deren eingelassene Vertiefungen enthielten vier zylindrische Gläschen mit je einer Miniportion Mousse au chocolat, Crème caramel, Pannacotta und Obstsalat nebst einem Tässchen Espresso. „Ich denke, du hast Café gourmand bestellt, einen Feinschmeckerkaffee!"
„Den Café habe ich ja auch bekommen", versetzte Jan und zeigte auf das Tässchen. „Aber 'gourmand' ist eben nicht der Feinschmecker; das ist der 'gourmet'. Gourmand ist der Vielfraß."
„Ah, und deshalb kriegst du von allem etwas."
„So sieht's aus."
„Das hätte ich wissen müssen", schmollte sie.
„Wieso? Wärst du lieber Vielfraß statt Feinschmecker? Das wiederum hätte ich wissen müssen."
„Was heißt hier ‚wäre', ich bin es! Aber das weißt du doch. Du hast heut morgen selbst gesagt, dass ich unleidlich werde, wenn ich nicht genug zu essen kriege."
„Stimmt. Hab ich gesagt. Und außerdem steht es dir gut."

„Blödmann."
„Schon wieder Krawall. Immer noch Hunger?"
Sie zog die Luft ein, hielt sie an und verschoss mit verengten Augen tödliche Blitze.
„Un digestif, messieurs-dames? Une liqueur pour Madame, un marc pour Monsieur?" fragte der Ober.
„Ob wir einen Verdauungsschnaps wollen, einen Likör oder einen Marc de Provence zum Beispiel", übersetzte Jan schmunzelnd.
„Was ist ein Marc de Provence?"
„Dasselbe wie ein Grappa."
„Ach so. Ich nicht, danke."
„Non, merci", beschied er dem Ober.
Als der Kaffee getrunken und der Nachtisch gegessen war, zahlten sie und gingen unter den enttäuschten Blicken der Katze. Es ging auf halb drei zu.
„Und wie kommen wir nun zu Vincents Klapsmühle?", fragte Sibylle.

## St. Paul de Mausole, 8. Mai 2016

Jan verschwand in einer Papeterie und kam kurz darauf mit einem Flyer wedelnd wieder heraus. „Ein grober Touri-Stadtplan, gab's umsonst, aber für unsere Zwecke reicht er.“ Er setzte seine Lesebrille auf und orientierte sich. Derweil schob Sibylle die Sonnenbrille in ihr Haar.

„Bist du einverstanden, dass ich den Pfadfinder mache?“, fragte Jan.

„Das bin ich doch gewohnt“, konnte sie sich nicht verkneifen.

„Genau deshalb frage ich ja“, versetzte er.

„Ist schon okay“, sagte sie und nahm seine Hand.

„Es gibt einen Van-Gogh-Trail vom Zentrum hoch ins Kloster“, murmelte Jan, auf das Blatt starrend, „der ist markiert durch handtellergroße Messingknöpfe im Straßenpflaster.“

Er zog Sibylle bis zur nächsten Kreuzung, wo sie nach rechts in die Rue de la Commune einbogen. Unversehens standen sie vor einer metallenen Schautafel mit einem der letzten Selbstbildnisse van Goghs.

Es zeigte einen ernst, konzentriert und entschlossen wirkenden Mann im linken Halbprofil, der knapp am Beobachter vorbeischaut. Der Bart und das in der Stirn bereits gelichtete, zurückgekämmte Haupthaar leuchten fuchsfarben, der Bart mehr als das Haar, welches im Schläfenbereich bereits grau durchsetzt scheint. Auffällig der vorspringende Rand des Stirnbeins über den Augen, das durch die starken fuchsfarbenen Brauen noch verstärkt scheint. Die Wangen hohl, die gerade Nase relativ lang, die vollen Lippen – soweit nicht durch den Bart verdeckt – geschlossen, das sichtbare linke Ohr verhältnismäßig

klein.
Gekleidet ist der Mann mit weißem Hemd, von dem man allerdings nur den Kragen sieht, weil er darüber eine geschlossene Weste trägt und noch darüber ein offenes Jackett. Alles außer dem Hemdkragen und dem Kopf, also nahezu das gesamte Bild, ist in einem hellen, fast schon türkisen Hellblau gehalten, das exakt die Augenfarbe des Mannes aufnimmt und seinem roten Haar komplementär entspricht.
Dass das weitgehend monochrome Bild trotzdem nicht langweilig wirkt, liegt an der wellenförmigen Pinselführung, die den Hintergrund lebhaft strukturiert. Die Kleidung hebt sich vom Hintergrund nur dadurch ab, dass der Pinselstrich ein anderer ist; er folgt ihren Konturen und ihrem Wurf.
Die Legende vermerkte, dass das Bild Anfang September 1889 entstand, also während seines Aufenthalts in der Irrenanstalt.
„Da ist er gerade mal sechsunddreißig, sieht aber aus wie sechsundfünfzig", sagte Jan.
„Mich erschreckt die Leere", erwiderte Sibylle, „es gibt keinen Hintergrund, dort ist nichts zu sehen außer diesen hellblauen Farbkringeln; außerdem verschwimmt die Person farblich mit dem Hintergrund, als löse sie sich auf."
„Stimmt", sagte Jan, „nur der Kopf ist davon ausgenommen, der steht für sich und ist auch farblich klar abgegrenzt. Siehst du übrigens, dass er uns das intakte linke Ohr zeigt?"
„Ja, sehe ich. Wieso ist das wichtig?"
„Na ja, das linke Ohr ist ab. Wenn er es trotzdem als intakt zeigt, dann könnte das erstens ein Hinweis darauf

sein, dass er tatsächlich spiegelbildlich gearbeitet hat, was zweitens der Selbstinszenierung als Verräter widerspräche."

„Na, und? Was beweist das?", gab Sibylle gereizt zurück.

„Nichts", gab Jan zu, „es beweist genau so viel oder wenig wie die von dir angeführte Bibelstelle. Aber es zieht deine Annahme in Zweifel."

„Jan, schau dir doch das Bild an. Du siehst einen verzweifelten Mann in Selbstauflösung. Kurz zuvor, im Sommer 1889, hatte er giftige Farben geschluckt, ein Suizidversuch. Der Mann war psychisch am Arsch. Und genau so ging es ihm schon in Arles. Deshalb liegt die Selbstverstümmelung für mich näher als alles Andere."

„Das mag ja alles richtig sein", räumte Jan ein, „aber das Bild ist doch alles andere als düster! Im Gegenteil: durch die großen türkisfarbenen Flächen wirkt es sehr hell. Das einzig Düstere daran ist Vincents Gesicht."

„Na, eben. Vincents Kopf, der Sitz seines Bewusstseins, ist düster, alles Andere, die gesamte Umgebung ist hell, und mit ihr verschmilzt sein Körper. Eine geniale Metapher für seine Todessehnsucht."

„Deine Interpretation hat was für sich", gab Jan nach einer kurzen Pause zu, „aber es gibt noch eine andere Deutung. Wenn mir jemand mit einem scharfen Degen nach der Gesundheit, vielleicht sogar nach dem Leben trachtet und mir mit dem Ding mal eben ein Ohr absäbelt, dann bin ich psychisch auch am Arsch, um mit deinen Worten zu sprechen. Dann wirft mich das auch aus der Bahn. Und wenn dann noch meine Nachbarn Unterschriften sammeln, um mich wegzusperren, dann bin ich auch reif für die Klapse."

„Ja, mag sein. Aber trotzdem – m-m, nee."

„Weißt du, was ich fast glaube?“, fragte Jan nach einer erneuten Pause.

„Du wirst es mir gleich sagen, nehme ich an.“

„Könnte es sein, dass Madame sich einfach am Bild des Künstlers orientiert, der da schwankt zwischen Genie und Wahnsinn? An diesem ästhetischen Mythos, der schon Schumann, Kleist, Wagner, Piaf, Hemingway, Morrison, Hendrix, Cobain und wie sie alle heißen, umwabert?“

„Wieso sollte ich?“

„Na ja, möglicherweise fasziniert dich das Exzentrische daran. Ein Künstler ohne Vollmeise ist einfach kein richtiger Künstler. Wie langweilig!“

„Korinthenkacker. Lass uns weitergehen.“ Langsam wurde Sibylle wütend. Es reichte.

„Wie Madame meinen. Wir müssen einfach immer weiter die Straße hoch laufen, am Parkplatz vorbei, immer nach Süden. Hier“, Jan tippte mit seiner Sandale auf einen runden Messingknopf im Straßenpflaster, in den der Schriftzug 'Vincent' eingraviert war, „hier ist der erste Button, wir müssen ihnen nur folgen, dann kommen wir automatisch nach St. Paul.“

„Also los“, sagte Sibylle.

Sie folgten der Straße auf der linken, der mit Platanen gesäumten Seite, deren Schatten sie dankbar in Anspruch nahmen, stadtauswärts. In regelmäßigen Abständen passierten sie Schautafeln mit van Goghs bekanntesten Werken: ‚Die Sternennacht‘, ‚Blühende Mandelbaum-zweige‘, ‚Weizenfeld mit Zypressen‘, ‚Feld mit Mohnblumen‘, ‚Die Olivenpflückerinnen‘, ‚Olivenhain in den Alpillen‘ und andere. Einmal blieb Jan kurz stehen und bückte sich, um einen Stein aus seiner Sandale zu pulen, der sich zwischen die Zehen verirrt hatte.

„Na", bemerkte Sibylle süffisant, „jetzt gibst du aber nicht den Straßenarbeitern die Schuld, oder?"

„Bitte?" Irritiert zog Jan die Stirn kraus. „Ich versteh nicht."

Statt einer Erklärung wies Sibylle schmunzelnd auf die nächste Schautafel. Sie zeigte van Goghs Bild ‚Les paveurs - Straßenarbeiter in St. Rémy'.

Jan überhörte diesen Spott geflissentlich, stattdessen zeigte er sich verwundert darüber, dass all diese Werke nichts von tiefer Verzweiflung verrieten, sondern im Gegenteil lebensbejahend wirkten, worauf Sibylle erwiderte, genau das sei ja das Merkmal einer bipolaren Störung, dass nämlich Phasen großen Elans und enormer Schaffenskraft sich mit Phasen schwärzester Niedergeschlagenheit abwechselten. Vincent habe während seines zwölfmonatigen Aufenthalts in St. Rémy fast einhundertfünfzig Bilder in Öl realisiert, von den einhundert Zeichnungen nicht zu reden; eine Schaffensperiode, die immer wieder von Zeiten bodenloser Melancholie unterbrochen worden sei, in denen er nicht Landschaften, sondern ausschließlich sich selbst gemalt habe.

Nach einer gefühlten Viertelstunde führten die Messingbuttons sie nach links in eine von Aleppokiefern beschirmte Straße, die auf eine Durchfahrt in einer doppelt mannshohen Mauer aus hellem Naturstein zulief. Sie durchschritten die eiserne Pforte und stießen zunächst auf ein Kassenhäuschen, in dem eine Frau mittleren Alters von jedem Besucher fünf Euro verlangte. Mit den Billets in der Hand folgten Sibylle und Jan dem Weg, der in einiger Entfernung auf den Eingang einer kleinen romanischen Kirche zulief. Rechts und links des grob bekiesten Wegs standen in einigem Abstand ebenfalls hohe Mauern, wurden allerdings größtenteils von vorgesetzten Blumen, Büschen und Bäumen kaschiert. Nach etwa hundert Metern passierten sie ein weiteres Tor, von dem aus noch fünfzig Schritte zum Eingang der Kirche fehlten. Auch diese war aus jenem hellen Kalkstein aufgeführt, wie auch das sich unmittelbar rechts anschließende Klostergebäude.

Man betrat die Kirche durch eine schwere Holztür, deren Sturz von zwei Steinsäulen im Halbrelief getragen wurde. Über dem Portal stand eine Heiligenfigur in einer Mauernische, die die Elemente des Portals zitierte. Darüber wiederum eine Bleiglasrosette, die dem Innenraum das Licht des späten Nachmittags in leuchtenden Farben mitteilte.

Im Innern des Gotteshauses fehlte jeglicher Prunk. Es präsentierte sich funktional mit weitgehend schmucklosen Wänden, Pfeilern und Rundbögen über einem aus unregelmäßig ausgetretenen Steinplatten gefügten Boden, auf dem einfache Holzstühle mit geflochtenen Sitzflächen in Reih und Glied standen.

Die beiden setzten sich und nahmen die Stille, die Kühle und die Transzendenz dieses Raumes auf.

Drei hohe Bleiglasfenster in der Wand der Apsis erregten Sibylles Interesse. Das linke zeigte in verschiedenen Rot- und Auberginetönen den Apostel Petrus, das rechte den Apostel Paulus. In der Mitte thronte eine blaue Maria mit dem grünen Kinde. Optisch miteinander verklammert wurden die Darstellungen durch Scherben eines leuchtenden Gelb, die in jedes Fenster eingestreut waren. Das Gelb fiel deshalb so auf, weil seine Leuchtkraft vor den gedeckten Farben der dargestellten Figuren eine enorme

Präsenz entfaltete. Sibylle deutete die gelben Scherben als Splitter jener göttlichen Erleuchtung, die den drei Heiligen durch ihren Glauben an das Kind zuteil wurde. Sie stand auf, stellte sich hinter den wuchtigen Natursteinaltar und betrachtete die Fenster aus der Nähe.

Derweil nahm Jan die Architektur der Kirche in Augenschein. Es handelte sich um eine einschiffige romanische Konstruktion mit Tonnengewölbe über drei Jochen. Die Pfeiler zwischen den Jochen ruhten auf Querschnitten in Form eines griechischen Kreuzes und trugen die Rundbögen der Längskonstruktion. An ihrer Vorder- und Rückseite trugen sie ebenfalls je ein Holzkreuz in griechischer Form, dessen Mitte jeweils mit einer Vignette überdeckt war, die eine der zwölf Stationen des Kreuzwegs markierte. Auf dieses Formenmotiv würde er im Kreuzgang erneut stoßen.

In den Apsiden der einzelnen Joche waren ein Beichtstuhl, eine Krippendarstellung sowie Nebenaltäre für die Hl. Maria und den Gekreuzigten untergebracht.

Als sie den Dämmer der Kirche verließen, blendete das Sonnenlicht so sehr, dass sie beinahe das kleine Schild übersehen hätten, das den Weg in den Kreuzgang des Klostergebäudes anzeigte.

Dort brach das harte Sonnenlicht von oben in den quadratischen Innenhof ein und floss zwischen den Säulen hindurch in den Kreuzgang. Zwischen den vier mächtigen Eckpfeilern mit quadratischem Querschnitt nahmen pro Seite je zwei weitere rechteckige Pfeiler die Dachlast auf. Zwischen zwei Pfeilern standen jeweils zwei schlanke Doppelsäulen, die die drei zugehörigen Rundbögen in Längsrichtung trugen. Auf diesen wiederum ruhte das Gewölbe des romanischen Kreuzgangs, deren Rippen sich auf die Kragsteine der dicken Pfeiler stützten. Der Boden war mit dem gleichen unebenen Belag versehen wie im Inneren der Kirche. Anders als dort aber gab es im Kreuzgang mehr architektonischen Zierrat. Die Doppelsäulen waren kanneliert und trugen korinthische Kapitelle, die dicken Pfeiler in Höhe der Säulenkapitelle Simse.

Jan, der Bauingenieur, machte Sibylle darauf aufmerksam, dass die architektonischen Elemente dieses Kreuzgangs, also zwölf dicke, eckige Pfeiler, vierundzwanzig Doppelsäulen, sechsunddreißig Lichtscharten, achtundvierzig Einzelsäulen, für ein ausgeklügeltes Spiel des Baumeisters mit der Zahl zwölf standen.

Zwölf ist die Zahl der Stämme Israels, zugleich die der Apostel; zwölf sind die Stunden des Tages, zwölf Monate ergeben ein Jahr, unterteilt in vier Jahreszeiten mit je drei Monaten. Vier an der Zahl sind des Weiteren die Richtungen des Himmels und die Elemente Feuer, Wasser, Erde und Licht. Die Drei hingegen steht für die heilige Dreifaltigkeit aus Gott Vater, Gott Sohn und Gott Heiliger Geist. Es gibt keine vollkommenere und harmonischere Zahl als die Zwölf mit ihren Teilern zwei, drei, vier und sechs. Und diese Vollkommenheit beanspruchte dieser Sakralbau offenbar für sich.

Die streng geometrische und punktsymmetrische Gestaltung des Innenhofs schien dieses Spiel fortsetzen zu wollen. Die quadratische Fläche erinnerte in ihrer Aufteilung an das Brett des Mühlespiels, bei dem allerdings das mittlere der drei konzentrischen Quadrate fehlt. Denkt man sich die verbleibenden Linien als buchsbaumgesäumte Kieswege, so ergeben sich ein quadratisches Beet in der Mitte und vier gleichschenklig-L-förmige Beete;

auf jeder Ecke eines. Alle fünf dicht an dicht besetzt mit weiß, blau und rot blühenden Petunien und Begonien.
Die Ecken aller Beete zusammengenommen ergeben in der Summe die Zahl achtundzwanzig. Achtundzwanzig Tage braucht der Mond für einen Umlauf um die Erde, ein solcher Mondmonat bildet die Basis des jüdischen Kalenders; einen Mondmonat lang dauert  zudem der weibliche Zyklus.
Achtundzwanzig ist zudem das Produkt aus vier und sieben; in sieben Tagen erschuf Gott die Welt, weshalb unsere Woche sieben Tage kennt; sieben ist die Zahl der Sakramente und zugleich die der Todsünden, sieben ist schließlich die Summe von drei und vier, deren Produkt wiederum zwölf ergibt – die Rückbindung an die dominierende Zahl des Kreuzgangs, der Kreis schließt sich.
Auch hier also ein ausgeklügeltes Spiel mit Anspielungen und Bedeutungen. Sibylle war die Zahlensymbolik infolge ihrer Beschäftigung mit den Grimm'schen Märchen durchaus geläufig, allerdings fehlte ihr der Blick, sie in der Architektur von Gebäuden wahrzunehmen.
Deshalb trug sie wieder ihr spöttisches Gesicht zur Schau, vermutete sie in Jans Fingerzeig doch zunächst lediglich ein Interesse an mathematischen Spielereien, erkannte aber bald den transzendenten Fokus seiner Ausführungen.
„Die Zahl sieben spielt auch in vielen Grimm'schen Märchen eine zentrale Rolle", erklärte sie, „wie sich schon in manchen Überschriften zeigt: 'Schneewittchen und die sieben Zwerge', 'Der Wolf und die sieben Geißlein', 'Die sieben Raben', 'Die sieben Schwaben' und 'Das tapfere Schneiderlein', welches Siebene auf einen Streich erledigt und so weiter. Meistens kommt die Sieben bei den

Grimms allerdings als Unglückszahl vor."

„Ich habe auch schon", nickte Jan zustimmend, „darüber nachgedacht, ob die eher sperrige Primzahl Sieben des Innenhofs nicht in Opposition zur geschmeidigen, vielfach teilbaren Zahl Zwölf steht, die den Kreuzgang dominiert. So, als gebe es einen Gegensatz zwischen drinnen und draußen, Kloster und Welt, Harmonie und Unordnung, Reinheit und Sünde, Tag und Nacht. Vielleicht ist das ja die übergeordnete Botschaft."

„Ja, nee, schon klar", bemerkte Sibylle spitz. „Der weibliche Zyklus – achtundzwanzig gleich vier mal sieben – als Inbegriff von Fruchtbarkeit und Verführung kann in einem richtigen Kloster natürlich nur Sünde bedeuten. Jedenfalls in einem Männerkloster. Dazu passt übrigens auch die Farbensymbolik der Blüten, weiß, rot, und blau. Weiß als Symbol für die jungfräuliche, Rot für die reife Frau und Blau für die Muttergottes."

„Da spricht die Feministin", spottete Jan nun seinerseits. „Ganz abgesehen davon, dass dies die Farben der französischen Trikolore sind, wäre aber auch folgendes denkbar: Rot ist die Farbe des Blutes und des Feuers, steht also für Leben und Wärme, Gefühl und Gefahr. Weiß als die Summe aller Spektralfarben steht für Reinheit und Vollkommenheit, während Blau als Farbe des Meeres und des Himmels Anfang und Ende, Herkunft und Ziel bedeuten kann."

„Du willst in den Himmel?", feixte sie. „Das glaubst du doch selbst nicht."

„Doch, doch. Der Himmel ist organisiert wie ein Kloster. For men only. Die Mönche des Mittelalters wussten genau, was sie taten, als sie die Frauen aussperrten."

„Männer sind halt kalt und grausam. Grenzen aus, trei-

ben Machtspielchen und zetteln Kriege an."
„Genau. Und bauen die SUVs, mit denen Frauchen bei Aldi vorfährt. Da haben wir doch die fälligen Klischees für heute wieder beisammen und wissen, woran wir sind. Wie schön."
„Und gierig sind sie auch."
„Männer sind Schweine", summte Jan, „traue ihnen nicht, mein Kind ..."
„... sie wollen alle nur das eine ...", fiel Sibylle ein.
„... weil Männer nun mal so sind", vollendeten sie den Refrain unisono.
„Was 'das eine' und die Gier betrifft", sagte Jan, „da kenne ich übrigens eine Madame, die in dieser Hinsicht manchem Mann das Nachsehen gibt."
„Neien!!!", rief Sibylle mit gespieltem Entsetzen aus. „Sag nur! Solche Leute kennst du?"
„Ja, leider", seufzte Jan, „so eine ist mir letzten Herbst zugelaufen. Ein Kreuz, ich sag's dir."
„Du Armer! Wie kann ich dir helfen? Möchtest du heute nacht lieber hierbleiben? Im Kloster?"
„Nee, das ist auch keine Lösung, fürchte ich. Ich muss ja auf dich aufpassen. Aber – nette Idee. Vielleicht könnte man sich für eine Nacht in Vincents Lage versetzen und nachempfinden, wie's ihm hier ergangen sein mag."
„Du meinst, so ohne seinen Puff in Arles?"
Jetzt blieb Jan die Spucke weg und er musste gegen seinen Willen lachen. Er nahm Sibylle in den Arm und gab ihr einen Kuss aufs Ohr, worauf sie seinen Mund suchte und ihm fordernd ihre Zunge entgegenstreckte – sehr zum Missfallen anderer Kreuzgangbesucher, die diese Szene mit Kopfschütteln kommentierten.
„Komm", zog sie ihn beiseite, „besser wir suchen mal

weniger heilige Gefilde auf und kümmern uns wieder um Vincent. Dort drüben ist der Eingang zum Shop."
Und tatsächlich fand sich im rückwärtigen Teil des Kreuzgangs eine Holztür mit der Aufschrift „Boutique" , welche in einen Raum führte, in dem alles enthalten war, was das Herz des Durchschnittstouristen begehrt: Postkarten, Bücher, Kaffeebecher, T-Shirts, Base-Caps, Schlüsselanhänger – ausnahmslos mit van-Gogh-Motiven.
Durch die Boutique gelangte man über eine Treppe in Vincents ehemalige Räume im Obergeschoss. Zu sehen gab es dort Vincents Bett und seine Staffelei – vor allem aber einen großartigen Blick in den von Mauern gesäumten Klostergarten.
Von nahezu quadratischem Grundriss, war er in vier parallele Streifen geteilt, die mit jenen Pflanzen besetzt waren, die in van Goghs Werk eine Rolle spielen: Schwertlilien, Sonnenblumen, Mohn, Getreide, Rosen und Lavendel. Die beiden Streifen links endeten frühzeitig vor einer Stützmauer, hinter der das Gelände um zwei Meter abgesenkt war – ebenfalls mit Lavendel bestanden. Zwar wussten sie nicht, ob der Klostergarten während Vincents Aufenthalt genauso ausgesehen hatte, aber die Farbenpracht, die sie aus dem Fenster sahen, erschien ihnen als über die Maßen inspirierend.
Durch den Shop verließen sie das Klostergebäude und betraten den Garten. Sibylle machte Nahaufnahmen von Mohn und Lavendel, während Jan sich einige Reproduktionen anschaute, die entlang der Mauer ausgestellt waren.
Darunter auch ein Selbstporträt van Goghs, das ihn bartlos zeigt, datiert auf Ende September 1889. Die Farbwahl düsterer, der Pinselstrich grober, nachlässiger, weniger

sorgfältig als das Selbstporträt von Anfang September, das sie in der Stadt gesehen hatten. Hier schaut Vincent den Betrachter aus den Augenwinkeln direkt an, aber mit einem Blick tiefster Teilnahmslosigkeit. Ein Melancholiker, der sich aufgegeben hat. Beiden, Jan ebenso wie Sibylle, die mittlerweile zu ihm aufgeschlossen hatte, kroch die Schwärze dieser Hoffnungslosigkeit in die Adern. Kein Vergleich mit dem aus demselben Monat stammenden Selbstbildnis in türkis.

Wortlos betrachteten beide das Bild noch eine Weile, verließen dann gedankenverloren erst den Garten, dann das Gebäude und gingen schweigend zurück in Richtung Parkplatz.

Sibylle brach das Schweigen, indem sie berichtete, kürzlich in einer Fachzeitschrift gelesen zu haben, dass Vincent van Gogh hier im Kloster St. Paul seinen Frieden gefunden habe. An seinen Bruder Theo van Gogh schrieb er: 'Seit ich hier bin, bereichert der menschenleere Garten mein Werk.' Man beachte: 'menschenleer' und 'Garten'; will sagen: Ruhe und Natur. Diesen Anstaltsgarten verewigte er in dem Bild 'Der Park der Klinik St. Paul'. Später durfte er zunächst in Begleitung eines Pflegers, dann auch alleine, die Anstalt verlassen und 'en plein air' malen. So seien viele Landschaftsbilder nach Motiven aus der Umgebung von St. Rémy entstanden. Das künstlerische Schaffen entlastete ihn seelisch und verhalf ihm zu so etwas wie Zufriedenheit, wie er in einem weiteren Schreiben an seinen Bruder mitteilte: 'Ich arbeite auf Hochtouren, das tut mir gut und verjagt die abartigen Gedanken.'

Von weitem sahen sie vor dem Kassenhäuschen eine Traube älterer Herrschaften im Rentenalter stehen und

die Preistafel studieren.
„Holländer“, sagte Jan.
„Wie kommst du darauf?“, wunderte Sibylle sich.
„Kann ich dir nicht sagen, aber Holländer erkenne ich zehn Kilometer gegen den Wind.“
Es sei ja, so fuhr Sibylle fort, seit langem bekannt, dass Kreativität der Königsweg zur Erkenntnis des eigenen Ich sei. Das, was man aus eigenem Antrieb mit eigenen Mitteln und Kräften hervorbringe, schaffe nicht nur einen Zugang zum eigenen Ich, sondern drücke es zugleich am besten aus. Auf diese Weise bringe man das eigene Tun mit dem eigenen Selbst zur Deckung und gewinne daraus Zufriedenheit, Ausgeglichenheit und Selbstbewusstsein. Von einem Schriftsteller, welcher es genau war, wisse sie nicht mehr, habe sie gelesen: 'Man ist nicht richtig wach, wenn man nicht schreibt. Und man hat keine Ahnung, wer man ist. Ganz zu schweigen davon, wer man nicht ist.' Das treffe das Wesen der Kreativität sehr präzise, und es gelte übrigens nicht nur für die Literatur, sondern auch für alle übrigen ästhetischen Ausdrucksformen; die Musik, die bildende Kunst und, wie in van Goghs Fall, die Malerei. Vincent sei es gelungen, durch die Wahl der Farben, der Bildkomposition und der Pinselführung seine Gefühle auszudrücken, was ihn, obwohl selbst noch im impressionistischen Stil arbeitend, zu einem Vorläufer des Expressionismus gemacht habe. Sie würde gar soweit gehen, zu behaupten, dass Vincent das, was in einer klassischen Psychoanalyse gesprächsweise geschehe, hier mit den Mitteln der Malerei zuwege gebracht habe.
Die Rentnerband hatte mittlerweile Billets gelöst und kam ihnen entgegen. Man grüßte kopfnickend und

machte einander Platz. Und en passant hörte man ihre Unterhaltung, natürlich auf Niederländisch.
„Siehste?“, bemerkte Jan.
„Na ja“, hob Sibylle die Brauen, „die Wahrscheinlichkeit, in einem van-Gogh-Heiligtum auf Holländer zu treffen, ist nicht gerade winzig, oder?“
Jan grinste.
Trotzdem habe Vincent, fuhr sie fort, im Juli 1889 einen psychotischen Schub erlebt, in dessen Verlauf er Farben und Lösungsmittel schluckte. Danach verließ er das Kloster nicht mehr und arbeitete nur noch in seinem Zimmer. Aus dieser schwarzen Phase stammte wohl das letzte Selbstporträt.
Nun waren die beiden selbst wieder am Kassenhäuschen angekommen, wo die Empfangsdame alle Hände voll zu tun hatte, einer sechs Mann hohen Horde Radfahrer im vorgerückten Alter klarzumachen, dass die Fahrräder hierzubleiben hätten. Es handelte sich ausnahmslos um Räder der Marken Gazelle, Batavus, Sparta und Koga Miyata.
Jan zwinkerte Sibylle zu. Diese verzog amüsiert den Mund.
Sie passierten das Tor und wandten sich nach rechts, entlang der Klostermauer in Richtung der „Klapsmühle“, wie Sibylle zu sagen nicht müde wurde. Es gab sie auf einem anderen, dem Publikum entzogenen Teil des Geländes noch immer.
Jan sagte, die Stille, Entrücktheit und Weltferne des Klosters wirkten schon für sich genommen wie Balsam auf geschundene Seelen, denen in der Zeitverdichtung des Alltags keine Nische mehr bleibe für sich selbst; die in aufgezwungener Taktung nur noch fremden Zwecken

gehorchten und sich dabei selbst abhanden kämen. Er erinnere an das Gespräch von heute morgen, das sie beiden auf der Terrasse der Ölmühle geführt hätten.
Er selbst habe gegen Ende seines Berufslebens dem zunehmenden Druck nicht mehr standhalten können, erzählte er Sibylle jetzt; nachts fand er nicht mehr in den Schlaf, weil die Anforderungen des kommenden Tages ihn schon umtrieben, bevor sie da waren. Ein zerwühltes Bett und durchgeschwitzte Wäsche waren die Ausbeute solcher Nächte. Er beschloss damals, eine Woche in Griechenland auf dem Heiligen Berg Athos zu wandern, um am eigenen Leibe die wohltuende Stille und das entspannte Gleichmaß des Klosterlebens zu spüren, das eine klare, verlässliche Struktur von Schlaf, Arbeit, Gebet und Mahlzeit aufrechterhielt, innerhalb derer zwar Realwirtschaft mit dem Anbau von Gemüse oder Wein betrieben, aber nicht in virtuellen Räumen auf Gewinne aus hochartifiziellen Finanzprodukten spekuliert wurde, die auf anderswo zusammenbrechende Volkswirtschaften wetteten. Dort galt das Zeitmaß, das dem natürlichen Wechsel von hell und dunkel, Tag und Nacht, kalt und warm, Winter und Sommer, Säen und Ernten, Arbeit und Ruhe entsprach, statt jener Atemlosigkeit, die ohne Unterlass auf die Zuckungen einer globalen Timeline fixiert sei.
„Moment mal“, unterbrach Sibylle, „redest du vom Berg Athos in Nordgriechenland? Zu dem Frauen der Zutritt verboten ist?“
„Ja genau, Nordostgriechenland“, nickte Jan, die autonome Mönchsrepublik Athos, gelegen auf dem östlichsten der drei Finger der Halbinsel Chalkidiki, werde ausschließlich von Männern bewohnt und sei auch nur für Männer zugänglich. Einen Zugang über Land gibt es

nicht, quer über die Wurzel des Fingers zieht sich eine Mauer mit aufgesetztem Zaun ohne Durchlass. Die Einreise ist nur per Schiff möglich, Ausflugsschiffe mit weiblichen Touristen müssen eine Distanz von mindestens sechshundert Metern zur Küstenlinie einhalten. Selbst die dort gehaltenen Tiere, Esel und Hunde zum Beispiel, dürfen nicht weiblich sein.

„Und was ist mit Katzen, Mäusen, Vögeln und anderem Kleinzeug?"

Jan zuckte die Achseln. „Die hat man nicht unter Kontrolle. Es soll sogar ein gemischtgeschlechtliches Wolfsrudel dort geben."

„Aber was soll das? Warum sperrt man Frauen so rigoros aus?", verlangte Sibylle zu wissen.

Auf dem Athos gelte das Ávaton, der 'Frauenbann', mit wechselnden Begründungen, erzählte Jan.

„Nämlich?"

Eine besage, dass die Frauen aus diesem Paradies verbannt seien, damit die Männer es nicht verlören.

„So ein Quatsch", sagte Sibylle und tippte sich gegen die Stirn.

Jan widersprach, er habe die Erfahrung gemacht, dass Männer, die ganz unter ihresgleichen seien, anders funktionierten als in weiblicher Gesellschaft.

„Da bin ich aber gespannt", versetzte sie.

„Das Konkurrenzgehabe fehlt, die ganze Gockelei, dieses permanente Sich-Spreizen und Sich-in-den-Vordergrund-Spielen. Kräftemessen ja, aber alles darüber hinaus entfällt, wenn es kein weibliches Publikum gibt. Männer unter sich verhalten sich wesentlich entspannter als in Gesellschaft von Frauen."

„Hm", zweifelte sie, „kaum zu glauben. Ich hab's jeden-

falls noch nicht erlebt."
„Kein Wunder", lachte Jan, „indem du zuguckst, wird das Publikum – jedenfalls zum Teil – halt weiblich. Und dann ist alles anders. Finde dich mit der niederschmetternden Einsicht ab, dass der teilnehmenden Beobachtung Erkenntnisgrenzen gesetzt sind. Sei tapfer."
„Blödmann. Und die andere Begründung?"
Die laute, dass auf dem Athos alle Frauen abwesend seien, damit stellvertretend für alle die einzige und wahre Mutter Maria anwesend sein könne.
„Maria, die Muttergottes, wird in der orthodoxen Theologie doch gnadenlos überhöht", unterbrach Sibylle ihn ungehalten, „diese alten weißen Männer auf dem Athos idealisieren diese eine Frau, weil sie mit realen Frauen nicht klarkommen."
„Du erstaunst mich", versetzte Jan, „von einer Feministin hätte ich Genugtuung darüber erwartet, eine Frau an so prominenter Stelle im Olymp einer weltumspannenden Organisation zu sehen. Als stellvertretender CEO quasi."
„Haha", widersprach Sibylle, „schau dir doch mal die Stellenbeschreibung an: Lebenslange Jungfräulichkeit, unbefleckte Empfängnis, Mutter. Das überfordert jede reale Frau. Unerfüllbare männliche Erwartungen. Wie üblich."
„Oje", murmelte Jan, „ich kenne Marien, die sind wie's Herrgottsb'scheißerle. Außen Heilige, innen Schlampen."
„Soso, die kennst du."
„Genau. Und außerdem", fuhr er fort, „sind weibliche Erwartungen an Männer kaum weniger widersprüchlich."
„Zum Beispiel?"
„Wenn ich zum Beispiel in der Tagespresse lese, dass eine deiner feministischen Bannerträgerinnen zum Besten

gibt, jede Frau, die mit ihrem Mann schlafe, erotisiere ihre eigene Unterdrückung, dann wundert mich die konstant hohe Nachfrage nach dieser Art von Unterdrückung doch sehr."
„Ach komm", sagte Sibylle, „das ist doch Folklore."
„Soso, Folklore", wiederholte Jan verblüfft, „gut zu wissen, ich hätte es sonst für Heuchelei gehalten."
Sie blies die Backen auf und schüttelte resigniert den Kopf, sagte aber nichts.
Wie auch immer - jedenfalls habe er, Jan, damals ein Visum als Pilger beantragt. Ein solches berechtigte ihn, auf dem Athos von Kloster zu Kloster zu wandern und in jedem für eine Nacht Kost und Logis zu beanspruchen. Umgekehrt verpflichtete es den Pilger, sich den Klosterregeln zu fügen.
Morgens um acht Uhr war er in Ouranoupolis auf die „Agia Maria" – den Namen des Schiffes unterstrich er mit bedeutungsvoll aufgerissenen Augen – gestiegen, die täglich zweimal an der Küste entlang mit Zwischenstopps bis zum Hafen Daphni schipperte. Am ersten Anleger ging er von Bord, um quer über die Halbinsel zum Kloster Vatopedi an ihrem östlichen Ufer zu wandern.
Auf dem Anleger, der nichts weiter gewesen sei als ein Haufen nachlässig ins Wasser gekippten Betons, notdürftig glattgezogen und begradigt, schulterte er seinen Rucksack und folgte einem unbefestigten Weg mit arg ausgefahrenen Spuren landeinwärts. Ganz Griechenland sei ein einziger Kahlschlag – lediglich der Athos war noch bewaldet. Überall gab es naturbelassenen Aufwuchs, dem Wald war kein menschlicher Eingriff anzusehen. Er war allein mit sich. Kein Geräusch, und wenn doch, so war es ein natürliches. Ein Windstoß, ein Knacken im Gebüsch,

ausgelöst von einem unsichtbaren Tier, das längst das Weite gesucht hatte. Manchmal kreuzte eine Schlange seinen Weg. Ansonsten regte sich nichts.
Aber irgendwann hörte er dann doch plötzlich das leise Brummen eines Motors, das in der absoluten Stille des Athos wie ein Fremdkörper wirkte. Es näherte sich von hinten. Er drehte sich um und sah einen älteren Pick-up in unsäglichem Zustand anrollen. Hinter dem Lenkrad ein vielleicht dreißigjähriger Mönch in grauer Arbeitskutte mit wild wucherndem schwarzen Bart bis zur Brust, auf dem Beifahrersitz gekrümmt seine um vierzig Jahre ältere Ausgabe in eisgrau. Sie hielten an; der Fahrer bedeutete ihm mit Gesten, er könne auf die Ladefläche klettern; sie nähmen ihn mit.
Jan bedankte sich, lehnte das Angebot aber zugleich ab, was die beiden nicht begriffen. Er bemühte sich, ihnen auf Englisch verständlich zu machen, dass eine Pilgerreise zu wandern verlange; andernfalls sei sie keine. Deshalb wollte er nicht gefahren werden. Die beiden grüßten und fuhren kopfschüttelnd ihres Wegs. Danach nahm er für zwei Stunden nichts weiter wahr als seinen eigenen Atem, sein pumpendes Herz, seinen schwitzenden Körper beim Wandern bergauf – und natürlich seine Gedanken. Hin und wieder rastete er und trank von dem Wasser im Rucksack. Einmal sah er von ferne im Wald eine Hütte; sie schien belebt, denn sie war in Ordnung gehalten und einige Meter abseits gab es einen Abtritt; die allenthalben wuchernde Macchia war gerodet und ein paar magere, übel zugerichtete Katzen strichen umher. In Griechenland wurden Katzen nicht gefüttert, sie mussten schon selbst sehen, wo sie blieben, und dabei kam es regelmäßig zu blutigen Kämpfen ums Futter. Aber einen

Menschen bekam er dort nicht zu Gesicht.
Er wusste aber, dass jedes der zwanzig Klöster auf dem Athos Ableger, sogenannte Skiten, gründen konnte; bewohnt von vielleicht einer Handvoll Mönche, denen das Klosterleben zu welthaltig war. Von den Skiten wiederum konnten sich einzelne Mönche lösen, die ohne irgendeine Verbindung zur Außenwelt als Einsiedler leben wollten. Ohne Auto, ohne Telefon, ohne Arzt, ohne Fernseher, ohne Kühlschrank, ohne Heizung, ohne fließend Wasser, ohne Strom, ohne Supermarkt; angewiesen nur auf ihrer Hände Arbeit und das Wohlwollen des Wetters und ihrer Gesundheit pflegten sie vielleicht ein paar Ölbäumchen und zwei, drei Bienenvölker, setzten in der steinigen Erde Kartoffeln, sammelten Obst, Nüsse, Maronen und wilden Wein, oder erbettelten Almosen von Pilgern. Nur bei Krankheit oder in strengen Wintern nahmen sie die Hilfe und den Schutz des Mutterhauses in Anspruch.
Um die Mittagszeit erreichte er den Kamm des Gebirges und rastete. Dort begegneten ihm vier Pilger in den Kutten des orthodoxen Klerus, von denen sich im Gespräch erwies, dass sie aus der Ukraine stammten. Sie gaben ihm auf Englisch mit osteuropäischem Akzent zu verstehen, dass es bis zum Kloster Vatopedi noch drei Stunden brauche. Zu seinem großen Erstaunen fingerte einer der Männer ein Smartphone aus der Kutte und erklärte ihm auf Google Maps den Weg. Das habe ihn sprachlos gemacht, denn er war fest davon ausgegangen, dass der Athos ein einziges Funkloch war.
„Na, da hat aber dein Weltbild mit den Fundamenten gewackelt, oder?“, feixte Sibylle.
„Wohl wahr“, räumte Jan ein, von dem Moment an erst

habe er einen Blick für die Funkmasten gehabt, die vereinzelt im Gelände standen. Nun, gegen vier Uhr kam er im Kloster an, wurde freundlich aufgenommen und einem Schlafsaal zugeteilt. Er bezog sein Bett und legte sich eine Weile hin, um auszuruhen. Von einem weithin hallenden Geräusch, das er von Baustellen kannte, wenn Maurer mit dem Hammer Gerüstbretter sauber klopfen, wachte er auf. Es war jedoch ein sehr rhythmisches Klopfen, fast schon melodisch. Wie ihm später aufging, war dies die Stundentrommel gewesen; ein langes, dickes, an Seilen aufgehängtes frei schwingendes Brett, das in jedem Kloster vor dem Refektorium hing und zu bestimmten Zeiten von einem Mönch mit einem Holzschlegel in einem dem Anlass entsprechenden Rhythmus geschlagen wurde. Eine analoge Vorform der WhatsApp quasi.

Daraufhin versammelten sich alle Mönche und Pilger in der nur von Kerzen erleuchteten Kirche zu einem Gottesdienst, der darin bestand, Stunde um Stunde den Wechselgesängen zweier Zeremonienmeister zuzuhören, die ihr Geschäft dann und wann unterbrachen, um – mit Weihrauch der eine, mit Weihwasser der andere – das Auditorium zu segnen. Mit knurrendem Magen und krampfenden Beinmuskeln stand Jan im Chorgestühl und kämpfte gegen seine Erschöpfung an.

Knappe drei Stunden dauerte diese Prozedur und als sie endlich vorbei war, folgte er den Mönchen schlaftrunken ins Refektorium. Dort gab es ein reichliches Nachtmahl mit Wasser und Wein. Auch bei Tisch wurde von einem Mönch laut aus der Heiligen Schrift gelesen, während die übrigen Brüder schweigend aßen.

Um zehn lag er wieder im Bett und wurde unmittelbar nach dem Einschlafen, so kam es ihm jedenfalls vor, erneut von der Stundentrommel geweckt. In Wirklichkeit war es aber bereits vier Uhr in der Frühe. Auf den unbeleuchteten Gängen und Treppen des Klosters war ein Getrappel und Türenschlagen, das die schwarz gewandeten, bärtigen Schatten mit den randlosen Zylindern auf dem Kopf bis in die Kirche begleitete. Dort wurde die Zeremonie des Vorabends erneut aufgeführt, sodass man morgens um sieben glücklich wieder im Refektorium beim Frühstück saß.

Anschließend habe er seinen Rucksack genommen und sich verabschiedet, um zum nächsten Kloster weiterzuziehen.

„Und? Hat dich diese Erfahrung weitergebracht?“, wollte Sibylle wissen. „Hast du das Gesuchte gefunden?“

„Mein Leben wäre das nicht, wenn du das meinst. Die Lebensweise als Mönch oder gar als Eremit wäre mir zu extrem. Aber ich kann nicht leugnen, dass die Idee der Askese, des 'Weniger-ist-mehr', mir etwas sagt. Askese erhöht den Genuss, Verzicht schärft das Empfinden für den Wert des Alltäglichen. Du glaubst nicht, wie kostbar mir in der Hitze des griechischen Sommers das Wasser in meinem Rucksack war. Ich konnte ja nirgends welches kaufen. Und auch die Stille, die Abwesenheit jeglichen nicht-natürlichen Geräusches, war eine wohltuende Erfahrung. Es ist erstaunlich, wie die Welt sich anfühlt, wenn jedes technisch erzeugte Geräusch fehlt. Ohne die permanente Ablenkung durch technische Geräte kommt man mehr zu sich und seinen eigenen Gedanken. Man ist zufriedener und ausgeglichener.“

Ursprünglich war Arles ihr nächstes Ziel gewesen, aber Jan schlug nun vor, stattdessen zunächst nach Avignon

zu fahren, um dort anderntags den Papstpalast anzusehen. Das scheine ihm die naheliegende Konsequenz des heutigen Tages zu sein. Anschließend könnten sie, vielleicht übermorgen, der Rhône folgend, via Arles in die Camargue fahren, nach Les Saintes Maries de la Mer.
Sibylle stimmte zu und so verließen sie St. Rémy nordwärts.
Ungefähr auf halber Wegstrecke, kurz vor Chateaurenard, nahmen sie in dem kleinen Ort Eyragues ein Zimmer im unweit des Rathauses gelegenen Hotel ‚Domaine de la Girafe', duschten ausgiebig und ruhten sich von diesem in jeder Hinsicht anstrengenden Tag aus. In der Dämmerung suchten sie das Hotelrestaurant auf und aßen zu Abend, Sibylle einen Salade niçoise, Jan ein medium gebratenes Steak vom Camargue-Rind. Dazu gönnten sie sich einen Cabernet Sauvignon vom Weingut ‚Mas de la Dame'.

## Avignon, 9. Mai 2016

Nachdem Sibylle und Jan sich am Frühstücksbuffet mit Kaffee, Tee, Brot, Butter, Marmelade und Orangensaft eingedeckt hatten, erwogen sie, das Zimmer für eine weitere Nacht zu behalten, denn hier wussten sie, was sie hatten. Avignon war nicht weit und vielleicht gäbe es sogar eine bequeme Busanbindung.

Jan fragte an der Rezeption nach und erhielt einen Flyer für die Linie 57 des Unternehmens ‚car treize'. Der Fahrplan auf der Rückseite wies aus, dass der Bus von St. Rémy kommend jeweils um sieben Minuten vor der vollen Stunde an der Kirche abfuhr. Endstation war der Avignoneser Hauptbahnhof und von dort war man in einer Viertelstunde zu Fuß am Papstpalast. Der letzte Bus zurück startete um kurz nach 19 Uhr, ebenfalls am Bahnhof.

Mit dieser Auskunft traf Jan am Frühstückstisch auf Sibylle, die gerade mit einer zweiten Portion Rohkostsalat und Vollkornbrot vom Buffet zurückkehrte.

„Ich habe dir Rührei mitgebracht", sagte sie gutgelaunt.

„Oh, danke, sehr aufmerksam", gab Jan zurück, „und ich dir einen Fahrplan. Du hast sogar an Bacon gedacht, Respekt!"

„Evidemment, monsieur."

„Merci, madame. Mit dem Bus ist es übrigens kein Problem", sagte er und reichte ihr den Flyer.

„Na, super", fand Sibylle, den Fahrplan studierend, „dann lass es uns doch so machen. Heute abend kommen wir mit dem Bus zurück und müssen uns um nichts mehr kümmern. Und wir sind das Parkplatzproblem los. Sehr schön." Sie stellte ihre Kaffeetasse ab und sah auf die Uhr. „Schaffen wir denn noch den Bus um kurz vor

zehn?“
„Ich ja“, grinste Jan, „aber ich muss ja auch nur noch die Zähne putzen. Mit kurzen Hosen, T-Shirt und Sandalen kann man nicht so viel falsch machen. Aufbrezeln ist nicht so mein Ding.“
„Männer“, seufzte Sibylle, „okay, dann geh ich schon mal ins Zimmer und mach mich fertig. Bis später.“
„Ja, einverstanden“, nickte Jan und widmete sich dem Rührei.
Der Bus brauchte dreißig Minuten bis Avignon. Er nahm den Weg über Chateaurenard und Rognonas, überquerte die Durance kurz vor ihrer Mündung in die Rhône und folgte dann der Route Nationale bis zum Bahnhof. Dort hielt er, die Vibrationen des Motors setzten aus, die Pneumatik gab unter erschöpftem Ausatmen die Türen frei.
Auf der anderen Straßenseite wies eine massive mittelalterliche Stadtmauer ihnen auch schon den Weg. Vor einer roten Fußgängerampel stehend nahmen Sibylle und Jan durch die eiligen Lücken des dichten Verkehrs den beeindruckenden Verteidigungswillen dieses Bauwerks zur Kenntnis. Aufgeführt in demselben Kalkstein, dem sie tags zuvor schon in St. Rémy begegnet waren, maß die Mauer vom Fuß bis zu ihren Zinnen schätzungsweise dreimal Mannshöhe. In regelmäßigen Abständen wurde die Mauer verstärkt durch doppelt so hohe eckige Wehrtürme mit eindrucksvollen Zinnenkränzen, die gegenüber den Mauern deutlich vorsprangen. Die Lücken zwischen den Kragsteinen waren mit Mauerbögen ausgefacht; vermutlich verdeckten sie Maschikulis, durch die mögliche Angreifer mit heißem Pech oder Öl übergossen werden konnten.
Unversehens wurden die Lücken zwischen den Autos

langsamer, dafür aber schmaler, bis sie endlich stillstanden. Fußgängerampel und Fahrbahnampel hatten die Farben getauscht. Sibylle und Jan passierten die Stadtmauer durch eine straßenbreite Lücke, die von zweien der beschriebenen Türme flankiert wurde. Beim Zurückblicken sahen sie auf der Innenseite der Mauer zwei Laufgänge; einen auf Brusthöhe, der vermutlich dem Nachschub der Kämpfenden mit Munition und Proviant diente, einen weiteren zu Füßen der Zinnen, von dem aus verteidigt wurde.

Ein Straßenschild wies den eingeschlagenen Weg als ‚Cours Jean Jaurès' aus, dem sie nordwärts folgten. Nach weniger als zehn Minuten Fußwegs trat die Häuserfront auf beiden Seiten der Straße zurück und erweiterte diese zu einem Platz mit zwei Platanenreihen, deren rechte die Außenterrassen zahlreicher Restaurants und Cafés beschattete, während die linke den säulenbewehrten Haupteingang des klassizistischen Rathauses säumte. Am nördlichen Ende dieser ‚Place de l'Horloge' dudelte die seelenlose Leierkastenmusik eines Kinderkarussells, das sie links liegen ließen. Mit dem abklingenden Lärm im Rücken wandten Sibylle und Jan sich, einem Hinweisschild folgend, nach halbrechts. Nach der Passage einer schmalen Gasse weitete sich vor ihnen unversehens ein langgestreckter, gepflasterter Platz, über den ein scharfer Wind Staub, Papiermüll und Coffee-to-go-Becher trieb, die bei jedem Aufschlagen hohl schepperten; waren Sibylle und Jan vor gerade einmal einer Minute noch eingehüllt gewesen von Leben: dem Grün der Bäume, dem vielkehligen Geplapper der Rastenden, Gläserklirren, Geschirrklappern, Kinderlachen und Gedudel aus dem Karussell, so tat sich vor ihnen nun eine Wüste aus hellem

Kalkstein auf, an deren östlicher Längsseite die abweisende Strenge einer Festungsfassade von enormer Wucht trotzte.
Das beherrschende architektonische Element des Papstpalastes war die Senkrechte. Allenthalben senkrechte Mauerecken, die sich teils durch vor- oder zurückspringende Gebäudeteile, teils durch die konsequente Profilierung der Fassade mit hohen, gotischen Gewölbebögen von geringer Tiefe ergaben. Hau ab, schienen sie dem Betrachter förmlich ins Gesicht zu schreien, du bezwingst mich nicht, es gibt hier kein Hoch- und kein Reinkommen – es sei denn durch die Pforte, und die kontrolliere ich.
Letztere war im unteren Drittel eines der Gewölbebögen eingelassen; und im Verhältnis zu den übrigen Dimensionen wirkte sie, obwohl dreifach mannshoch und ebenso breit, wie ein Mauseloch. Gesichert wurde sie von je einem links und rechts darüber reliefartig vorspringenden, mit kreuzförmigen Schießscharten versehenen achteckigen Wehrturm. Zwischen beiden Türmen verlief ein kurzer Wehrgang, wie die Stadtmauer ausgestattet mit Brustwehr, Zinnen und Maschikulis. Als die einzigen waagerechten Elemente der Fassade kamen Wehrgänge auf den Mauerkronen und auf halber Höhe vor. Die nordwestliche Ecke des Palais markierte ein massiger Rechteckturm von etwa doppelter Fassadenhöhe, der rundum ebenfalls mit Zinnenkranz und Maschikulis besetzt war. Und allenthalben Schießscharten, Schießscharten, Schießscharten.
„Oh je“, sagte Sibylle, „da hatte aber jemand Schiss.“
„Alter Schwede“, stimmte Jan ihr zu, „wer sich so verbarrikadiert, hat entweder was zu verlieren oder was zu ver-

bergen."
„Oder beides", warf Sibylle ein.
„Oder beides", bekräftigte Jan. „Wenn man das hier sieht, dann versteht man plötzlich auch die monströse Stadtmauer."
„In St. Paul-de-Mausole war alles Natur und Transzendenz und Spiritualität und Harmonie und hier ...", sie ließ den Satz offen und schüttelte nur den Kopf.
„... riecht's förmlich nach Mord und Totschlag, obwohl beides zur selben Firma gehört", vollendete Jan ihre Rede.
„Aber wovor sollte der höchste Vertreter des Christentums sich fürchten?", fragte Sibylle. „Das Christentum steht doch für eine Idee: Liebe deinen Nächsten, du sollst nicht stehlen, nicht töten, nicht begehren deines Nächsten Gut, nicht begehren deines Nächsten Weib."
„Soweit die Theorie", wandte Jan ein, „hier siehst du die Praxis. Das Christentum war niemals friedfertig. Seine Feinde hat es nie geliebt. Alles Abweichende wurde bekämpft. Nach außen mit den Kreuzzügen und nach innen mit der Inquisition. Intoleranz und Misstrauen als Prinzip."
„Typisch für monotheistische Religionen", dozierte Sibylle. „Der Gott des Christentums, der des Islam und der des Judentums sind einer wie der andere strafende, männliche Götter. So sind sie halt, die Männer."
Jan fixierte Sibylle stumm mit erhobenen Augenbrauen über den Rand seiner Brille hinweg und schüttelte nachsichtig den Kopf.
„Ja", setzte Sibylle nach, „im Ernst: Weibliche Gottheiten sind viel entspannter, kommen ohne Hierarchie, Herrschaft und Krieg aus. Erinnerst du dich an die Venus von

Willendorf? Das Matriarchat ist die Lösung aller Menschheitsprobleme!"

„Na, dann ...", schmunzelte Jan, „dies hier hält jedenfalls keinem Vergleich mit dem Kloster St. Paul-de-Mausole stand. Da war alles offen, heiter, ungezwungen; getragen von einer Art Urvertrauen. Hier steht das steingewordene Misstrauen."

„Liebe deinen Nächsten wie dich selbst."

Jan lachte. „Tja."

„Wieso lachst du denn?"

„Wenn man den Satz von hinten aufzäumt, bedeutet er ja wohl, dass, wer sich selbst nicht liebt, auch seinen Nächsten nicht lieben kann. Und danach sieht's hier verdammt aus."

„Stimmt. Wollen wir trotzdem rein?"

Erst jetzt, da sie sich der Pforte, dem vermeintlichen Mauseloch, näherten, merkten sie, wie groß sie in Wirklichkeit und wie tief das Festungsmauerwerk war. Ein Sattelschlepper wäre problemlos darin unterzubringen – wenn die Rampe längs auf das Tor zuliefe, statt es zum Vorplatz hin quer abzuriegeln. Aber auch diese Konstruktion war vermutlich dem Sicherheitsbedürfnis der Erbauer geschuldet, die offenbar keinen Angriff mit einem schweren Rammbock riskieren wollten.

Bevor sie sich rechts dem Eingangsbereich zuwandten, liefen sie vor bis zum Gitter der inneren Pforte, um einen Blick in den sogenannten Ehrenhof, ein steiniges, unebenes Geviert zwischen Palais-vieux und Palais-neuf, zu werfen. Das architektonische Bindeglied zwischen den beiden Palais' bildete der alles überragende Papstturm, in dem die Privaträume des Papstes sich befanden. Die erste Fensteröffnung dieses Turms lag mehr als zwanzig Meter

über dem Hof. Es war das Fenster zum Schlafzimmer des Papstes.
„Warst du schon mal in San Gimignano?“, fragte Sibylle.
„Nein, aber ich ahne, worauf du hinauswillst.“
„Nämlich?“
„In den fensterlosen Türmen der Toskana verbargen sich die Bewohner nachts und zogen sogar innen die Leitern hoch, um sich vor ihren Mitbürgern zu schützen, die stets auf Blutrache sannen.“
„Genauso kommt mir das hier auch vor“, bestätigte Sibylle.
Bevor sie eingelassen wurden, mussten sie – wie auf jedem Airport üblich – ihre Rucksäcke und den Inhalt ihrer Taschen einer flachen Kunststoffkiste anvertrauen, die anschließend durch ein Röntgengerät lief. Sie selbst wurden von Uniformierten mit Metalldetektoren abgescannt, bevor sie ihre Siebensachen zurückbekamen.
Jan sah Sibylle vielsagend an und raunte: „In St. Paul-de-Mausole durfte man keine Fahrräder mitnehmen. Hier suchen sie nach Waffen. Passt doch.“
An der Kasse lösten sie Eintrittskarten; zu ihrem Erstaunen verlangte man von Jan lediglich den halben Eintrittspreis mit der nachgeschobenen Bemerkung, das sei in Frankreich für Personen über sechzig üblich. Sibylle grinste.
Im Preis inbegriffen war für jeden die Ausleihe eines Tablets, das als Audio- und Videoguide fungierte. Offensichtlich war es per W-LAN in ein Intranet eingebunden, denn das Tablet erkannte jeden Raum, sobald man ihn betrat, und bot dann seine Erläuterungen an.
Zunächst überquerten sie den Ehrenhof diagonal und betraten einen Korridor, der nach wenigen Metern in den

Kreuzgang mündete. Dieser war allerdings, gemessen an der architektonischen Raffinesse desjenigen in St. Paul, ein Witz. Nicht nur, weil die Gewölbebögen einer Seite zugemauert und deshalb der Kreuzgang nur auf drei Seiten begehbar war, sondern auch, weil der Innenhof nicht quadratisch, ja, nicht einmal rechteckig angelegt war, sondern in Form eines ungleichmäßigen Trapezes, das von einem verwahrlosten Rasen bedeckt war.

Nach rechts gelangten sie in das Konsistorium, also den Ort, wo sich das Kardinalskollegium versammelte, das oberste Beschlussgremium der Christenheit. Der Raum war, wie die meisten anderen auch, unmöbliert. Außer dem glatt behauenen Stein der Böden und vierfach mannshohen Wände sah man nur noch das Holz der Balkendecke.

Durch eine Tür in der hinteren Stirnseite des Saales gelangten sie in den Salle de Jesus, so genannt wegen der Verzierung seiner Wände mit dem Monogramm von Jesus Christus – IHS. In diesem Raum hatten sich einst die Kardinäle gesammelt, bevor sie – gefolgt vom Papst – in Zweierreihen in das Konsistorium einzogen.

Durch ein kleines holzgetäfeltes Nebengelass – die Sakristei – wurden die Besucher in die Privatgemächer des päpstlichen Kammerherrn geleitet, der als die Nummer zwei in der Hierarchie des Kirchenstaats die Ämter des Außen- und Finanzministers versah und deshalb des uneingeschränkten päpstlichen Vertrauens bedurfte.

Zunächst beanspruchte die Bemalung der im Originalzustand erhaltenen Balkendecke und der Wände Jans Aufmerksamkeit. Sie zeigte florale Motive – Ranken, Blätter und Trauben – auf rotbraunem Grund. Siebenhundert Jahre alt war diese Handwerkskunst; eine Zeitspanne, die

Jan seiner Vorstellung nur gefügig machen konnte, indem er sie in Generationen umrechnete. Etwa dreißig Generationen; wenn man sich das für die eigene Biografie ausmalte, kam man rechnerisch auf rund zweihundertundsiebzig Millionen Vorfahren nur für das vierzehnte Jahrhundert – eine unvorstellbare Zahl, vor allem dann, wenn man bedachte, dass die Weltbevölkerung damals kaum größer war. Was folgte daraus? Dass es in der eigenen Biografie massenhaft Inzest gegeben haben musste? Oder dass man mit dem kompletten Rest der Menschheit auf irgendeine Weise verwandt war?

Mittlerweile waren sie an der Treppe angekommen, die hinunterführte in die Grande Trésorerie, die große Schatzkammer. Hier unten, im unangreifbaren Souterrain des Papstpalastes, mit Hammer und Meißel aus dem gewachsenen Fels gehauen, befand sich das Allerheiligste. Hier drehte sich einst alles um die Verwaltung von Schätzen, Grundbüchern, Verträgen und Akten. Im oberen Bereich der Trésorerie wurden die Bücher geführt; die Einnahmen aus Steuern und Grundstücksgeschäften verzeichnet und saldiert. Mehrere Geistliche, Schreiber, Notare und Boten, die dem päpstlichen Kammerherrn unterstanden, waren damit befasst. Diesem oblag auch die Rechtsprechung der Kammer sowie die Aufsicht über die päpstliche Münze.

Zum Trésor Bas, ein weiteres Geschoss tiefer, hatten nur der Kammerherr selbst und sein Schatzmeister Zutritt. Hier, unter einem eleganten gotischen Gewölbe, dessen Rippen von einer Säule in der Mitte des Raums ausgingen wie die Äste eines Baums, lagerten in vier unter schweren Steinplatten verborgenen Verliesen Besitztitel, Bargeld und Edelmetall in großen eisenbeschlagenen und mehrfach verschlossenen Truhen. Hier ging Sibylle und Jan auf, was es bedeutete, dass im späten Mittelalter die weltliche Herrschaft noch an die geistliche gebunden war. Hier wurde Macht verwaltet, politische und wirtschaftliche Macht, und das beantwortete ganz zwanglos die Frage, wovor die Erbauer und Bewohner dieses Palastes sich fürchteten.

Aus dem Trésor Bas führte eine Treppe hinauf auf den Ehrenhof, den sie erneut queren mussten, um die Tour durch die oberen Räume zu beginnen. Als sie wieder am Kreuzgang mit dem ungepflegten Rasen vorbeikamen, schlug Sibylle vor, sich eine Weile zu setzen, ihr schmerzte der Rücken vom vielen Stehen und Schlendern. Außerdem hatte sie Durst.

Die beiden sahen sich nach einer Sitzgelegenheit um und zogen sich in den Kreuzgang zurück, wo sie sich zwischen zwei Säulen setzten und ihre Rücken von der Sonne bescheinen ließen.

„Ich weiß überhaupt nichts vom Papsttum in Avignon. Nur, dass es zeitweise zwei Päpste gab; einen in Rom und einen in Avignon“, sagte Sibylle.

„Ja“, bestätigte Jan, „das abendländische Schisma. Aber ich gebe zu, viel mehr weiß ich auch nicht. Aber vielleicht findet sich ja was auf dem Tablet.“

Sibylle zog das Menu auf und ließ sich die Sitemap anzeigen. „Ah hier, das könnte es sein.“ Dann stöpselte sie den Kopfhörer ein und hörte kurz in den Text, nickte dann und nannte Jan den Pfad.

Bereits im 13. Jahrhundert, so hörten sie nun, sei der Anspruch des Papstes, aus seiner theologischen Autorität auch das Recht abzuleiten, Einfluss auf die Politik der weltlichen Fürsten zu nehmen, in Zweifel gezogen worden. Besonders der französische König wehrte sich dagegen, indem er dafür sorgte, dass überwiegend Franzosen zu neuen Kardinälen berufen wurden. Diese waren irgendwann in der Überzahl und wählten 1305 den Erzbischof von Bordeaux zum Papst, der seit 1309 als Clemens V. im Bischofspalast von Avignon residierte. In den folgenden Jahrzehnten rissen seine Nachfolger sukzessive den Bischofspalast ab und errichteten an dessen Stelle den heutigen Papstpalast. Das gab den Anhängern des römischen Papsttums Anlass zu dem Argwohn, die Residenz der Päpste in Avignon könnte zur Dauerlösung werden. Unter dem wachsenden Druck dieser römischen Fraktion kehrte Papst Gregor VI. im Jahre 1376 nach Rom zurück. Nach dessen Tod zwei Jahre später wurde mit Urban VI. wieder ein Italiener zum Papst gewählt. Dieser legte sich aber mit dem Kardinalskollegium an, indem er neunundzwanzig neue Kardinäle ernannte, darunter nur drei Franzosen. Die Vergrößerung des Kollegiums führte nicht nur zum Verlust der französischen Dominanz, sondern auch zu empfindlichen finanziellen Einbußen jedes einzelnen Kardinals, denn das feste Budget des Kollegiums wurde auf die Zahl seiner Mitglieder umgelegt. Je mehr Kardinäle, desto geringer also das Einkommen jedes Einzelnen. Nur wenige Monate später wurde Urban VI. deshalb vom Kardinalskollegium wegen Geisteskrankheit wieder abgesetzt. Statt seiner wählten die Kardinäle den Franzosen Clemens VII. zum Papst, der wieder in Avignon residierte. Da die Amtszeit eines Papstes aber üblicherweise mit dessen Tod endete und eine Absetzung nicht vorgesehen gewesen war, gab es von da an zwei Päpste; einen in Rom und einen in Avignon.

In der Folge wurde die Christenheit in zwei Lager ge-

spalten; die Königreiche Frankreich, Kastilien, Aragon, Schottland und Neapel schworen dem avignonesischen Papst Gehorsam, die Königreiche England, Polen, Ungarn, Dänemark und Schweden dem römischen. Lediglich Portugal und das Heilige Römische Reich Deutscher Nation erwiesen sich als Flickenteppiche mit unterschiedlichen Loyalitäten.
Dies führte sehr bald zur politischen Schwächung des Papsttums, denn die Päpste waren von nun an durch die Fürsten erpressbar. Den Gehorsam gegenüber dem jeweiligen Papst handhabte jeder Fürst nun nach eigenem Gutdünken zu seinem persönlichem Vorteil.
Deshalb gab es auch mehrere Versuche, das Schisma zu überwinden, doch gelang dies erst auf dem Konzil von Konstanz, wo am 11. November 1417 der Italiener Oddo di Colonna zum Papst gewählt wurde, der sich nach dem Tagesheiligen Martin V. nannte. Martin V. brachte das Papsttum dauerhaft nach Rom zurück. Damit habe das avignonesische Papsttum einhundertundacht Jahre gedauert, die Kirchenspaltung von neununddreißig Jahren inbegriffen.
Jan und Sibylle zogen sich die Kopfhörer aus den Ohren.
„Kohle und Macht, ich sag's dir", murmelte Jan.
„Weißt du, woran ich mich erinnert fühle?", fragte Sibylle, während sie ihre Wasserflasche aus dem Rucksack zog.
„Ich bin gespannt."
„An Papst Johannes Paul I." Sie schraubte die Flasche auf und trank.
„Ach so, der Dreiunddreißig-Tage-Papst von 1978, wieso grad an den?"
„Weil der ein Mensch war", prustete sie, die Flasche ab-

setzend, „der gleich zu Anfang im Vatikan einen anderen Ton setzte, einen anderen Stil. Der sich nicht prunkvoll die Tiara aufs Haupt setzen ließ. Der auf den Pluralis Majestatis verzichtete und stattdessen ganz schlicht 'ich' sagte. Der die Sympathien der Menschen gewann. Der mit seinen ersten Äußerungen gleich die Kurie gegen sich aufbrachte. In den die Welt soviel Hoffnung setzte. Und der – oh Wunder, oh Zufall – einen Monat nach seiner Wahl tot war." Sie bot Jan die Flasche an.
Der nahm die Flasche, trank, und sagte dann: „Wieso oh Wunder, oh Zufall?"
„Glaubst du etwa an Zufall?" Sie verstaute die Flasche, die Jan ihr gereicht hatte im Rucksack, aus dem sie nun zwei Äpfel hervorkramte. „Ich nicht."
„Du glaubst an Mord?"
„Na klar! In den Achtzigern hat ein amerikanischer Autor einen Zusammenhang hergestellt zwischen diesem plötzlichen Tod und den kriminellen Machenschaften der Vatikanbank, in die einige Kardinäle verwickelt waren. Wäre die Angst vor Entdeckung nicht ein plausibles Motiv für einen Mord? – Hier, nimm." Sie gab ihm einen der Äpfel.
„Danke. – Ein plausibles, ja, sicher, aber ein ganz und gar unbewiesenes. Was damals an Verschwörungstheorien ins Kraut schoss, ist schier lächerlich. Die einen verdächtigten Außerirdische des Mordes, andere eine italienische Freimaurerloge, wieder andere die Jesuiten. Kompletter Unsinn." Jan fummelte sein Klappmesser aus der Hosentasche.
„Unsinn? Und das sagst du, nachdem wir hier vorgeführt bekommen, was hinter den Kulissen des Papsttums alles so passiert?"

„Ich sage ja nicht, dass ich die Kurie einer solchen Tat nicht für fähig hielte. Ich sage nur, dass es im konkreten Fall viel naheliegendere Gründe für den plötzlichen Tod gibt." Er begann, den Apfel zu schälen.
„Als da wären?"
„Johannes Paul I. war fast sechsundsechzig Jahre alt, herzkrank und gnadenlos überfordert. Diese Mischung reicht gelegentlich für einen plötzlichen Herztod. Ockhams Messer; du erinnerst dich."
Sibylle machte eine wegwerfende Handbewegung. „Dein Ockham geht mir am Arsch vorbei, weißt du, das ist doch unterkomplex."
„Unterkomplex. Verstehe. Die feministische Diskurskeule. Ich erinnere mich schwach." Jan schmunzelte, während er die spiralförmige Apfelschale beiseite legte. „Kennst du übrigens den Unterschied zwischen einem Physiker, einem Philosophen und einer Genderprofessorin?"
„Na", brummte Sibylle verdrießlich, „ich ahne, was kommt."
„Ein Physiker gleicht jemandem, der in einem dunklen Raum eine schwarze Katze sucht. Ein Philosoph gleicht jemandem, der in einem dunklen Raum eine schwarze Katze sucht, die gar nicht da ist. Und eine Genderprofessorin gleicht jemandem, der in einem dunklen Raum eine schwarze Katze sucht, die gar nicht da ist, und plötzlich schreit: 'Ich hab sie!'"
„Ha, ha. Der Witz ist alt, allerdings mit einem Theologen statt einer Genderprofessorin..."
„...was am Ende keinen Unterschied macht, oder?" Jan hielt Sibylle den geschälten Apfel hin. „Möchtest du?"
„Ja, danke. - Und es ist doch was Anderes." Sie reichte

ihm den zweiten Apfel.

„Wieso?“, fragte Jan und legte seine Hand auf Sibylles Unterarm, „in beiden Fällen verbreiten Menschen, die die Weisheit mit Löffeln gefressen zu haben glauben, verschwurbelte Theorien. So what?“

„Meinst du mich damit?“

„Nein“, versetzte Jan amüsiert, während er sich erneut der Herstellung einer Apfelschalenspirale widmete, „ich meine das ganz generell. Verschwörungstheoretiker glauben an etwas, weil sie daran glauben wollen. Die scheren sich nicht um Fakten, weil ihre Glaubenssysteme gegen Fakten immun sind. Die halten sich für erleuchtete Träger eines Geheimwissens, als dessen Propheten sie sich verstehen. Du musst nur mal ein wenig im Internet gründeln, um auf die absurdesten Verschwörungstheorien zu stoßen. Dass die Landung auf dem Mond nie stattgefunden habe, dass Nine-Eleven von den Amerikanern selbst eingefädelt und Lady Di vom britischen Geheimdienst ermordet worden sei ...“

„... und dass auf Erden das Patriarchat herrsche“, warf Sibylle spitz ein …

„... das“, Jan musste unwillkürlich lachen, „sind nur drei, sorry, vier Beispiele. Der Begriff 'Esoterik' bezeichnet übrigens genau die Gemeinsamkeit all dieser Konstrukte: das geheime Wissen eines inneren Zirkels in Abgrenzung zur 'Exoterik', dem allgemein zugänglichen Wissen. Und was das Patriarchat angeht“, fügte er amüsiert hinzu, „das Patriarchat als Tatsache bestreitet doch niemand ernsthaft. Nur die Behauptung, das Patriarchat sei das Ergebnis einer männlichen Verschwörung zur gemeinsamen Unterdrückung der Frauen, die ist ein wenig schräg, findest du nicht?“

„Nee, überhaupt nicht. Was ist es denn deiner Meinung nach?“
„Der Ausdruck eines historischen Status quo, der nicht das letzte Wort ist. Und auch schon im Begriff ist, überwunden zu werden. Aber sicherlich nicht dadurch, dass man ihn mit umgekehrtem Vorzeichen einfach neu etabliert. Aber vielleicht lassen wir dieses Thema besser ruhen.“ Er biss in den Apfel.
„Ja“, seufzte Sibylle, „besser ist das. Nur eins noch - wer will denn das, das mit dem umgekehrten Vorzeichen, meine ich?“
„Der Krawallfeminismus.“ Jan versenkte sein Taschenmesser in der Hosentasche.
Mit in Falten gelegter Stirn kaute Sibylle an ihrem Apfel und sah an Jan vorbei. Was sich hinter ihrer Stirn abspielte, war allenfalls zu erahnen.
„Weißt du“, fuhr Jan, im Ton nun verbindlicher, fort, „findest du nicht, dass es viel zu vielen Feministinnen ums Verurteilen geht? Ihr Frauen seid doch nicht das Premium-Produkt der Schöpfung. Unter euch Frauen gibt es genau so viele Stinkstiefel wie unter uns Männern. Ihr habt nämlich auch nur 'nen Arsch mit zwei Hälften.“
Sibylle grinste schwach. „Du sagst das, als wären dir mehr davon lieber.“
„Klar“, feixte Jan, „aber nur von deinen. – Lach doch mal.“ Er stieß sie mit dem Ellbogen an und zwinkerte ihr zu .
„Ha, ha“, grimassierte sie. „In Zukunft möchte ich übrigens, dass du in meiner Gegenwart den Begriff 'Krawall-Feminismus' nicht mehr benutzt.“
„Okay, schließen wir einen Deal. Ich verzichte fortan auf den 'Krawall-Feminismus', im Gegenzug verschonst du

mich mit Klischees über Männer. Schlag ein." Er hielt ihr die Hand hin.

„Und was muss der tun, der dagegen verstößt?", fragte Sibylle vorsichtshalber.

„Der zahlt fünf Euro in die Chauvi-Kasse. Komm, schlag ein."

„Aber Chauvis sind doch nur Männer."

„Bingo! Die ersten fünf Euro sind fällig, gnä Frau!"

Sibylle lachte. „Der Deal war noch nicht perfekt. Außerdem ist noch unklar, wer die Kasse führt."

„Na, ich natürlich. Frauen können nicht rechnen."

„Die zweiten fünf Euro!", frohlockte Sibylle.

„Nix da", versetzte Jan. „Du hast noch nicht eingeschlagen. – Was macht übrigens dein Rücken? Wollen wir die zweite Runde in Angriff nehmen?"

„Ja, aber erst entsorgen wir unseren Müll."

Der Hinweispfeil zur zweiten Hälfte der Besichtigungstour führte zu einer breiten Steintreppe, über die man in den Grand Tinel gelangte, den großen Speisesaal. Hier wurden Festlichkeiten begangen, anlässlich von Papstwahlen aber auch die Teilnehmer des Konklaves verköstigt. In den nackten Stein der westlichen Längswand waren Stützbögen eingezogen, damit während des Konklaves an diesen Stellen Durchbrüche geschaffen werden konnten, die in den Gästetrakt führten.

In die östliche Längswand gegenüber waren sechs Nischen von beachtlicher Tiefe eingelassen, deren Bleiglasfenster das Sonnenlicht in breiten, bunten Bahnen auf den Boden gossen. Ein Durchgang in der nordöstlichen Ecke des Grand Tinel gestattete den Zutritt zu einer achteckigen Küche mit einem kegeligem Rauchfang von

enormen Ausmaßen, durch dessen Öffnung achtzehn Meter über ihnen das Blau des Himmels blinzelte.
In der gegenüberliegenden Stirnseite führte eine schmale Tür in die Paramentenkammer, die in Größe und Ausstattung dem Grand Tinel ähnlich war, von den Fliesen einmal abgesehen, die hier den Boden bedeckten. Sie entsprachen in Größe, Form und Farbgebung dem Geschmack des vierzehnten Jahrhunderts.
Daran schloss sich das Privatgemach des Papstes an, dessen Fenster sie bereits vom Ehrenhof aus auf halber Höhe des Papstturmes gesehen hatten. Die Wände waren sehr aufwendig bemalt mit auberginfarben belaubten Weinreben auf blauem Grund, nach oben hin begrenzt durch ein Vierpassfries, nach unten durch ein Trompe-l'oeil, das einen Textilvorhang mit Faltenwurf vortäuschte. Erst zu Beginn des einundzwanzigsten Jahrhunderts hatte man hier eine doppelläufige Treppe entdeckt, die direkt in den Weinkeller führte. Askese sieht anders aus.
Sibylle zeigte auf ein Fenster, dessen Sims so hoch über dem Boden lag, dass man nicht hinaussehen konnte. „Das ist das Fenster, das wir von unten gesehen haben. Dient wohl nur zur Lüftung“, flüsterte sie.
„Wieso Lüftung“, flüsterte Jan zurück, „glaubst du etwa, dass der Papst pupst?“
„Pupst der Papst etwa doch?“, fragte Sibylle mit Unschuldsmiene zurück. „Ich dachte immer, Könige und Kirchenfürsten seien irdischer Notdürfte enthoben!“
Feixend stahlen sie sich an einer geführten Gruppe gesetzter Herrschaften vorbei, die ihrem Guide andächtig lauschten, und vollendeten den Rundgang, der sie auf die Loggia vor dem Ablassfenster führte. Von hier aus hatten die Päpste einst das gemeine Fußvolk auf dem Eh-

renhof gesegnet und ihm die Vergebung seiner Sünden gewährt.
„Ego vos absolvo ab omnibus peccatoribus vestris", deklamierte Jan in den Hof hinunter und schlug mit der rechten Hand das Kreuzzeichen.
„Omnibus?", tat Sibylle irritiert und sah über die Brüstung auf den Hof.
Jan lachte und erklärte, dass Dativ und Ablativ von ‚omnes' - ‚alle' - auf ‚omnibus' laute. Und das Verkehrsmittel Omnibus sei halt ein Auto ‚für alle'.
„Achso", machte Sibylle, „ich habe halt nur das Puddingabitur; ohne Latein."
„Den Satz kenne ich auch nicht aus dem Lateinunterricht, sondern aus meinem Messdienerdasein in Westfalen: Ich erlöse euch von all euren Sünden."
„Oh, wie großzügig; ich dich auch von deinen, wünsche aber, dass du sie erneut begehst."
„Ich sündige nie, wie du wohl weißt."
„Ach ja? Auch nicht ab und an gegen das sechste Gebot?"
„Kenn ich nicht, was ist das?"
„Ich denke, du warst Messdiener!"
„Das war vor der Pubertät, das gilt nicht."
Derweil waren sie die Treppe hinuntergestiegen und vor dem Eingang des Shops angelangt, wo sie ihre Audio-Guides abzugeben hatten. Dann schlenderten sie durch das Angebot an Büchern, CDs, Basecaps und billigem Andenkenkram, passierten die Kasse und standen unversehens in einer schmalen Gasse hinter dem Papstpalast.

## Arles, 10. Mai 2016

Am Stadtrand von Arles wählten sie an einem Kreisverkehr die ‚Avenue de Stalingrad'. Diese führte direkt vor dem Bahnhof entlang bis zu einem weiteren Kreisverkehr mit dem Namen ‚Place Lamartine' unmittelbar am Rhône-Ufer.
„Place Lamartine", stutzte Sibylle, „war das nicht die Adresse des Gelben Hauses von van Gogh?"
„Ja, mir ist auch so, und es gibt, glaube ich, auch ein Bild mit dem Titel ‚Das Nachtcafé an der Place Lamartine'."
Sie umrundeten den Platz ein weiteres Mal. „Siehst du ein gelbes Haus?", fragte Jan. „Ich nicht."
„Ich auch nicht", sagte Sibylle zweifelnd.
Der Fliehkraft nachgebend verließ das Auto nun seine Kreisbahn und folgte dem Hinweisschild mit der Aufschrift ‚Office de tourisme'. Der wohltuende Schatten der Platanen auf dem ‚Boulevard des Lices' umfing sie bald und verschaffte Jan das altvertraute Behagen, das er an Orten wie diesem empfand: Baumbestandene Boulevards, unzählige Cafés auf den breiten Trottoirs, flanierende Paare, Heerscharen von Spatzen auf der Suche nach ein paar Krümeln unter den Tischen, die ganze Szenerie in der Schwebe gehalten von sanft tanzenden Flecken aus Sonnenlicht.
„Kein Wunder, dass der Impressionismus seine Wurzeln ausgerechnet in Frankreich hat", sagte er.
„In der Tat", pflichtete Sibylle bei, „alles – Licht, Farbe, Konturen, Bewegung – wirklich alles fügt sich aus Flecken zusammen, aus bewegten Flecken von Licht und Schatten."
Direkt neben dem Office de tourisme gab es einen geräu-

migen Parkplatz, der, so schien es, jedoch gestopft voll war. Dennoch lenkte Jan das Auto dorthin in der Hoffnung, jemand führe just weg und hinterließe ihm einen Lücke. Unterdessen machte Sibylle ihn auf einen kleinen, abgerissenen Alten mit zerbeulten Cordhosen, ausgetretenen Schuhen ohne Schnürsenkel, blaugeäderter Nase und grauem Stoppelbart aufmerksam, der hier offenbar das Regiment führte. Wo immer ein Fahrzeug seinen Stellplatz verließ, winkte er das nächste herbei und wies den Fahrer ein. Jeder Neuankömmling unterwarf sich seinem Diktat in der Annahme, es handle sich um einen kommunalen Parkwächter. So kamen Jan und Sibylle flugs zu ihrem Stellplatz, schlossen ab und fragten den Wächter nach ihrer Schuldigkeit. Der strich zwei Euro ein und machte sie sodann auf den Parkscheinautomaten aufmerksam. Erst da fiel bei ihnen der Groschen: Sie hatten sich auf das Geschäftsmodell eines Clochards eingelassen, der mit dieser milden Form von Amtsanmaßung erfolgreich sein Leben finanzierte. Verblüfft über dessen Chuzpe schmunzelnd zog Jan ein Parkticket und klemmte es hinter die Windschutzscheibe.

Sodann hieß es Schlange stehen vor dem Office de tourisme. Endlich an der Reihe, erkundigten sie sich nach dem Maison jaune, dem Gelben Haus von Vincent van Gogh. Die Dame griff einen Touri-Stadtplan vom Stapel und lächelte nachsichtig.

„Pardon", sagte sie, aber das Gelbe Haus sei im zweiten Weltkrieg dem Erdboden gleichgemacht worden, das gebe es längst nicht mehr. Sie machte mit ihrem Kugelschreiber auf dem Plan ein kleines Kreuz, genau hier, an der Place Lamartine, habe es gestanden. Es sei aber wirklich nichts mehr davon zu sehen.

„Wusstest du das?“, fragte Jan.
„Nee, absolut nicht“, antwortete Sibylle, „das war mir nicht klar.“
Sie dankten und orientierten sich mithilfe des Stadtplans zunächst in Richtung des Amphitheaters. An der nächsten Fußgängerampel überquerten sie den Boulevard und betraten den Jardin d'été. Dass dieser seinen Namen zu Recht trug, zeigte sich nach wenigen Metern. Das Blattwerk der Bäume, Büsche und Hecken sperrte die Sommerhitze und den Verkehrslärm aus. Obwohl der Jardin unmittelbar an den Boulevard grenzte, bildete er einen parallelen Kosmos, in dem Ruhe und Entschleunigung den Takt gaben.
Längs eines breiten Kiesweges standen in regelmäßigen Abständen grün gestrichene Gartenbänke von jener wunderbar altmodisch geschwungenen Form, die den Bedürfnissen ruhebedürftiger Körper so sehr entgegenkommt.
Dieser Einladung konnten Sibylle und Jan nicht widerstehen und fläzten sich auf eine solche Bank im Schatten einer Aleppokiefer, im Rücken das dezente Grundrauschen des Boulevards, vor sich das Panorama des Parks.
Die unterschiedlichsten Laub- und Nadelbäume, Exoten darunter, solitär oder in Gruppen, bildeten das Dach dieses innerstädtischen Biotops. In ihren Zweigen Tauben, Spatzen und anderes Getier, darunter auch Eichhörnchen, die, einander hetzend, die Stämme hinauf und hinab rasten und in wenigen Sätzen die Kieswege übersprangen. Das Parterre bildeten Rasenflächen, darin eingestreut Beete mit den Blühpflanzen. Die Beletage dazwischen gehörte brusthohen Hainbuchenhecken, Rhododendren, kugelig geschnittenen Lorbeerbüschen und

kniehoch gestutzten Beeteinfassungen aus Buchsbaum. Inzwischen hatte Sibylle entdeckt, dass die Rückseite des Parks von antikem Gemäuer begrenzt wurde. Auf dem Weg dorthin passierten sie eine grob behauene, übermannshohe Kalksteinstele, aus deren Front die Messingbüste Vincent van Goghs heraustrat. Gleich nebenan zeigte eine pultförmige Schautafel Vincents Gemälde ‚L'Entrée du jardin public', das im September 1888, etwa ein Vierteljahr vor dem Showdown mit Gauguin also, hier entstanden war. Den Vordergrund des Bildes dominierte die Figur eines breitbeinig dastehenden Mannes mit Hut, der in eine Zeitung oder einen Plan vertieft ist, den er mit beiden Händen aufgefaltet hält.

„Genauso stehst du auch gerade da", rief Sibylle feixend Jan zu, der in der Tat ganz auf den Stadtplan fokussiert war, nun aber über dessen Rand blinzelte.

„Der Hut stimmt nicht", wandte er ein. „Stell dir das Bild mal mit Basecap vor."

„Lieber nicht", widersprach Sibylle, „ich fänd's besser, du setztest einen solchen Strohhut auf."

„Okay", gab er nach, „aber nur, wenn du dich in die gleichen Röcke wirfst, die die älteren Damen auf dem Bild tragen."

„Ich bitte dich! Bin ich etwa eine ältere Dame?"

„Absolut. Mit sechsundfünfzig ist man eine ältere Dame, schon gar nach den Maßstäben des ausgehenden neunzehnten Jahrhunderts."

„Charmeur!"

„Das ist keine Frage des Charmes, sondern der Ehrlichkeit. Außerdem hast du's provoziert."

„Wie auch immer", gab Sibylle sich geschlagen, „ein Mann mit Basecap auf diesem Gemälde wäre Stilbruch."

„Oder postmodern. Jedenfalls nicht van Gogh."
„Amen!"
Das antike Gemäuer erwies sich von Nahem als Teil des ehemaligen Römischen Theaters, an dessen Betreten sie durch einen soliden Metallzaun gehindert wurden. Der Blick hindurch fiel auf ein Ruinenfeld, in das eine moderne Bühne eingepasst war; auch Teile der Ränge schienen noch in Benutzung. Offenbar wurde das Theater gelegentlich noch bespielt, en plein air.
Sie folgten dem Zaun nach Westen und stiegen hinter einem übelriechenden Pissoir, in dessen Umgebung eine Handvoll verwahrloster Gestalten auf weiß Gott was lauerte, treppauf, um auf die angrenzende Straße zu gelangen. Diese führte sie an der Breitseite des Römischen Theaters entlang und knickte an dessen Ende zunächst nach rechts ab. Am Ende einer kurzen Odyssee durch winklige Gässchen wuchs vor ihnen unversehens eines der größten Amphitheater aus dem Boden, das außerhalb Roms erbaut worden war.
„Wow", machte Sibylle.
Auch diesen Ort hatte van Gogh in einem Gemälde verewigt und mit dem Titel 'Les arènes d'Arles' auf dessen neuzeitliche Verwendung angespielt: Nämlich der einer Stierkampfarena. Deren drei Stockwerke über ovalem Grundriss waren in einen Hang hineingebaut, der nach Norden hin abfiel. Das Niveau der umlaufenden Gasse entsprach vor dem Nordportal dem der Manege, nach Süden hin, gegen den Jardin d'été, stieg sie bis auf eine Stockwerkshöhe an. Die Erdgeschosse der umgebenden Häuserfront wurden als Boutiquen, Souvenirläden, Bars, Cafés und Restaurants genutzt und boten feil, was sich irgendwie zu Geld machen ließ. Besonders die südfranzö-

sische Folklore, die in den Boutiquen ausgestellt wurde, – Stoffe, Keramiken, Bilder – bestand im Wesentlichen aus sündteurem Nippes.
Als Sibylle vor einem dieser Etablissements die Karte studierte, hob sie erschrocken die Hand vor den Mund und schüttelte vielsagend den Kopf.
Derweil studierte Jan die Arena. Der Bau folgte derselben Blaupause wie das Kolosseum in Rom, allerdings weniger kolossal. Die beiden noch erhaltenen Geschosse wurden getragen von je sechzig Arkaden, jene des fehlenden dritten Geschosses waren im Laufe der Geschichte abgetragen worden, um Baumaterial für jene Häuser zu gewinnen, die im späten Mittelalter in seinem Innern errichtet, später aber wieder abgerissen worden waren.
Sie betraten die Arena von Norden her, wo Sibylle eine Eintrittskarte zu lösen hatte, wovon Jan aus Altersgründen erneut befreit war. Durch die auf der Nord-Süd-Achse gelegenen Arkadenbögen hatten sie freien Blick bis in die Manege und bekamen dadurch eine Ahnung von der Tiefe des Bauwerks und dem konstruktiven Aufwand an Treppen und Gängen, den die damaligen Baumeister getrieben hatten, um die wilden Tiere von den Menschen zu trennen, die Zuschauer von den Akteuren, die Sklaven von den Bürgern und die Plebs vom Adel. Fünfundzwanzigtausend Zuschauer fanden hier Platz, soviel wie in den Fußballstadien von Bochum oder Freiburg.
Zunächst stiegen sie eine breite Treppe hinauf zu den obersten Rängen, von wo aus sie einen weiten Blick über die Stadt hatten. Am Himmel trieb eine lockere Bewölkung träge südwärts, geschoben von einem sanft kühlenden Wind. Im Westen gleißte die Sonne auf der Rhône, die sich gemächlich der Camargue entgegenwälzte, einer

Landschaft, die sie im ständigen Wechselspiel mit dem Meer selbst geschaffen hatte.
Innen lag tief unter ihnen die Manege wie sie auf van Goghs ‚Les arènes d'Arles' zu sehen ist. In ihrem besandeten Oval luden Arbeiter von einem Lastwagen Planken ab und errichteten aus ihnen im Abstand von etwa einem Meter zur steinernen Begrenzungsmauer der Manege eine etwa brusthohe zweite Wand, so dass ein schmaler, umlaufender Gang entstand. Darin wurden an manchen Stellen einzelne Planken so dicht vor die Mauer montiert, dass der Zwischenraum für einen schlanken Menschen knapp reichte, nicht jedoch für einen Stier.
„Was wird das denn?", brummte Sibylle.
„Die Contrepiste. Der provençalische Stierkampf", antwortete Jan, „folgt anderen Regeln als der spanische. Der spanische Stierkampf ist ein Kampf auf Leben und Tod. Der Stier wird in jedem Fall getötet, der Torero nur dann, wenn er einen Fehler macht."
„Und was ist beim provençalischen anders?"
„Es werden kleinere Stiere eingesetzt. Kleiner, leichter, schneller. Und sie werden nie getötet. Das macht den Unterschied: Der südfranzösische Stierkampf fordert das Geschick, die Cleverness und die Kondition aller Beteiligten heraus, der Stiere wie der Menschen. Er ist sportlicher Natur, nicht finaler."
„Schöner Sport ...", sprach Madame missbilligend, „und was hat es nun mit dieser Contrepiste auf sich?"
„In die Contrepiste können sich die Kämpfer durch einen Sprung über die Bande retten, wenn der Stier ausrastet. Übrigens hing unten eine große Info-Tafel mit Erläuterungen. Wollen wir noch mal runtergehen?"
In der Tat wurden im Aufgang auf einer großen Tafel in

Englisch und in Französisch die Besonderheiten des südfranzösischen Stierkampfs erklärt.
Sie lasen, dass der Stier eine Trophäe zwischen die Hörner gespannt bekomme. Ziel der Kämpfer sei es, dem Stier diese Trophäe mit den Händen abzustreifen. Wenn der Stier fünfzehn Minuten überstehe, ohne die Trophäe zu verlieren, gehe er als Sieger vom Platz und der nächste Stier komme an die Reihe. Üblicherweise träten zu einer 'course camarguaise' sechs Stiere an, die nach dem Kampf unversehrt zu ihren Herden zurückkehrten.
Die Kämpfer übersprängen gelegentlich die Bande, um sich in der Contrepiste vor dem anstürmenden Stier in Sicherheit zu bringen. Wenn, was nicht selten passiere, der Stier diese Hürde ebenfalls nehme, sprängen die Kämpfer halt wieder zurück oder aber in die Zuschauerränge, während der Stier durch eine Pforte wieder in den Innenraum bugsiert werde. Sollte der Stier schneller und gewitzter sein als der Kämpfer und diesen in dem engen Gang stellen, dann könne sich dieser immer noch hinter die mannshohen Planken retten, die dicht vor der Mauer angebracht seien. Für den Fall, dass im Innenraum wirklich mal ein Stier den Kämpfer auf die Hörner nehme, sprängen sofort andere Kämpfer ein, um den Stier abzulenken und den Kollegen zu bergen.
„Alles völlig unblutig, wie du siehst“, bemerkte Jan. „Hast du Lust auf einen Gang durch die Katakomben, einmal rundum?“
„Meinetwegen“, stimmte Sibylle zu. Sie tauchten nun in das Gewölbe des unteren Arkadengangs ein und durchwanderten ihn im Uhrzeigersinn. Zehn Schritte etwa betrug der Abstand von Arkade zu Arkade, fünf Schritte der Wechsel von hell zu dunkel, von warm zu kühl.

„Trotzdem, ich finde, das ist Tierquälerei", sagte Sibylle.
„Aber den Stieren passiert doch nix", wandte Jan ein. „Sie ernten den Respekt der Zuschauer und kommen zurück zu ihrer Herde. So what?"
„Aber auf der Weide müssten sie sich niemals dem Stress aussetzen, vor tausenden johlender Menschen bis aufs Blut gereizt zu werden."
„Das nicht, aber was ist mit dem Konkurrenzdruck innerhalb der Herde? Der entlädt sich immer wieder in Macht-, Rang- und Revierkämpfen. Das gehört zu ihrer Natur. Daran sind sie gewöhnt."
„Du tust grad so, als sei Aggressivität das Normalste von der Welt!"
„Isses doch auch!" In Jan' Gesicht spiegelte sich amüsiertes Erstaunen. „Etwa nicht? The survival of the fittest! Wenn unsere Vorfahren sich nicht durchgesetzt hätten, gäbe es uns nicht! Und das geht nur mit ausgefahrenen Ellenbogen, die sie uns natürlich vererbt haben! Auch Menschen kämpfen ständig um Macht, Einfluss, Ansehen und ihren Platz in der Hackordnung." Er hielt kurz inne und fügte dann verschmitzt hinzu: „Sogar in der Paarbeziehung."
„Schon wieder kommst du mir mit deinen Biologismen! Die Gene! Ich glaub's nicht. Sind wir nicht in erster Linie Kulturwesen? Vom Tier unterscheiden uns doch wohl Intelligenz, Kultur, Moral und Mitgefühl."
„Du irrst, fürchte ich. *Erst* kommt das Fressen und *dann* die Moral."
Sibylle blieb entgeistert stehen. „Das meinst du nicht ernst, oder?"
„Doch! Auch wenn mir das nicht gefällt. Der Satz stammt von Brecht. Ich halte ihn für die illusionslose Beschrei-

bung unserer Antriebe."

„Aber was ist mit unseren Gefühlen: Liebe, Freundschaft, Trauer, Hilfsbereitschaft, Empathie ..."

„Kannst du vergessen, wenn es ums nackte Überleben geht. Im Übrigen beschränken wir die Reichweite dieser Tugenden auf die Menschen, die uns am ähnlichsten und am nächsten sind. Unsere Familie, unser Dorf, unser Land. Je fremder und je ferner uns andere Menschen sind, desto gleichgültiger, wenn nicht gar ablehnender, begegnen wir ihnen. Unser Umgang mit den vielen Flüchtlingen beweist das doch."

„Aber die sind doch mit offenen Armen empfangen worden! Wir haben sie doch willkommen geheißen!"

„Wir alle? Du und ich vielleicht, und einige andere auch. Aber wir sind in der Minderheit. Die Mehrheit empfindet diese Menschen als Bedrohung, als Konkurrenz und will sie deshalb nicht. Die Griechen stecken sie in Lager, die Italiener lassen sie nicht rein, Ungarn und Mazedonier bauen Zäune gegen sie, Österreich macht die Grenzen dicht. Und bei uns laufen mit einem Schlag die Wähler zur AfD. Wo sind da deine edlen Gefühle? Und vor allem: Haben diese Gefühle die Menschen jemals davon abgehalten, Kriege zu führen und Völkermord zu begehen? Vom Tier unterscheidet uns nur eines: die Fähigkeit, unseresgleichen notfalls totzuschlagen."

„Jan! Was redest du da?"

„Homo sapiens ist die einzige Spezies, die ihresgleichen absichtsvoll tötet. Manchmal aus Rache, manchmal aus Habgier, manchmal aus Lust am Töten. Kein Wolf tötet einen anderen Wolf, kein Krokodil ein anderes, kein Löwe einen anderen – es sei denn versehentlich im Kampf. Aber normalerweise sind Rang- und Machtkämpfe in dem Moment schlagartig vorbei, in dem der Unterlegene den Schwanz einzieht. Einzig der Mensch macht dann noch weiter. Und weißt du, warum?"

„Na?"

„Weil er vernichten will. Aus Egoismus, Habgier, Hass oder dem Bedürfnis nach Rache. Im Strafrecht nennt man so etwas niedere Beweggründe. Die zu erwähnen hast du vergessen. Tieren ist derlei fremd."

„Mir auch."

Jan blies amüsiert die Backen auf und sagte: „Das glaubst du hoffentlich selbst nicht. Du bist nie wütend? Nie egoistisch? Empfindest nie Abneigung?" Er schüttelte ungläubig den Kopf; zu sehr war ihm die Vergeltungslogik von Sibylles Feminismus präsent, aber auch ihre erotische Gier und ihre feministische Rechthaberei.

„Es ist aber so."

„Und wie würdest du deinen Gemütszustand beschreiben, als du vorgestern mit Winfried telefoniert hast? Warst du da nicht verärgert, ja sogar zornig über seine Sturheit? Und wünscht du nicht manchmal deinem Noch-Ehemann die Pest an den Hals, weil er dich nach über zwanzig Jahren verlassen hat? Und bist du nicht manchmal auch aggressiv gegen mich? Kannst du dich an Deinen ersten Besuch bei mir erinnern? Wie du mir da zugesetzt hast?"

„Das ist was anderes."

„Schon klar." Jan griente.

Sibylle schwieg.

Inzwischen hatten sie den südlichen Scheitelpunkt des Ovals erreicht und gingen durch die gesamte Tiefe des Bauwerks vor bis zum Rand der Manege. Die Arbeiter waren noch immer damit beschäftigt, die Contrepiste aufzubauen, und als geübte Gerüstbauer luden sie Segment nach Segment von den Fahrzeugen ab und fügten sie in Windeseile zusammen. Von hier unten bot sich ein vollkommen anderes Bild als von ihrem Standpunkt vorhin. Sich vorzustellen, die Ränge seien bis oben hin besetzt mit Menschen, deren Gesichter ununterscheidbar sind in ihrer gemeinsamen Sensationslust, hatte etwas Beklemmendes. Allesamt kämen sie her wegen der vagen Möglichkeit, Zeuge eines blutigen Schauspiels zu werden; der Verwundung oder gar Tötung eines Kämpfers. Und zu wissen, dass Zehntausende nur auf jenen Fehltritt warten, der dich das Leben kostet, müsste jeden Kämpfer vor Angst lähmen. Und trotzdem würde er in den Ring steigen. Weil die Gier nach Ruhm und Ehre stärker ist als die Angst vor dem Versagen.

Sibylle und Jan kehrten zurück in den Gewölbegang und näherten sich dem Eingangsbereich, diesmal von der anderen Seite, und verließen das Amphitheater. Dem Gefälle des Geländes folgend schlenderten sie in eine der anschließenden Gassen, in die Rue Voltaire. Auch hier gab es kleine Restaurants mit Außenterrassen, und je weiter sie sich vom Amphitheater entfernten, desto ziviler wurden die Preise. Ihre Wahl fiel am Ende auf ein Lokal, in dem die Mutter traditionell kochte und die Tochter an nur vier Tischen Gäste bediente. Sie saßen vor dem Lokal halb auf dem Bürgersteig, halb auf der Straße, was wegen des fehlenden Autoverkehrs kein Problem war. So aber hatten sie teil am pulsierenden Leben.

Nach einer Weile bekamen sie ein ‚Risotto provençale' serviert – es gab nur zwei Gerichte zur Auswahl – und aßen es mit großem Behagen. Als Dessert wählten sie Café gourmand, auch Sibylle. „Das hab ich mir gemerkt", schmunzelte sie.

Anschließend schlenderten sie zur Place Lamartine, flanierten am Ufer der Rhône flussabwärts bis fast zur Brücke. Dort suchten sie in einer der Gassen das Gebäude der ‚Fondation van Gogh Arles'.

Sie stießen auf einen sehr ansprechenden, modernen, lichtdurchfluteten Neubau, der vorhandene Bausubstanz geschickt integrierte und deshalb in seiner über Jahrhunderte gewachsenen Umgebung nicht wie ein Fremdkörper wirkte.

Auch hier bekam Jan freien Eintritt, was Sibylle zunehmend verdross. Maulend verstaute sie ihre Handtasche in einem der abschließbaren Garderobenspinde.

Eigentlich hatten sie erwartet, ein Museum vorzufinden, das sich ausschließlich dem Werk van Goghs verpflichtet fühlte. Dass dem durchaus nicht so war, überraschte sie. Es gab nur eine Handvoll van-Gogh-Werke, die dem Museum selbst gehörten und dauerhaft im ersten Raum hingen, den sie betraten. Alle weiteren Räume – und das waren nicht wenige – zeigten Werke verschiedenster Künstler der Moderne. Die meisten davon waren Sibylle und Jan unbekannt, was für sich genommen nicht viel zu sagen hatte, aber mit soviel Abstraktion konnten sie nur wenig anfangen. Zum Glück wurde gerade eine Sonderausstellung unter dem englischen Titel ‚Van Gogh in Provence' gezeigt, die sich etlicher Leihgaben anderer Museen bediente, darunter auch die berühmten ‚Fischerboote am Strand' und ‚Blick auf Les Saintes Maries de la Mer'.

Vor allem letzteres erregte Sibylles Interesse, denn sie war noch nie in Les Saintes-Maries gewesen und bekam nun einen ersten Eindruck davon. Jan hingegen nahm zum ersten Mal die wehrhafte Architektur der Marienkirche wahr, die ihm auf früheren Reisen nie aufgefallen war. Erst jetzt, nach dem Besuch des Papstpalastes von Avignon, drängte sich die Ähnlichkeit geradezu auf. Derselbe Stein, dieselben gotischen Stützbögen, dieselbe Turm-und-Zinnenarchitektur. Er würde sich morgen eingehend damit befassen.

Eine Stunde später verließen sie das Museum und kehrten an den Boulevard des Lices zurück. Dort setzten sie sich in ein Café unter Platanen, besprachen die weiteren Pläne und fütterten mit den Krümeln ihrer Croissants die fetten Spatzen.

## Camargue, 11. Mai 2016

Am späten Nachmittag überquerten sie die Große Rhône und folgten eine Weile deren Deich in südlicher Richtung, bevor sie einen großen Bogen in Richtung Südost schlug. Hinter der Arleser Stadtgrenze öffnete sich bald eine flache, fast an Norddeutschland erinnernde Landschaft mit ausgedehnten Äckern und Weideflächen. Je tiefer sie ins Mündungsdelta der Rhône vordrangen, desto mehr schien es sich dem Zugriff des Menschen zu widersetzen. Immer mehr Flächen blieben sich selbst überlassen; weder wurde darauf etwas angebaut noch sonstwie Pflege getrieben. Lediglich die schnurgeraden Entwässerungsgräben verrieten menschlichen Einfluss. Sie mündeten in breitere Vorfluter, deren Wasserstände an manchen Stellen von Sperrmauern mit Metallschiebern geregelt wurden.

Und dann entdeckten sie die ersten Camargue-Stiere. Kleiner und drahtiger als die von zuhause gewohnten Rinder, aber muskulöser, die Hörner gekrümmt wie die Arme einer Lyra, standen sie abseits der Straße in der sumpfigen Einöde und fraßen. Ihrer Farbe wegen verschwammen sie mit dem moorig-dunklen Hintergrund der Landschaft und waren wegen der tiefstehenden Sonne erst im letzten Moment zu erkennen gewesen. Kein Zaun hinderte sie am Weglaufen, die Herde war frei zu gehen, wohin sie wollte. Lediglich die Gräben waren im Weg.

Einige Kilometer weiter, in der Ferne kündigte ein mäandernder Deich bereits die Ufer der Kleinen Rhône an, rückten rechter Hand sorgfältig gepflegte Felder bis an die Straße heran. Sie waren vollständig von hüfthohen

Erdwällen eingefasst und standen unter Wasser. Fingerlange Halme in Zartgrün durchbrachen reihenweise die Wasseroberfläche.

„Reis!", rief Sibylle erstaunt aus. „Wusstest du das?"

„Du hast heute mittag davon gegessen", versetzte Jan.

„Heute Mittag? Ach so, das Risotto! Stimmt! Darauf wäre ich gar nicht gekommen, dass der von hier stammt."

„Soweit ich weiß, deckt Frankreich seinen Bedarf an Reis zu einem guten Teil selbst."

„Ach ja... Dann kann man den sicher auch irgendwo kaufen."

„Das nehme ich an, in Saintes-Maries kann man alles kaufen, was die Camargue hergibt, wenn auch meistens überteuert. Reis, Fleur de Sel, Vin des Sables und so weiter. Außerdem können wir ja mal im Supermarkt gucken."

„Fleur de Sel kenn' ich, aber Vin des Sables?"

„Vin des Sables ist ein Roséwein, der auf dem Sand der Camargue wächst. Wenn die Rhône Hochwasser führt, werden die Rebstöcke – wie der Reis auch – für ein paar Wochen im Jahr mit Brackwasser geflutet. Und das ist salzig. Angeblich schmeckt man das dem Wein an. Ich selbst kann das aber nicht finden. Vielleicht fehlt es mir ja an Geschmack." Er zwinkerte Sibylle zu.

Doch, doch, entgegnete diese, zumindest sein Frauengeschmack sei exzellent, wie ihre derzeitige Anwesenheit an seiner Seite beweise.

Jan lachte und schlug vor, diesen exzellenten Frauengeschmack heute Abend mit einer Flasche Vin des Sables zu begießen.

Derweil hatten sie den Rhônedeich fast erreicht und standen vor einer Kreuzung. Geradeaus ging es weiter nach

Les-Saintes-Maries, nach rechts in einen Weiler namens Albaron, linkerhand zeigte ein Schild ‚Salin-de-Giraud' an.

„Da sind die Salinen, in denen Fleur de Sel gewonnen wird“, sagte Jan und wies mit dem Daumen der linken Hand auf das Schild.

Sibylle nickte, sah dann aber nach rechts und sagte: „Fahr doch mal in den Ort.“ Sie zeigte auf ein Schild mit einem stilisierten Flamingo. „Da gibt's ein Hotel.“

Tatsächlich gab es unmittelbar neben der Kirche dieses kleinen Fleckens ein Zwei-Sterne-Hotel mit Restaurant namens ‚Le Flamant rose'. Es machte einen soliden Eindruck, auf der Terrasse saßen schon erste Restaurantgäste. Sie stiegen aus und inspizierten die aushängende Karte mit den Zimmerpreisen.

„Siebzig Euro für's Doppelzimmer“, sagte Jan, „da bezahlen wir in Les-Saintes-Maries locker das doppelte. Was meinst du, wollen wir hier bleiben?“

„Wie weit ist es denn noch nach Les-Saintes-Maries?“

Jan zuckte mit den Schultern. „Zwanzig Kilometer vielleicht noch. Aber mit dem Auto schnell gemacht. Ruhiger haben wir's hier.“

„Außerdem war der Tag lang, und Hunger hab ich auch schon wieder. Sparen wir uns Les-Saintes-Maries für morgen auf“, stimmte Sibylle zu.

Als sie den Eingangsbereich betraten, sahen sie, dass in die Thekenfront aus dunklem Holz ein Flamingo-Relief eingearbeitet war.

„Was sollen denn die Flamingos überall? Auf dem Schild war auch schon einer“, bemerkte Sibylle leise.

„Flamant rose heißt Flamingo!“, flüsterte Jan zurück. „Neben den weißen Pferden und schwarzen Stieren ist der Flamingo quasi das Wappentier der Camargue."

„Ja, das weiß ich, aber ich habe das nicht mit dem Namen des Hotels in Verbindung gebracht."

Sie buchten gleich für zwei Nächte. Zusammen mit dem Zimmerschlüssel überreichte der Wirt ihnen einen Flyer zum Regionalen Naturpark Camargue. Sie dankten und trugen ihr  Gepäck in ein Zimmer mit Fenster nach Nordosten.

„Gott sei Dank", sagte Sibylle erleichtert, „dann bleibt die Wärme heute Nacht hoffentlich erträglich."

Während sie ausgiebig duschte, studierte Jan den Flyer. Auf der umseitig aufgedruckten Karte sah er, dass nicht weit vom Hotel ein unbefestigter Weg ins Naturschutzgebiet hinein und am Étang de Vaccarès, einem Brackwasser-Binnensee, entlang bis nach Les-Saintes-Maries führte. Wenn sie Pferde, Stiere und Flamingos aus der Nähe sehen wollten, dann dort. Aber würde Sibylle das mitmachen? Er schätzte, dass sie zu Fuß mindestens vier Stunden für den Weg brauchen würden, bei der Hitze sicher kein Spaß. Aber vielleicht gab es irgendwo Fahrräder zu leihen? Damit wäre das in einem Drittel der Zeit zu schaffen. Er würde den Wirt fragen.

Dann entdeckte er auf dem Flyer noch die Ankündigung eines ‚Taureaux piscine' für den morgigen Abend, 21 Uhr, in der Arena von Les-Saintes-Maries. Ein Taureaux piscine, das wusste Jan von früheren Reisen, war die dörfliche Variante des südfranzösischen Stierkampfs. Den Unterschied zur ‚course camarguaise' machten ein kniehohes Planschbecken, das ‚piscine', mitten in der Arena, und die Tatsache, dass nicht professionelle Kämpfer die Stiere herausforderten, sondern junge Leute aus dem Ort; eine Mutprobe also oder auch dörfliches Initia-

tionsritual oder auch, wer weiß, Teil einer Balz. *Wer wagt es, Rittersmann oder Knapp …*
Als Sibylle splitterfasernackt mit nassen Haaren aus dem Bad kam, fragte Jan, ob sie Lust habe, sich einen solchen Kampf anzusehen.
„Echt? Du willst dir einen Stierkampf antun? Ich glaub's nicht."
„Es ist kein klassischer Stierkampf. Es sind Amateure, es gibt keine Sieger und keine Verlierer, kein Blut und keinen Tod. Sieh es als Sport."
„Na toll, schöner Sport!"
„Bei jedem Reitturnier werden die Pferde mehr gequält als die Stiere beim Taureaux piscine. Guck es dir doch an, bevor du urteilst."
Sibylle zeigte ihm ihr Wenn-es-denn-unbedingt-sein-muss-Gesicht und sagte: „Ab in die Dusche, ich hab Hunger. Beeil dich."
Zehn Minuten später nahmen sie Platz auf der Terrasse.
„Was gibt's denn zu essen?", fragte Sibylle.
„Na, was glaubst du wohl?", grinste Jan. „Rate doch mal."
„Bestimmt tote Viecher", versetzte Sibylle, „all die Stiere müssen ja gegessen werden ..."
„Genau", lachte Jan, „Taureau wird bestimmt im Menü stehen. Und sonst noch?"
„Reis?"
„Exactement, und weiter?"
„Vin des Sables?"
„Ja, der auch, aber das Meer ist nahe ..."
„Ah, verstehe, Fisch, Muscheln, Bouillabaisse ..."
Unterdessen war der Kellner erschienen, hatte jedem die Karte vorgelegt und fragte nach den Getränkewünschen.

Vorerst bestellten sie lediglich eine große Flasche Mineralwasser – „Gazeuse?“ fragte der Kellner, was bejaht wurde – , denn den Wein suchte man besser aus, wenn man sich zwischen Fisch und Fleisch entschieden hatte.
Es gab zwei Menüs zur Auswahl, eines für achtunddreißig und eines für sechsundzwanzig Euro. Im Wesentlichen unterschieden sie sich dadurch, dass das eine zum Abschluss Käse *plus* Dessert und das andere Käse *oder* Dessert bot.
„Ich nehme das zu sechsundzwanzig Euro“, sagte Sibylle.
„Ich auch“,nickte Jan.
„Dann übersetz mal. Bitte!“
„Als Vorspeise kannst du wählen zwischen gegrillten Sardinen, Austern, Fischsuppe, gratinierten Muscheln und gefülltem Magen, das wird so etwas sein wie Saumagen in der Pfalz.“
„Okay“, Sibylle zögerte etwas, „ich schwanke zwischen der Fischsuppe und den Austern.“
„Dann schwank du mal, ich nehme die Fischsuppe. Beim Hauptgang hast du die Wahl zwischen gegrilltem Fisch nach Angebot des Tages, gekochtem Kabeljau mit Tapenade, Kutteln nach Art des Hauses und Gardianne de Taureau mit Camargue-Reis, das ist 'ne Art Sauerbraten vom Stier mit leckerer Sauce. Das nehme ich auf alle Fälle.“
„Gut“, beendete Sibylle ihre Entscheidungskrise, „ich nehme vorweg die Austern und als Hauptgang den Kabeljau. Steht dort auch, welche Desserts es gibt?“
„Nee, leider nicht. Müssen wir erfragen.“
Der Kellner brachte das Wasser und nahm die Bestellung auf. „Vous desirez du vin?“ fragte er.

„Ach so“, sagte Jan, „zum Fisch passt ja besser ein Rosé des Sables, aber zum Fleisch besser ein Roter. Nehmen wir den Rosé des Sables? Als Karnivore verzichte ich heute mal auf den Roten, außerdem finde ich die südfranzösischen Roten oft staubtrocken. Ist Rosé des Sables für dich auch okay?“
„Klar“, erwiderte Sibylle, „das war doch ohnehin der Plan, heute Abend damit auf deinen exquisiten Frauengeschmack anzustoßen.“
„Stimmt!“, lächelte Jan und trug dem Kellner eine Flasche Rosé des Sables auf.
Während sie auf die Getränke warteten, setzte Jan seiner Partnerin den Plan auseinander, den er vorhin beim Studium des Flyers gefasst hatte. Er pries das Naturerlebnis, sie würden wilde Stiere, Pferde und Flamingos beobachten und vielleicht auch fotografieren können, jetzt in der Vorsaison sei man fast noch unter sich und die Schar der Touristen überschaubar. In Les-Saintes-Maries werde es zwar einigen Rummel geben, aber nicht in der Peripherie. In zwei Wochen sehe alles viel anders aus, dann quelle der Ort über vor Schaulustigen, die der traditionellen Marienwallfahrt der Zigeuner beiwohnen wollten, die jährlich am 24. Mai dort stattfinde. Möglicherweise habe die Anreise des fahrenden Volkes aus ganz Europa bereits begonnen, das werde man ja sehen.
Der Kellner kam, entkorkte die beschlagene Flasche und schenkte Jan einen Fingerbreit ein. Jan dankte, nahm einen Schluck, verteilte ihn über alle Mundschleimhäute und ließ ihn anschließend über die Zunge langsam nach hinten rollen. Der Wein war ein Traum, das Gerüst aus Frucht, Säure und Alkohol fein austariert. Und trocken. Kein Gramm Restsüße zuviel. Zufrieden nickte er dem

Kellner zu, der daraufhin zunächst Sibylle einschenkte und dann Jans Glas nachfüllte. Zum Schluss schenkte er beiden Wasser ein und verschwand.

„Komisches Ritual", fand Sibylle, „ich habe noch nie erlebt, dass jemand eine Flasche nicht akzeptiert hätte."

„Ich auch nicht", gab Jan zu, „und trotzdem ist es eine schöne Übung. Mir gefällt das."

„Wahrscheinlich, weil das dem Herrn der Schöpfung Gelegenheit gibt, sich als Kenner in Szene zu setzen", stichelte Madame.

„Und als Entscheider, als Herr der Lage", spielte Monsieur den Ball zurück, „aber wenn es das ist, was dir fehlt, können wir beim nächsten Mal gern die Rollen tauschen. Echt jetzt."

„Und außerdem solltest du, finde ich, das Wort 'Zigeuner' nicht benutzen. Das ist eindeutig rassistisch konnotiert. Sinti und Roma heißt es."

„Wie war das gleich mit der gewaltfreien Kommunikation? Ich bin nicht Heidi, und du nicht Fräulein Rottenmaier. Das macht fünf Euro für die Chauvi-Kasse."

„Um auf deine Frage zurückzukommen", ruderte Sibylle flugs zurück, „wenn wir Fahrräder bekämen, wäre ich einverstanden, zu Fuß wird mir das aber zu heftig. Ich fänd's aber spannend, die Tiere in ihrem Biotop zu sehen. Und was passiert, wenn wir in Les-Saintes-Maries ankommen?"

„Zum Beispiel könnten wir dort was essen, dann die Kirche besichtigen und dann über die Straße zum Hotel zurückradeln. Oder was essen, dann zum Hotel zurück, duschen, ausruhen und mit dem Auto erneut dorthin, die Kirche besichtigen und abends zum Taureaux piscine."

Sibylle fand die letzte Variante am besten. Jan auch.

Dann brachte der Ober die Vorspeise.

Noch vor dem Frühstück am nächsten Morgen, während Sibylle im Bad an ihrem Finish arbeitete, hatte Jan aus dem Pool der Gästeräder die beiden besten ausgewählt, den Reifendruck geprüft und die Sattelhöhe für Sibylle und sich eingestellt. Da sich in der Garage auch eine Sprühflasche mit Kriechöl fand, hatte er gleich die Ketten geschmiert, die es dringend nötig hatten.
Das Wetter war angenehm; lockere Bewölkung trieb unter ansonsten blauem Himmel in Richtung Meer, es herrschte leichter Mistral. Er würde sie beim Radeln schieben. Jan vertraute darauf, dass der Wind wie üblich um die Mittagszeit einschliefe. Dann würde er ihnen bei der Rückfahrt nicht ins Gesicht blasen.
Nach dem Frühstück folgten sie ein kurzes Stück der Landstraße in Richtung Salin-de-Giraud, bogen dann aber bald nach rechts in einen Weg ein, dem man ansah, dass er  künstlich angelegt worden war, indem man gelben Sand in das sumpfige Gebiet gefahren, planiert und verdichtet hatte. Dafür sprachen unter anderem die Erdwälle, die den Weg säumten. Anfangs war der Weg noch von Bäumen beschattet, aber je weiter sie in das Gelände vordrangen, desto mickriger und spärlicher wurden die Bäume bis nur noch halbhohes, genügsames Buschwerk dem zunehmenden Salzgehalt des Bodens trotzte. Ansonsten allenthalben der typische Salzwiesenaufwuchs aus Queller, Salzmelde, Bockshornklee und Strandflieder. Vom Étang de Vaccarès war in der ersten Viertelstunde nichts zu sehen, die Landschaft ein ödes Einerlei. Dann kündigte ein breiter Schilfgürtel linkerhand den Binnensee an. Und nicht lange, so gab er den Blick aufs Wasser

frei. Der See konnte nicht tief sein, war eher eine Lagune, denn soweit der Blick reichte, standen darin unzählige rosarote Flauschkugeln auf roten Stelzen, die auf der Jagd nach Kleinstlebewesen ihre Schnäbel durchs Wasser schwenkten. Die Sonne stand noch nicht sehr hoch im Südosten, die Wasserfläche flirrte, im Vordergrund die Flamingos – ein friedliches, berührendes Bild. Sibylle und Jan stellten die Räder ab und liefen hundert Meter ins Gelände, um besser sehen zu können. Sie genossen die Stimmung dieses taufrischen, jungfräulichen Morgens und sagten eine ganze Weile nichts. Derweil gaben sich die Flamingos ungerührt ihrem Tun hin, setzten Fuß vor Fuß und führten in ihren rosa Tutus einen Schreittanz auf, der von ihrer Schwarmintelligenz choreographiert wurde. Wie auf ein geheimes Zeichen hin erhoben sich zum Finale plötzlich ein paar Vögel laut flügelschlagend in die Luft, Sekunden später verdunkelte ein rosafarbener Schwarm schwirrend die Sonne, flog einen Halbkreis nach Süden und setzte tausend Meter weiter wieder auf. Ende der Vorstellung.

Sibylle seufzte versonnen.

Sie kehrten zu ihren Rädern zurück und setzten den Weg fort, der sich nun langsam wieder vom Wasser entfernte. Eine Weile noch blieben die Flamingos in Sicht, dann wurden sie vom Schilf verschluckt.

Sibylle und Jan waren bislang keiner Menschenseele begegnet. Der Mistral sorgte für strammes Tempo, das Sibylle aber irgendwann zuviel wurde. „Wir sind doch nicht bei der Tour de France", maulte sie.

„Aber bei der Tour de Provence", schmunzelte Jan.

„Lass uns mal 'ne Pause machen", bat Sibylle, „ich hab Durst." Es war in der Tat heißer geworden und ihre T-

Shirts zeigten dunkle Flecken unter den Achseln.
„Okay", sagte Jan, der auch froh war, vom arg durchgesessenen Sattel seines Rades herunterzukommen. Auch an dieser Stelle verlief der Weg zwischen hüfthohen Erdwällen, die ein Baufahrzeug irgendwann einmal aufgeschoben hatte. Sie kletterten auf den seeseitigen Wall und setzten sich. Als Jan die Wasserflasche aufschraubte, sagte Sibylle: „Pst! Hörst du das?"
„Nö, was denn?", fragte er und hielt lauschend inne.
„Hör doch mal! Wie ein leises Trommeln", sagte sie.
Er setzte die Flasche ab und sah sich um. Nichts zu sehen. Erst als er aufstand, bemerkte er in einiger Entfernung eine flache Staubwolke auf dem Weg, den sie gekommen waren. Dahinter vermutete er zunächst einen der Safari-Busse aus Les-Saintes-Maries, allerdings passte dazu nicht das rhythmische Trommeln, das der Mistral nun auch an sein Ohr trug.
„Pferde", sagte er plötzlich, „das sind Pferde! Im Galopp!"
Und tatsächlich wurden jetzt wehende Mähnen und Schweife erkennbar. Als die Tiere in den Trab fielen, wurden sie von der Staubwolke zunächst eingeholt, dann wieder verschluckt, bevor zuerst ihre Köpfe, dann ihre Körper und zuletzt auch ihre Beine peu à peu dem Staub entwuchsen. Die Tiere weideten friedlich das spärliche Grün des sumpfigen Seeufers ab.
„Aber die sind ja braun", rief Sibylle enttäuscht aus, „gar nicht weiß!"
Tatsächlich war das Fell der Tiere von karamellartigem Hellbraun, und ihm fehlte der Glanz des adulten Tieres. Stattdessen zeigte es die struppige Anmutung des Fohlenfells.

„Kein Schimmel kommt als Schimmel zur Welt. Erst erwachsen werden sie weiß."
„Wollen wir mal hingehen?", fragte Sibylle.
„Probieren können wir's ja."
Sie näherten sich langsam der Rotte von etwa zehn Jährlingen. Ruhig fraßen diese weiter, wie die Flamingos Fuß vor Fuß setzend, gelegentlich den Kopf aufwerfend und die Mähne schüttelnd, um lästige Insekten abzuwehren.
Die Tiere ließen sich von den Menschen nicht beeindrucken, behielten sie aber gleichwohl stets im Blick. Erst wenn diese eine bestimmte, nur dem Instinkt der Tiere eingeschriebene Distanz unterschritten, wichen sie zurück. Und zwar nicht nur das einzelne Tier, sondern die gesamte Rotte.
Sibylle machte mit ihrem Smartphone ein paar Bilder, ein Selfie mit den Tieren gelang ihr jedoch nicht.
Jan bemerkte, dass sie zunehmend in Gedanken versank und schwieg, konnte sich aber keinen Reim machen darauf .
Sie überließen die Pferde sich selbst und setzten ihren Weg fort. Zehn Minuten später rückte das Wasser zu ihrer Linken wieder bis fast an den Weg heran, auch zur Rechten gab es nun Wasser - offensichtlich befanden sie sich auf einer Landbrücke zwischen zwei Lagunen; in beiden standen gründelnde Flamingos. Sibylle hielt an, um zu fotografieren, diesmal standen die Vögel so günstig, dass sie Gegenlichtaufnahmen vermeiden konnte.
Kurz darauf stieß die ausgefahrene Erdpiste auf eine asphaltierte Straße mit spärlichem Autoverkehr. In der Ferne war bereits Les-Saintes-Maries zu erkennen, so wie es für van Gogh ausgesehen haben mochte, als er von Arles aus zum ersten Mal hierher kam. Nur die Kirche hatte er

auf seinem Bild 'Blick auf Saintes Maries' spiegelbildlich dargestellt – oder hatte er das Dorf vom Meer aus gesehen?

Kurz vor dem Ort gab es eine Art Ranch, die Ausritte in die Camargue anbot – auf weißen Camargue-Pferden selbstredend, die bereits gesattelt in ihren Boxen standen. Sibylle wollte sie aus der Nähe ansehen und fotografieren.

Gegen Mittag erreichten sie die Strandpromenade von Les-Saintes-Maries, aßen eine Bouillabaisse, kauften die Süddeutsche Zeitung vom Vortag und radelten über die Landstraße nach Albaron zurück. Der Mistral war eingeschlafen.

Nachdem Sibylle und Jan geduscht und geruht hatten, gingen sie zum Kaffee auf die Terrasse des Flamant rose. Jan bestellte ein Dessert und einen Café crème, Sibylle einen Cappuccino.
„Du bist so einsilbig", bemerkte Jan, „stimmt irgendwas nicht?"
„Doch, alles gut, ich denke nur nach."
„Darf man wissen, worüber?"
Eine Weile schwieg Sibylle unschlüssig, dann gab sie sich einen Ruck. Sie habe die Überzeugung gewonnen, so sagte sie, dass die Camargue ein mystischer Ort sei, ein Kraftort, ein Ort mit matriarchaler Geschichte und Aura. Angesichts seines verdutzten Gesichtsausdrucks fragte sie Jan, ob er sich daran erinnere, was sie ihm bei ihrer ersten Begegnung über die Grimm'schen Märchen erzählt habe.
Selbstverständlich erinnere er sich, erklärte Jan, hugenottische Einwanderer in Nordhessen seien wichtige Quellen der Grimm-Brüder gewesen, vielfach habe es sich um matriarchale Narrative gehandelt, erkennbar an der Verwendung der symbolischen Farben Weiß für die junge Frau, Rot für die reife und Schwarz für die alte. Aber was habe das mit der Camargue zu tun?
Weiße Pferde, rosa Flamingos und schwarze Stiere, sagte Sibylle mit bedeutungsschwerer Miene, ob es bei ihm da nicht klingele?
Jan brauchte einige Augenblicke, um zu begreifen. Das sei doch wohl nicht ihr Ernst, fragte er dann halb belustigt, halb bestürzt; diese Zuschreibung sei genauso willkürlich und absurd, als wolle der Feminismus die Reichs-

kriegsflagge hissen. Die sei auch weiß, rot und schwarz. Obwohl… Er lachte amüsiert auf.
Außerdem befänden sie sich in Frankreich, setzte Sibylle nach, der Heimat der Hugenotten. Da passe so viel zusammen. Auch dass Les-Saintes-Maries nach heiligen Frauen benannt sei, denen zu Ehren jedes Jahr Sinti und Roma aus ganz Europa in die Camargue kämen, sei ein deutlicher Hinweis.
Was denn die Sinti und Roma mit dem Matriarchat am Hut hätten, fragte Jan konsterniert. Seine Erfahrung sage ihm, dass in dieser Volksgruppe männlich dominierte Hierarchien und ein ausgeprägtes Machotum vorherrschten. Dasselbe gelte, trotz aller Marien, für die katholische Kirche wohl auch, wie sie selbst, Sybille, ihm im Kloster St. Paul vor zwei Tagen erklärt habe.
In der Lebens- und Gesellschaftsform dieser Menschen gebe es aber noch viele matriarchale Spuren, erwiderte Sibylle, die sie ihrer Herkunft vom indischen Subkontinent verdankten und seither bewahrten.
Jan verstand gar nichts mehr. Glaubte Sibylle ernsthaft, die Farben schwarz, weiß und rot seien von Menschen bewusst und absichtsvoll in diese Landschaft eingetragen worden, um eine bestimmte Form der Vergesellschaftung anzuzeigen? Das durfte nicht wahr sein.
Das glaube sie nicht nur, bestätigte Sibylle auf seine Nachfrage, davon sei sie sogar zutiefst überzeugt.
Ob sie denn nicht sehe, dass ihre Theorie einen Pferdefuß habe, fragte Jan.
Nein, das sehe sie durchaus nicht, versetzte Sibylle, worin der denn seines Erachtens bestehe?
Nun, ausgerechnet die Flamingos, die ihrer Ansicht nach die Farbe Rot als Symbol für die reife Frau verkörperten,

seien die Achillesferse ihres Konstrukts, indem ihre Farbe keineswegs rot sei, sondern rosa.

Sibylle schnaubte genervt. „Korinthenkacker."

Danke, fuhr Jan ironisch fort, aber Flamingos seien darüber hinaus Wildtiere.

„Na, und?"

Flamingos seien nicht zu domestizieren und folglich auch nicht zu züchten. Deshalb könne man ihre Anwesenheit in der Camargue nicht auf menschlichen Willen zurückführen.

Was denn dagegen spreche, insistierte Sibylle, dass Sinti und Roma als stets diskriminierte Nischenvölker sich in der Camargue niedergelassen, dort rosa Flamingos vorgefunden und die matriarchale Farbpalette mit weißen Pferden und schwarzen Stieren aufgefüllt hätten?

Sinti und Roma hätten, versetzte Jan, stets soziale Nischen besetzt, nie jedoch geografische, was durch ihr Dasein als Nomaden bezeugt werde. Nicht von ungefähr nenne der Volksmund sie ‚fahrendes Volk'. Außerdem habe die Besiedlung des Rhône-Deltas erst mit seiner Trockenlegung, also im neunzehnten Jahrhundert, eingesetzt, folglich zu einer Zeit, die nachweislich patriarchal strukturiert gewesen sei. Und schließlich handele es sich sowohl bei den Pferden als auch bei den Stieren ebenfalls um Wildlinge, die an die Umweltbedingungen der Camargue angepasst seien – und zwar ohne züchterische Eingriffe. Die Pferde beispielsweise hätten besonders breite Hufe und könnten bei geschlossenen Nüstern unter Wasser fressen – in diesem Biotop äußerst nützliche Eigenschaften.

Und wenn schon, wischte Sibylle sämtliche Argumente vom Tisch, sie werde sich durch derart unterkomplexe

Bedenken eines Korinthenkackers ihre Auffassung nicht nehmen lassen.
Jan verschlug es die Sprache. Unterkomplex. Das war Sibylles ultimative Diskurskeule, wenn irgendetwas nicht in ihr Weltbild passte. Also quasi alles, was ihre Auffassung gegen den Strich bürstete. Gegen diesen geballten Mutwillen war kein Kraut gewachsen. Er gab's auf. Stumm löffelte er sein Dessert, das er bislang nicht angerührt hatte, und trank missmutig den kalten Kaffee.
„Wann wollen wir denn nach Les-Saintes-Maries aufbrechen?", fragte er verdrossen.
„Wieso fragst du?"
„Weil ich jetzt ein wenig allein sein möchte. Ich will einen Blick in die Zeitung werfen und vielleicht ein bisschen die Augen zumachen. Und da wüsste ich gern, wann's losgehen soll, damit ich zur Stelle bin."
„Wollen wir so gegen achtzehn Uhr dort sein, also um viertel vor hier los?", schlug Sibylle vor.
„Ja, okay. Was machst du?"
„Ich werde ein bisschen im Ort spazieren gehen."
„Bis später."
„Ciao."
Im Zimmer legte Jan sich aufs Bett und griff nach der SÜDDEUTSCHEN. Im Politikteil erregte die Titelzeile „Im Emotionsgewitter" sein Interesse. Darin wurde beschrieben, dass die Debatte um die in Großbritannien bevorstehende Volksabstimmung zum Brexit weitgehend faktenfrei, stattdessen aber hochemotionalisiert, geführt werde. Die Befürworter des Austritts malten in grellen Farben die Überflutung des britischen Arbeitsmarktes durch osteuropäische Jobsuchende an die Wand, während die Gegner die britische Wirtschaft bereits in einer

schweren Krise sähen. Boris Johnson, ein Brexit-Befürworter, predige in Endlosschleifen das Mantra „Let's take back control“ in die Mikrofone, assistiert von Nigel Farage, der unwidersprochen und ohne Belege behaupte, der Verbleib in der EU koste Großbritannien Woche für Woche dreihundertundfünfzig Millionen Pfund, einen Betrag, den man besser in das britische Gesundheitssystem stecken solle – dann hätten die Briten etwas davon und nicht die Polen. David Cameron hingegen, aktuell Premierminister und Gegner des Brexit, habe erklärt, ein möglicher Brexit gefährde die militärische Sicherheit der Insel – auch das hatte weder Hand noch Fuß.

Jan schüttelte den Kopf. Musste nicht jeder halbwegs nüchtern denkende Mensch zu dem Ergebnis kommen, dass in einer globalisierten Welt Nationalismen schon wirtschaftlich keinen Sinn mehr ergaben? Die Kurbelwelle des Mini-Cooper-Motors wurde, soweit er informiert war, in Frankreich gegossen, in Deutschland bearbeitet, in Großbritannien in den Motor eingebaut, der dann zur Endmontage in das Fahrzeug nach Österreich geliefert wurde. Sollte der Brexit kommen, würde in dieser Produktionskette zweimal Zoll auf die Kurbelwelle fällig: Einmal auf dem Weg von Deutschland nach England, das zweite Mal von England nach Österreich. Und für den Fall, dass das fertige Auto in Großbritannien verkauft würde, ein drittes Mal. So ein Schwachsinn.

Aber so waren die Zeiten. Dazu passte eine andere Meldung mit dem Titel „Der Kampf ums Weiße Haus“, die besagte, dass bei den Vorwahlen in den USA ein pubertärer Milliardär mit senfgelbem Resthaar nicht zu stoppen sei, nicht obwohl, sondern weil er sich als ausgewiesener Lügner, Rassist und Frauenfeind aufführe. Er prahle gar damit, dass er nicht einmal dann Wähler verlöre, wenn er mitten in New York jemanden abknallte: „I could stand in the middle of 5th Avenue and shoot somebody and I wouldn't lose voters." Womit er vermutlich nicht einmal unrecht hatte, denn offenbar feierten viele Wähler den unentwegten Tabubruch dieses Mannes als unerschrockenen Affront gegen „das Establishment". Was ist nur, dachte Jan, mit den Leuten los, dass sie postfaktischen Rattenfängern hinterherlaufen, die ihrerseits jeden aufklärerischen Ansatz als „Fake News" abtun? Und dann ausgerechnet so einem, den seine Milliarden doch als Angehörigen eben dieses Establishments auswiesen! Unfassbar.

Auf der Meinungsseite widmete sich ein Kommentar mit der Überschrift „Pinocchio-Petry verleumdet sich selbst" der AfD, die ebenfalls die Strategie des Tabubruchs verfolgte, um ihre Behauptung zu beglaubigen, sie sei anders als die anderen, die „Systemparteien" nämlich. Ein inhaltlicher Unterschied sei in der Tat schon deshalb nicht auszumachen, weil die AfD quasi programmfrei sei; deshalb setze sie auf Emotionen und versuche die Grenzen des politischen Anstands konsequent zu verschieben. Das gehe soweit, dass die Vorsitzende, Frau Petry nämlich, öffentlich erkläre, es sei legitim, wenn an den Grenzen auf Flüchtlinge geschossen werde. Ihre Stellver-treterin, Frau von Storch, habe auf Anfrage bekräftigt, dass das ausdrücklich auch für Frauen und Kinder gelte. Dass derlei von absolut biederen, spießigen Menschen begrüßt und beklatscht wurde, entsetzte Jan. Aber naja, dachte er dann, es waren 1933 ja auch die Biedermänner, die zu Brandstiftern wurden.

Angewidert schloss Jan den Politikteil und suchte Trost

im Feuilleton und im Sport.

Währenddessen hatte Sibylle den Flecken Albaron, der außer der Hauptstraße, einer Handvoll daran aufgereihter Häuser sowie der Kirche und der Schule nicht viel zu bieten hatte, schnell abgehakt und war auf den Deich der Kleinen Rhône gestiegen, um ein Stück auf dessen Krone entlangzulaufen. Sie fragte sich, warum Jan beim Thema Matriarchat immer gleich ins Geschirr sprang, und wie sie damit umgehen sollte. Das, was sie sich dazu im Laufe der Jahre angelesen hatte, konnte ja nicht alles schierer Blödsinn sein, auch wenn sie zugeben musste, nicht frei zu sein von einer gewissen Lust an der Provokation. Diesem Affen gab sie in dem Maße Zucker, wie es Jan gelang, sie mit ein paar harmlosen Sätzen in Widersprüche zu treiben. Das ärgerte sie natürlich, aber grundsätzlich? Heidi Böttner-Morgenthau, ihre matriarchatstheoretische Lieblingsautorin, hatte in ihren Schriften doch nachgewiesen, dass es in prähistorischer Zeit überall auf der Welt matriarchale Gesellschaftsformen gegeben hatte, deren vornehmstes Merkmal ihre Friedfertigkeit war. Sie ermöglichten ein Leben ohne Hierarchie, Herrschaft und Gewalt. Ein Paradies, ein Traum. Sibylle verstand nicht, wie man eine solche Verheißung ablehnen konnte.

Zwar war auch Sibylle nicht verborgen geblieben, dass Frau Böttner-Morgenthau unter ihren Fachkollegen isoliert dastand. Was wurde ihr nicht alles vorgeworfen! Unwissenschaftlich seien ihre Schriften. Wie man denn mit Literaturstudien Aussagen über vorgeschichtliche Perioden machen könne, deren Merkmal es gerade sei, nichts Schriftliches hinterlassen zu haben. Die einzigen Disziplinen, die kompetente Aussagen über diese Epoche machen könnten, nämlich die Ethnologie und die Ar-

chäologie, hätten die Matriarchatshypothese bereits vor fünfzig Jahren verworfen.
Aber wenn man sich die Namen der Verfasser solcher Kritik ansah, stieß man fast immer auf Männer. Und damit war doch eigentlich schon alles gesagt, oder?
Und musste es nicht auch Querdenker geben? Hatten nicht gerade solche Menschen ihre Wissenschaft entscheidend vorangebracht, die sich unbeirrt gegen alle Widerstände behauptet hatten?
Damit hatte Sibylle aber noch nicht die Frage geklärt, wie sie im Umgang mit Jan weiter verfahren sollte. Bislang hatte er immer versucht, ihren Thesen mit Humor und Ironie die Spitze zu nehmen. Heute hatte sie aber zum ersten Mal die Erfahrung machen müssen, dass ihre Weiß-Rot-Schwarz-Hypothese über die Camargue ihn an seine Grenzen gebracht hatte; dass er das für indiskutablen, voluntaristischen Quatsch hielt. Er hatte ja recht, sie hatte keinerlei Belege in der Hand, dieser Einfall war ihr spontan gekommen und sie fand ihn plausibel. Mehr nicht. Aber war der Bauch nicht ein gleichberechtigtes Erkenntnisorgan? Erweiterten Esoterik und Spiritualität nicht oft die Grenzen des Bewusstseins und der Erkenntnis?

Zur verabredeten Zeit trafen Sibylle und Jan sich am Auto. Wortlos legten sie die Strecke bis Les-Saintes-Maries zurück und suchten einen Parkplatz an der Promenade, was nicht ganz einfach war, weil auf vielen Stellplätzen Wohnwagen standen, in deren Umgebung es aussah, als habe man vor, sich auf Wochen einzurichten. Üppige Frauen mit langen Röcken, die schwarzen Mähnen mit bunten Schleifen gebändigt, promenierten, ihre Kleinkinder auf den respektablen Hüften, am Strand entlang oder saßen einfach da und beaufsichtigten das Spiel größerer Kinder, derweil sie lebhaft und laut und gestenreich miteinander schwatzten. Ihre Gesichter schienen älter zu sein als sie selbst; möglicherweise, weil sie Tag für Tag Wind, Salz und Sonne ausgesetzt waren. Männer sah man keine.

Sibylle und Jan tauchten auf dem Weg zur Kirche 'Notre Dame de la Mer' in die Gassen der Stadt ein. Überall standen Hindernisse in Gestalt von Marktständen, die warme und kalte Speisen, Olivenöl, Gebäck, Salz, Wein, Seife und derlei mehr zu Wucherpreisen feilboten. Je weiter sie sich zur Kirche vorkämpften, desto häufiger wurden sie von älteren Frauen, deren Habitus dem derjenigen am Strand glich, um Geld angebettelt. Jan wehrte diese Versuche höflich, aber bestimmt ab, Sibylle gab einer Frau eine Zwei-Euro-Münze mit dem Ergebnis, dass sie sofort von einer Handvoll weiterer Bettlerinnen bedrängt wurde.

Endlich betraten sie den Platz vor der Kirche. Dieser Bau zitierte sämtliche Elemente des Papstpalastes. Derselbe Stein, dieselbe Architektur, dieselbe Wucht. Dasselbe Misstrauen, dieselbe Abwehr. Vor ihnen stand eine Wehrkirche.

Die Außenwände wurden von externen Pfeilern profiliert, auf den Mauerkronen verliefen Wehrgänge mit Zinnen, unterhalb der Zinnen verbanden gemauerte Doppelbögen die Pfeiler. Am östlichen Ende des Gebäudes ein massiver Glockengiebel mit Nischen für fünf Glocken, anschließend die Apsis des Chorraums.

Noch nie hatte Jan einen Sakralbau mit so wenigen und so kleinen Fenstern gesehen. Genau fünf schmale, hoch angesetzte Fensterchen durchbrachen das massive Mauerwerk; eines im vierten Joch der nördlichen Längswand, eines in der Apsis, also nach Osten weisend, und je eines in den ersten drei Jochen der südlichen Längswand. Diesen war die Furcht vor Eindringlingen ebenso abzulesen wie dem winzigen Portal in der westlichen Giebelseite, das von einer massiven Holztür verschlossen und von innen mit dicken Balken verriegelt war. Rechts davon, über der Gebäudeecke, thronte ein leicht vorspringender eckiger Wehrturm mit Zinnen.

In der gegenüberliegenden Gebäudeecke gewährte ein schmales, unscheinbares Türchen Zutritt zu seinem Inneren, so niedrig, dass nur Sibylle beim Eintreten den Kopf nicht einziehen musste, und so schmal, dass sie mit beiden Schultern die Laibung berührte.

Innen bot die Kirche keine Überraschungen: Ein romanischer Bau mit Tonnengewölbe ohne Seiten- und Querschiff, ausgeführt in rohem Stein. Wie die Außenwände wurden auch die Innenwände profiliert durch blinde Bögen, die Nischen von geringer Tiefe ergaben, deren eine von einer leuchtend blauen Barke besetzt war, in der die Figuren der beiden Marien, Marie Jacobé und Marie Salomé, standen, die eine betend, die andere grüßend, die Häupter von Heiligenscheinen bekränzt. Rundherum war die Wand gepflastert mit Devotionalien, versehen mit den Namen von Gläubigen und dem Datum des Tages, an dem sie sich hilfesuchend an die Marien gewandt hatten, erhört wurden und dafür den nun fälligen Dank abstatteten.

Im rückwärtigen Teil der Kirche wurden auf mehreren Stellwänden in groben Zügen Identität und Herkunft der Marien erklärt.

Demzufolge sei Marie Jacobé die Tochter des Kleophas, Bruder des Hl. Joseph, und seiner Frau Anna, Schwester der Hl. Maria. Folglich war Marie Jacobé die Cousine von Jesus Christus; zugleich war sie die Mutter seiner Apostel Simon und Judas Thaddäus.
Marie Salomé hingegen war die Halbschwester der Hl. Maria, also die Tante von Jesus Christus. Als Ehefrau des Zebedäus war sie zugleich die Mutter der Apostel Jakobus und Johannes, die demzufolge Jesus Christus' Cousins waren.
Marie Jacobé und Marie Salomé waren – abgesehen von der Hl. Maria - die nächsten weiblichen Verwandten von Jesus Christus. Beide wohnten seiner Kreuzigung bei; beide waren sie nach der Auferstehung die ersten am leeren Grab gewesen.
„Stark!", bemerkte Sibylle. „Jesus Christus' Herkunft wird hier matrilinear dargestellt. Das habe ich noch nie gesehen." Sie bedachte Jan, der sich noch auf den Text konzentrierte, mit einem triumphierenden Blick.
„Matrilinear", fragte der, „heißt was?"
„In der mütterlichen Linie."
Der Legende zufolge hätten die beiden Marien auf der Flucht vor der Christenverfolgung in einem Boot das Heilige Land verlassen und seien durch glückliche Fügung genau dort gestrandet, wo später der Ort Les-Saintes-Maries gegründet und nach ihnen benannt wurde.
Begleitet worden seien sie auf ihrer Reise von einer dunkelhäutigen Dienerin namens Sara-la-Kâli, angeblich einer konvertierten Heidin aus Ägypten, die als dritte 'Maria' in dieser Kirche verehrt wurde, und zwar insbesondere von den Sinti und Roma. Zum Verständnis müsse man wissen, dass die französische Bezeichnung für Zi-

geuner, das Wort 'gitan', etymologisch auf 'égyptien' für 'ägyptisch' zurückgehe, während die Roma selbst sich als 'Kalé' bezeichneten, als Schwarze. Diese Selbstbezeichnung kehre im Namen der Sara-la-Kâli wieder.
Auch wenn die ägyptische Herkunft der Roma mittlerweile widerlegt sei, so bleibe die Bezeichnung 'schwarz' dennoch insoweit zutreffend, als ihre Wurzeln bis nach Zentralindien zurückreichten.
Sibylle flüsterte Jan zu, dass auch die hinduistische Göttin Kali eine Figur mit schwarzem Antlitz sei. Kali stehe für den Widerstand gegen den Übergang vom Matriarchat zum Patriarchat. Sie personifiziere das weibliche, irrationale, rauschhafte, kreatürliche Prinzip, das sich gegen das männliche kontrollierte, vernünftige, ordnende Prinzip zur Wehr setzt. Hier sehe er, Jan, neben der matrilinearen Darstellung von Jesus Christus, einen weiteren klaren Beleg für die matriarchale Durchdringung dieses Ortes. Wieder sah sie ihn mit Genugtuung an.
Sie zückte ihr Smartphone, scrollte und touchte sich durchs Menü und präsentierte Jan das Bild einer Frauengestalt mit dunklem Gesicht und vier Armen, die dem Betrachter ihre rote Zunge herausstreckt. Mit den Füßen traktiert sie einen leblos daliegenden Männerkörper, während sie in einer Hand triumphierend dessen abgetrennten Kopf präsentiert und in einer anderen ein bluttriefendes Messer.
Jan betrachtete das Bild mit erhobenen Augenbrauen, machte dann eine vieldeutige Kopfbewegung und erwiderte unter ironischem Schmunzeln, es erstaune ihn, eine Leugnerin der binären Geschlechtsauffassung von weiblichem und männlichem Prinzip sprechen zu hören; er werde sich folglich hüten, dem zu widersprechen, zumal

er seinen Kopf noch eine Weile zu behalten wünsche. Im Übrigen frage er sich, wieso Sibylle das Matriarchat stets als eine Wellness-Oase ohne Herrschaft und Gewalt darstelle. Diese Kali komme ihm doch ziemlich herrschsüchtig und blutrünstig vor.
„Korinthenkacker!“
Mittlerweile hatten sie den Altarraum erreicht, der gegenüber dem Kirchenschiff um etwa sechs Stufen erhöht war. Dort wurden die Messen für die beiden Marien gelesen.
Darunter, sechs Stufen tiefer, befand sich die Krypta mit der Figur der Sara-la-Kâli. Hier fand ihre Verehrung durch die Sinti und Roma statt. Jan fragte sich, ob es nicht ein Fall für die Gleichstellungsbeauftragte sei, wenn die Schutzheilige der Zigeuner im Keller verehrt werden müsse. Um aber den fragilen Frieden zwischen Sibylle und sich zu schonen, behielt er diese Frage lieber für sich.
Um kurz vor sieben verließen sie die Kirche und standen nun vor der Aufgabe, ein Restaurant zu wählen. Das Angebot war unüberschaubar, deshalb schlug Jan vor, eines in der Nähe der Stierkampfarena zu suchen, damit der Weg nicht zu weit würde. Am Ende landeten sie auf der Terrasse eines Restaurants an der Promenade.
„Heute Abend esse ich nicht so schwer wie gestern“, sagte Jan, „vielleicht nur einen Nizza-Salat.“
„Hat dir meine Theorie den Appetit verhagelt?“, fragte Sibylle.
„Das auch“, gab Jan einsilbig zu und griff nach der Karte.
„Ich kann dich beruhigen, mir geht's auch so. Ich werde irgendeine Kleinigkeit essen.“
„Trinkst du Wein?“
„Nee, lieber nicht, wir müssen ja noch 'ne Weile aushal-

ten in der Arena. Vielleicht später im Hotel noch."
Jan nickte.
Der Kellner kam und sie bestellten einen Meeresfrüchtesalat für Sibylle, einen Nizza-Salat für Jan, und einen Liter Mineralwasser. Sie schwiegen.
Sibylle nahm Jans Hand und sah ihm in die Augen. „Mir ist bewusst", sagte sie, „dass meine These von heute Mittag für einen rationalen Menschen wie dich schwer auszuhalten ist. Aber umgekehrt ist es für mich schwer auszuhalten, dass es außerhalb alles Vernünftigen, Messbaren, Beweisbaren nichts weiter geben darf."
„Aber so ist es doch nicht", protestierte Jan, „natürlich darf es andere Überzeugungen geben, auch solche, die ich abwegig finde. Nur sollten sie nicht mit Unfehlbarkeitsanspruch daherkommen. Das ist es, was mich auf die Palme bringt. Das hat etwas Fundamentalistisches, Totalitäres: Wer zweifelt, kriegt die Rübe ab. Genau so, wie deine hinduistische Göttin Kali es vormacht."
„Aber ich reiß dir doch nicht den Kopf ab", wandte Sibylle ein.
„Nein, das nicht gerade", räumte Jan ein, „aber du bist auch nicht zimperlich mit deinen pauschalen Aussagen über Männer. Ich habe dich schon einmal gefragt, ob dir eigentlich klar ist, wie das auf einen Partner wirkt, wenn er ständig Abwertungen zu hören kriegt, die nichts mit ihm zu tun haben, ihn aber dennoch stets mit einschließen. Mir fällt außer dem radikalen Feminismus im Moment keine andere Geisteshaltung ein, die die behauptete eigene Diskriminierung bekämpft, indem sie sie einfach umkehrt."
Der Kellner kam, brachte das Essen und schenkte Wasser ein. Dann wünschte er „Bon appetit!" und verschwand.

„In Avignon", fuhr Jan fort, „haben wir verabredet, dass wir einander nicht mehr pauschal abwatschen wollten. Die Chauvi-Kasse, du erinnerst dich. Ich habe das Gefühl, mich im Großen und Ganzen daran gehalten zu haben. Bei dir bin ich mir da nicht so sicher." Er nahm sein Besteck und durchmischte seinen Salat, bevor er zu essen begann.

Sibylle überlegte lange, bevor auch sie zu essen begann. „Das tut mir leid", sagte sie, „aber so ist es ja nicht gemeint. Ich schieße, wie du übrigens auch, wohl manchmal übers Ziel hinaus. Und, falls es dich beruhigt, ich trenne zwischen meinem Privatleben und meinen politischen Überzeugungen. Das eine hat mit dem anderen nichts zu tun. Das scheint bei dir anders zu sein."

„In der Tat", nickte Jan und nahm einen Schluck Wasser, „und ich wüsste auch nicht, wie das anders funktionieren soll. Ich kann doch nicht gegen meine Überzeugung handeln. Das wäre in etwa so glaubwürdig wie ein Priester, der Wasser predigt, aber Wein trinkt. Wenn ich Frauen generell für unfähig, dumm und verschlagen hielte, könnte ich nicht mit einer zusammen sein. Was das im Umkehrschluss heißt, wirst du dir denken können."

„Ja", nickte Sibylle, „das weiß ich."

„Du indes knallst mir ständig deine abgrundtiefe Verachtung alles Männlichen und deine hymnische Verklärung alles Weiblichen vor den Latz. Wenn man deine Haltung aber an harten Fakten kalibriert, bleibt außer einem Haufen Widersprüche nicht viel übrig. Selbst die schwarze Göttin Kali, Inbegriff und Verteidigerin des Matriarchats, entpuppt sich als mordende, herrschsüchtige, leichenschändende Zerstörerin. Sie vereint damit in sich alle Attribute, die dein Feminismus uns Männern zuschreibt."

Sibylle sah nachdenklich auf ihren Teller und piekte mit der Gabel lustlos in ihrem Meeresfrüchtesalat herum. Sie schwieg lange, während Jan seinem Nizza-Salat zu Leibe rückte.

„Aber", begann sie dann, „war es nicht jahrhunderte- oder gar jahrtausendelang anders herum? Wurden früher nicht Frauen diskriminiert und unterdrückt, und zwar von Männern?"

„Das bestreitet doch niemand, am allerwenigsten ich, aber was, verdammt noch mal, habe ich damit zu tun? Was habe ich mit den Hexenverbrennungen im Mittelalter zu tun? Ich bin in den fünfziger Jahren des zwanzigsten Jahrhunderts geboren, willst du mich persönlich dafür haftbar machen, was fünfhundert Jahre zuvor passiert ist? Und, selbst wenn: Wäre das für dich ein legitimer Grund, den Spieß nun tausend Jahre lang umzudrehen?"

„Für die Judenverfolgung unter den Nazis werden wir Deutschen heute auch noch kollektiv in die Pflicht genommen, obwohl wir persönlich nicht darin verwickelt waren."

„Wie bitte?" Auf Jans Gesicht spiegelte sich Fassungslosigkeit. „Das ist geschmacklos."

„Wieso geschmacklos? Das ist eine offenkundige Parallele."

„Hältst du das wirklich für vergleichbar? Die Frauen die Juden, und die Männer die Nazis, seh' ich das richtig? Und Diskriminierung ist identisch mit industriellem Massenmord?"

Sibylle wich seinem Blick betreten aus.

Beide schwiegen für eine Weile. Dann sagte Jan leise: „Immerhin befindest du dich mit dieser Auffassung in prominenter Gesellschaft."

„Inwiefern?“
„Alice Schwarzer hat ihr Schwarzgeld in der Schweiz auch mit der Vorsorge für den Fall begründet, dass sie wegen der Pogrome“, dieses Wort setzte er mit je zwei Fingern beider Hände in gestische Anführungsstriche, „gegen ihre Person emigrieren müsse.“
„Na und? Was ist daran falsch?“
„Pogrom? Ich bitte dich! Hältst du diesen Begriff für angemessen? Ist Widerspruch gegen eine Person, die selbst nie ein Blatt vor den Mund nimmt, ein Pogrom?“
„Nein, Widerspruch natürlich nicht. Aber gegen Frau Schwarzer wird auch tüchtig gehetzt.“
„Nicht mehr als von ihr selbst gegen Jörg Kachelmann zum Beispiel. Und das ausgerechnet in der BILD-Zeitung“, sagte Jan. „Sie hat die Tonart und den Stil gesetzt, über die sie sich jetzt beklagt. Der Schwarzer und ihren Glaubensschwestern geht es weder um Aufklärung, noch um Erkenntnis, noch um Fortschritt.“
„Worum denn dann, deiner Meinung nach?“
„Um moralische Überlegenheit. Um die Verewigung des Opferstatus. Alles Böse auf der Welt ist männlich, alles Gute weiblich. Das ist die Botschaft, die hinter all diesen Klischees steckt. Dumm nur, dass diese Überlegenheit weder einer realistischen noch einer ideologischen Überprüfung standhält.“
„Nämlich?“
„Die realistische Betrachtung besagt, dass Frauen Menschen sind wie Männer eben auch. Und da Menschen generell unvollkommen und fehlbar sind, hat das wohl für beide Geschlechter zu gelten.“
„Und die ideologische?“
„Die ideologische Perspektive bestreitet die Bedeutung

des 'kleinen Unterschiedes', folglich dürfte es weder etwas spezifisch Weibliches noch etwas spezifisch Männliches geben. Und damit fällt auch der Gut-Böse-Gegensatz in sich zusammen."

Den Rest der Mahlzeit verbrachten sie schweigend, jeder mit den eigenen Gedanken beschäftigt. Am Ende räumte der Kellner ab und brachte die Rechnung.

Um kurz vor 21 Uhr schlenderten Sibylle und Jan zur Arena und stellten sich an vor einem bullaugengroßen Loch in einer Mauer, in das sie ihren Kartenwunsch hineinsprachen. Aus dem Off verlangte jemand „dix euros", die sie an ein Paar Hände entrichteten, die ihnen im Gegenzug die Karten reichten. Mit den Karten stellten sie sich in eine zweite Schlange, die vor dem Eingangstor nämlich, und warteten darauf, eingelassen zu werden. Es war bereits dunkel, als sie die Ränge betraten und überlegten, von wo aus man die beste Sicht auf das Spektakel haben würde. Viele Plätze waren schon besetzt, man sah Gruppen von Männern unterschiedlichen Alters mit gegerbten Gesichtern, die sich lebhaft und gestenreich in einer Sprache unterhielten, die weder Sibylle noch Jan verstand. Jan wollte gern nah an die Manege ran, Sibylle lieber weiter weg. Trotzdem wollte Sibylle einen guten Blick haben auf das blaue Planschbecken, das kniehoch mit Wasser gefüllt mitten in der Arena stand. Am Ende fanden sie auf halber Höhe einen Platz in der Nähe des Ausgangs.

Die Arena füllte sich, von den Ställen her hörte man erregtes Schnauben und Huftritte gegen Holzwände. Das Geplapper der Leute legte sich in dem Maße, wie die Spannung stieg. Als das Tor zu den Ställen sich öffnete,

kehrte vollkommene Ruhe ein. Ein überraschend kleiner schwarzer Stier tänzelte in die Arena und schaute sich neugierig um.
Er wedelt mit dem Schwanz, so dass man den Eindruck haben kann, er freue sich. Aber worauf? Außer ihm und dem Publikum ist niemand da. Entlang der Holzwand trabt er eine Runde vor dem Publikum ab und weiß offenbar nicht, was tun. Er verfällt in den Schritt, dann steht er und guckt nur noch.
Aus dem Publikum springt ein junger Mann über das Geländer in die Contrepiste und nimmt Blickkontakt mit dem Stier auf. Der Stier fixiert den Mann, tänzelt auf der Stelle, wirft sich mit den Vorderhufen Sand gegen die Brust. Er schnaubt. Der junge Mann betritt den Ring durch ein Tor, das von einem Helfer geöffnet und hinter ihm wieder geschlossen wird. Er geht auf den Stier zu, dreht kurz den Kopf, um sich der möglichen Fluchtwege zu vergewissern, setzt dann seinen Weg zum Stier fort. Der kommt ihm in lockerem Trab scheinbar spielerisch entgegen, fällt dann aber plötzlich in einen scharfen Galopp, den der Mann mit einem Ausfallschritt in letzter Sekunde pariert. Der Stier bremst mit allen vieren, kommt dabei kurz ins Schlingern, weil er gleichzeitig zu wenden versucht, fasst wieder Tritt und galoppiert erneut auf den Mann zu. Zwischenzeitlich sind zwei weitere Personen in den Ring gesprungen, darunter eine junge, sportliche Frau. Sie rufen und winken. Der Stier ist irritiert und lässt von seinem ursprünglichen Ziel ab. Er trabt unentschlossen mal hierhin, mal dorthin. Der zuletzt hinzugekommene Mann kreuzt seinen Weg im Sprint, der Stier setzt spontan nach, erreicht ihn fast – da hat der Kämpfer das Planschbecken erreicht und wirft sich der Länge nach

hinein. Der Stier legt eine Vollbremsung hin und kommt unmittelbar vor dem Becken zum Stehen. Wieder wirft er sich mit dem Vorderhuf wütend Sand gegen die Brust, läuft einmal hin, einmal her, traut sich aber nicht über die blaue Umrandung ins Wasser. Während ein kollektiver Aufschrei über der Arena verebbt, lässt der Stier vom Becken ab und fixiert sein nächstes Ziel. Der Kämpfer steht tropfnass auf, bringt sich unter großem Applaus in Sicherheit und wechselt seine Sneakers.

Mittlerweile befindet sich eine Handvoll junger Leute im Ring, auch Frauen darunter, die ihre Aktionen auf Zuruf koordinieren. Jetzt kehrt auch der durchnässte junge Mann zurück und erhält erneut Applaus.

Von allen Akteuren wird der Stier nun provoziert und weiß anscheinend nicht, worauf zuerst reagieren. Er wendet sich dem Gegner zu, der ihm am nächsten steht, und verfolgt ihn halbherzig. Als ein zweiter ihm vor der Nase hersprintet, wird er zornig und galoppiert los. Scheinbar leichtfüßig hält der junge Mann das Tempo hoch, springt mit einem gewaltigen Satz auf die hölzerne Trennwand, von der er sich im Flug mit dem rechten Fuß abstößt, landet mit dem linken auf der Arenenmauer und greift schwer atmend nach dem Geländer. Der Stier indes kommt mit seinem Bremsweg nicht zurecht und knallt mit Kopf und Brust gegen die Trennwand. Das bringt ihn erst recht zur Weißglut, und nun greift er den nächstbesten an. Der läuft Zickzack, aber der Stier lernt schnell und nimmt das nächste Zack vorweg, kaum dass der Gegner bei Zick ist. Jetzt wird's richtig eng für den Knaben und in letzter Sekunde erreicht er die Holzwand, die er in einer mustergültigen Flanke überwindet. Das Publikum atmet hörbar auf, aber nur, um im nächsten Mo-

ment laut aufzustöhnen, denn der Stier springt hinterher und jagt den Mann durch die Contrepiste. Unmittelbar nachdem der Kämpfer vorbeigehetzt ist, öffnet ein Helfer blitzschnell eines der Tore nach innen, versperrt dem Stier so den weiteren Weg und lenkt ihn in die Manege zurück. Die Spannung des Publikums löst sich in erneutem Aufatmen. Und so geht das eine Weile. Die Kämpfer provozieren den Stier, dem es manchmal beinahe gelingt, einen der Quälgeister zu erwischen.
Inzwischen aber zeigt der Stier erste Anzeichen von Ermüdung. Er wirkt weniger spritzig, weniger wütend, weniger aggressiv. Das macht die jungen Kämpfer übermütig. Sie wollen sich in Szene setzen, riskieren mehr und geben weniger Obacht. So kommt es zu einem Missverständnis zwischen einem jungen Mann und einer jungen Frau, die sich bei einem Sprint in die Quere kommen. Sie muss ihm ausweichen und verliert Zeit, die der Stier gewinnt und so fast gleichzieht mit der Verfolgten, die einsieht, dass sie den Weg zur rettenden Contrepiste nicht mehr schaffen wird, und deshalb ins Planschbecken hechtet. Diesmal aber setzt der Stier nach und steht plötzlich auch im Becken. Ein Schrei, das Publikum springt auf.
Die Kämpferin liegt bäuchlings im Wasser und rührt sich nicht. Der Stier sieht sich verwirrt um, stupst den leblosen Körper vor sich mit dem Fuß an, aber vergebens, er bewegt sich nicht. Da verliert der Stier das Interesse, säuft ein wenig vom Badewasser und springt zurück in den Sand der Arena. Er trabt auf die anderen Kämpfer zu, die schreien, mit den Armen rudern und Faxen machen. Erst jetzt löst sich die Frau im Becken aus ihrer Starre, steckt ihren puterroten Kopf aus dem Wasser und

zieht gierig Luft ein. Dann vergewissert sie sich, dass der Stier anderweitig beschäftigt wird und steht erst jetzt auf, um sich aus dem Staub zu machen. Das Publikum applaudiert und setzt sich.
Nach fünfzehn Minuten öffnet sich das Tor zu den Ställen und diesmal ist es der Stier, der erleichtert scheint, dass nun Schluss ist mit lustig. Auch er bekommt standing ovations und tänzelt genau so aus dem Ring wie er hineingetänzelt ist.
Es ist Pause, Eis- und Getränkeverkäufer durchkämmen die Ränge, das Publikum plaudert und diskutiert die dramatischen Highlights. Dann kommt der nächste Stier, für den sich spontan neue Kämpfer finden.
Am Ende, es ist fast elf Uhr, schlendern Sibylle und Jan zurück zum Auto.
„Und wozu das alles?“, fragte Sibylle. „Mann gegen Stier. Eine archaische Demonstration von Maskulinität. Das hat mich schon an Hemingway angewidert. Der mit seiner Verherrlichung von Jagd und Kampf.“
„Sorry, hast du wahrgenommen, dass auch ein paar Frauen im Ring waren?“
„Ja, leider.“
„Wieso leider?“
„Weil die jungen Dinger auf diese Weise das verspielen, was meine Generation erkämpft hat.“
Jan blieb stehen. „Entschuldige“, sagte er aufgebracht, „die tun einfach, wozu sie Lust haben, statt sich zu fragen, ob sich das für ein Mädchen gehört. Ist das nicht genau das, was du immer wolltest?“
„Ja. Nein. Aber ... Ach, ich weiß nicht. Ist auch egal.“
Jan schwieg und sah sie erwartungsvoll an. Sie setzten ihren Weg fort und taten lange nichts, als Hand in Hand

durch die Nacht zu schlendern, beide in Gedanken. Zu ihrer Linken hörten sie, wie die Brandungswellen leise grollend auf Land liefen, sich donnernd überschlugen und schaumzischend verliefen. Ein ums andere Mal, wieder und wieder.

„Wollen wir mal nachsehen, welche Farbe das Meer gerade hat?“, fragte Jan verschmitzt.

Zwei Atemzüge lang brauchte Sibylle, bis dieser Groschen fiel, dann lachte sie.

„Da bringst du mich auf was“, sagte sie, „kannst du dich an das Gemälde im Marburger Schloss erinnern, das mit Martin Luther und Ulrich Zwingli?“.

Jan nickte versonnen. „Ja, klar. Wir haben uns da gefragt: Wo ist eigentlich das Problem? Und: Stehen solche Spitzfindigkeiten dafür, sich zu hauen wie die Kesselflicker?“

„Gut gebrüllt“, räumte Sibylle ein, „aber aus der Distanz von fünfhundert Jahren hat man einen anderen Blick auf die Dinge als wenn man direkt davorsteht.“

„Das stimmt, aber soviel Zeit bleibt uns nicht mehr“, wandte Jan ein, „statistisch gesehen habe ich noch rund zwanzig Jahre vor mir, du vielleicht dreißig. Ist die Frage, ob wir die genießen wollen oder miteinander verstreiten.“

„Darauf läuft's wohl hinaus“, nickte Sibylle stirnrunzelnd, „'carpe diem' oder 'fail better'.“

# Buch 2

# Apfelmost

## Baunatal, 8. November 2015

Als die blauen Schilder das Autobahnkreuz Kassel-West ankündigten, kam Jan Albrecht plötzlich die Idee, im Brauhaus Knallhütte zu Abend zu essen.

Er hatte Lust auf Bier vom Fass und eine deftige Mahlzeit, verließ deshalb die Autobahn an der Abfahrt Baunatal und lenkte das Auto auf den Parkplatz der Brauerei. Der war – wie insgeheim befürchtet – brechend voll und so auch das mit hellem Nadelholz auf bayrisch-rustikal getrimmte Restaurant. Der Kellner zeigte Herrn Albrecht ein Hier-geht-gar-nichts-mehr-Gesicht und schüttelte bedauernd den Kopf. Als dieser sich dennoch suchend umsah, entdeckte er an einem Katzentisch eine allein speisende Dame mit kastanienfarbener Mähne in schwarzem Kostüm, die gerade einen herzhaften Zug aus ihrem Bierkrug nahm; vor sich einen Teller mit Maultaschen.

Als sie den Krug absetzte und sich den Schaum von der sommerbesprossten Oberlippe wischte, bekamen sie Blickkontakt, die Dame lächelte Jan zu und nickte wie zum Gruß leicht mit dem Kopf. So fühlte er sich ermutigt, sie zu fragen, ob da noch ein Platz frei sei an ihrem Tisch. Spontan bot sie ihm den freien Stuhl an. Er bedankte sich und legte zunächst seine Jacke ab, bevor er ihr die Hand reichte und sich als Jan Albrecht aus Göttingen vorstellte. Sie gab sich als Frau Keyser aus Kassel zu erkennen und musterte ihn ebenso neugierig wie wohlwollend. Das brachte ihn ein wenig in Verlegenheit, der er zu entkommen suchte, indem er auf ihren Teller zeigte und mit dezenter Ironie fragte, ob Maultaschen in einem Brauhaus nicht eine seltsame Wahl seien.

Das könne schon sein, erwiderte sie lächelnd, aber sie sei

nun mal Vegetarierin. Die Karte lasse ihr keine andere Wahl.
„Ach, das sind wohl auch noch vegetarische Maultaschen?“, fragte Herr Albrecht überrascht.
Kauend nickte Frau Keyser.
Ob sie denn wisse, fragte er verschmitzt, wie die Schwaben ihre Maultaschen nennten?
„Nein, wie denn?“
„Herrgottsb'scheißerle.“
Frau Keyser lachte und fragte: „Wieso das?“
Die schwäbischen Maultaschen seien mit Hackfleisch gefüllt, erklärte Herr Albrecht. Da der liebe Gott das aber nicht sehen könne, weil es ja in der Teigtasche verborgen sei, könne man auch am Freitag Fleisch essen. So schlage man dem Herrgott ein Schnippchen.
Frau Keyser schmunzelte, wandte aber ein, dass man Maultaschen in dem Moment nicht mehr ‚Herrgottsb‘scheißerle‘ nennen könne, wenn sie eine fleischlose Füllung enthielten. Weil - dann seien sie ja kein Betrug am Herrgott.
Dem stimmte Herr Albrecht zu und fragte vorsichts- und höflichkeitshalber nach, ob die Vegetarierin es denn aushalten könne, wenn er vor ihren Augen eine Schweinshaxe verzehrte.
„Nur zu“, erwiderte Frau Keyser mit spöttischer Miene, „da habe ich ein geräumiges Gewissen.“
Also trug Herr Albrecht dem Kellner ein helles Hefeweizen und eine Schweinshaxe auf, bevor er sich bei seiner Tischgenossin erkundigte, wie sich eine Vegetarierin in ein Brauhaus verirre, in dem man sich vor Haxen, Würsten, Leberkäs, Schäufele und Schweinsbraten kaum retten könne.

„In ein Brauhaus geht man doch wegen des Bieres, oder?“, antwortete sie. Aber es gebe noch einen weiteren Grund, warum sie ausgerechnet heute hier sei.
Er sah sie gespannt an.
„Heute ist der 8. November.“
Herr Albrecht schüttelte mit fragend erhobenen Brauen den Kopf. „Mit dem 9. November kann ich was anfangen, mit dem 10. und 11. November auch. Aber 8. November? Ich glaube kaum, dass Sie die Verhaftung von Beate Zschäpe feiern wollen.“
„Oh Gott, um Himmels willen, nein“, wehrte Frau Keyser verblüfft ab, indem sie mit der Rechten ihr Dekolleté bedeckte, „das wusste ich ja nicht einmal. Das war auch ein 8. November, ja?“
„Ja“, nickte Herr Albrecht, „am 8. November vor vier Jahren hat sie sich der Polizei gestellt und am 8. November vor drei Jahren wurde Anklage erhoben.“
„Da bin ich aber sehr gespannt, was der Prozess noch alles zutage fördert; eines der Opfer ist ja hier bei uns in Kassel umgebracht worden – unter haarsträubenden Umständen, nach allem, was man liest und hört. - Aber wie gesagt, deshalb bin ich nicht hier.“
Sie strich ihr kräftiges rotes Haar aus der Stirn und erklärte, dass in diesem Haus, in dem sie sich gerade befänden – sie hob Hände und Augen und schloss mit Gesten und Blicken alles ein, was sie momentan umgab – , also in der Knallhütte, beziehungsweise in deren Vorläufergebäude, am 8. November 1755 Dorothea Viehmann zur Welt gekommen sei. Dorothea Viehmann, geborene Pierson …
„Ah“, unterbrach Herr Albrecht sie, „die Viehmännin ist doch die Hauptquelle der Brüder Grimm gewesen,

stimmt's? Ich weiß auch, dass sie hier in der Nachbarschaft, in Niederzwehren, gelebt hat, aber dass sie in der Knallhütte geboren ist, wusste ich nicht."
„Doch", bekräftigte Frau Keyser, „ihr Vater war hier der Wirt!"
„Ach. Das ist mir auch neu."
„Aber sagen Sie, was haben Sie denn mit den Brüdern Grimm am Hut?", fragte sie nun umgekehrt ihn.
„Ich lebe in Göttingen", erklärte Herr Albrecht, „wo die Brüder Grimm die Deutsche Philologie begründet haben. Außerdem gehörten sie zu den Göttinger Sieben, die 1837 dem König von Hannover den Gehorsam verweigerten und deshalb das Land verlassen mussten. Die Grimms sind in Göttingen quasi omnipräsent. Im Übrigen bin ich gerade auf dem Weg von Marburg zurück nach Göttingen."
Frau Keyser hob die Hände, schob die Unterlippe vor und schüttelte dezent den Kopf. „Und? Darf ich fragen, was es in Marburg gab?"
„Sie dürfen. Im Otto-Ubbelohde-Haus in Goßfelden gibt es eine Werkschau seiner Märchenillustrationen und Landschaftsbilder..."
„...die kenn' ich natürlich, das ist in der Tat ein amüsanter Zufall!", strahlte sie.
Herr Albrecht nickte. „Und worin besteht Ihr Interesse an den Grimms, wenn Sie schon zu Ehren der Viehmännin am 8. November in die Knallhütte gehen?", fragte er neugierig.
Bevor sie auf diese Frage antworten konnte, brachte der Kellner die Haxe und das Weißbier und wünschte guten Appetit. Herr Albrecht griff zum Besteck, begann zu essen und hörte seiner Tischgenossin derweil aufmerksam

zu.
Sie sei in Kassel zu Hause und dortselbst als Psychologin tätig, erklärte Frau Keyser. In jener Stadt also, in der die Brüder Grimm Anfang des 19. Jahrhunderts zunächst das Gymnasium besuchten und später ihre Karriere als Bibliothekare, Wissenschaftler und Volkskundler starteten. Dabei kam ihnen sehr zupass, dass der Brotberuf in der Bibliothek der Residenzstadt des Landgrafen von Hessen-Kassel ihnen Zeit und Gelegenheit zu eigener Forschung ließ.
Zu dieser Zeit begannen Wilhelm und Jacob Grimm, dem Volk aufs Maul zu schauen. Sie sammelten Volksmärchen, ein Projekt, welches rückblickend nahezu zwangsläufig erscheine, denn ausgerechnet Nordhessen erwies sich dafür als ergiebige Quelle. Seit Ende des 17. Jahrhundert siedelten dort nämlich hugenottische Flüchtlinge, denen der Landgraf von Hessen-Kassel Asyl vor Verfolgung in ihrer französischen Heimat gewährte. Unter diesen waren auch die Großeltern und Eltern der Dorothea Viehmann.
Die Grimms suchten seinerzeit gezielt Spinnstuben auf, in denen sich winters Frauen trafen und einander bei der Arbeit Geschichten erzählten. Diese Geschichten griffen nicht nur zeitlich, sondern auch geografisch sehr weit zurück in die französische Heimat. Folglich schöpften sie aus einem immensen Vorrat an Mythen und Legenden, an Weltdeutung und Weisheit, aber eben auch an Glauben und Aberglauben. Wie ein trockener Schwamm sog das Kind Dorothea die Märchen auf, die ihre Vorfahren aus Frankreich mitgebracht hatten, und als junges Mädchen schnappte sie in der Wirtsstube Geschichten auf, die durchreisende Gäste einander erzählten. In solchen Er-

zählungen tauchten verlässlich die Farben Weiß, Rot und Schwarz auf, die – in dieser Reihenfolge – das junge Mädchen, die reife Frau und das alte Weib chiffrierten; dies wiederum entsprach einer uralten indogermanischen Vorstellung von einer dreifaltigen Göttin, der Trinität aus Mädchen, Nymphe und altem Weib. Die Parallele zur Dreifaltigkeit des männlichen Gottes im Christentum lag natürlich auf der Hand – ein Fingerzeig darauf, dass das Christentum seine Symbolik bei viel älteren kulturellen Vorstellungen geklaut hatte. Wie auch immer: Die Farbensymbolik könne als Verweis darauf gelesen werden, dass es sich bei vielen Märchen um matriarchale Narrative handele. Jacob und besonders Wilhelm Grimm hätten diese Geschichten nicht nur gesammelt, sondern auch bearbeitet – sprachlich, dramaturgisch und stilistisch – wodurch sie große Literatur geworden seien.
An dieser Stelle nickte Herr Albrecht, mit Hingabe kauend, zustimmend, und Frau Keyser fuhr fort, dass sie zuhause die Grimm'schen Märchen vollständig und in mehreren Ausgaben im Regal stehen habe, dazu alles an Sekundärliteratur, was der Markt so hergebe. An Interpretationen fehle es ihr nicht, sie schöpfe aus ihnen ihr Selbstverständnis als Frau. Und es bilde den Hintergrund ihrer Haltung zur Frauenfrage.
Nachtigall, ick hör dir trapsen, dachte Herr Albrecht da bei sich, schwieg aber wohlweislich und fragte stattdessen: „Und wo ist die Verknüpfung zu Ihrem Beruf?"
„Na, genau an dieser Stelle!", versetzte sie mit Verve. „Eben weil die meisten Märchen von Frauenfiguren geprägt sind, eignen sie sich besonders gut zur therapeutischen Arbeit mit Frauen. So wie Sigmund Freud die griechische Mythologie für seine Psychoanalyse nutzbar ge-

macht hat, so verwende ich Märchentexte für therapeutische Interventionen bei Klientinnen."
„Wie muss ich mir das vorstellen?"
„Nun, nehmen wir", Frau Keyser warf die Arme hoch und überlegte einen Augenblick, „was weiß ich, nehmen wir einmal das Märchen vom Aschenputtel. Kennen Sie's?"
Albrecht nickte.
„Gut. Das ist ein klassisches Stiefmutter-Märchen. By the way: Stiefväter kommen in Märchen überhaupt nicht vor."
„Dafür im wirklichen Leben umso häufiger", widersprach Herr Albrecht.
„Wie auch immer", fuhr Frau Keyser fort, „'Aschenputtel' beschreibt eine klassische Patchworkfamilie. Ein verwitweter Mann mit Tochter heiratet eine Frau mit zwei Töchtern. Wir haben also eine Vatertochter und zwei Muttertöchter, die miteinander konkurrieren, sehr zum Nachteil der Vatertochter. Der Vater nämlich ist schwach und weiß der bösen Stiefmutter, die die eigenen Töchter der seinen gnadenlos vorzieht, nichts entgegenzusetzen."
„Stiefmütter in Märchen sind immer böse, oder?"
„Richtig. Darauf komme ich aber noch zurück. Jedenfalls wird hier ein menschlicher Grundkonflikt beschrieben, den ich einer hilfesuchenden Person – sei sie nun Vater, Mutter oder Kind – anbieten kann. Das Märchen erlaubt einerseits die Identifizierung des Problems und seine Bearbeitung, zugleich aber auch seine Distanzierung. Das ist wichtig, denn es gewährt der Klientin den Schutz eines Rollenwechsels: sie spricht in dem Moment nicht mehr über sich und ihre Probleme, sondern über die Probleme einer Märchenfigur. So wird das Märchen zu ei-

nem Vehikel, die eigene Lebenssituation zu durchschauen und günstigenfalls zu lösen."

„Verstehe", nickte Herr Albrecht erneut, „im Grunde eine Parallele zu jeder Rezeption von Literatur. Nur solche Texte berühren einen, in denen man sich wiederfindet. Aber was hat es nun mit der stets 'bösen' Stiefmutter auf sich?"

„Genau. Also, in den frühen Fassungen von 'Hänsel und Gretel' beispielsweise war es noch die leibliche Mutter, die den Vater drängt, die Kinder im Wald auszusetzen. In späteren Fassungen wurde aus der Mutter dann die Stiefmutter. Man nimmt deshalb an, dass die Figur der Stiefmutter lediglich die bösen Anteile der Mutter repräsentiert. Jedes Kind macht ja die Erfahrung, dass es mit zunehmendem Alter immer häufiger in Konflikte mit der Mutter gerät, die diese dazu zwingen, sich zu verweigern, Nein zu sagen, Grenzen zu setzen. Das ist dann die 'böse' Mama, die sprichwörtliche 'stiefmütterliche' Seite der Mutter. Und auch das lässt sich therapeutisch nutzen, zum Beispiel in Pubertätskonflikten."

„Okay", sagte Herr Albrecht, „das kann ich nachvollziehen", und nahm einen kräftigen Schluck von seinem Weißbier. „Aber hilft Ihnen das bei Ihren eigenen Kindern auch?"

„Wie bitte", schaute Frau Keyser bestürzt und räusperte sich, „woher wissen Sie?"

„Ich weiß gar nix", grinste er, „ich hab nur im Nebel gestochert."

Ja, bestätigte sie erleichtert ausatmend, sie sei alleinerziehende Mutter einer erwachsenen Tochter und eines pubertierenden Knaben. Und bei einer kommunalen Einrichtung arbeite sie in Teilzeit als Psychologin.

Nun hielt Herr Albrecht die Zeit für reif, sich als verwitweter und pensionierter Bauingenieur zu outen, außerdem auch schon Großvater. Bis vor wenigen Jahren habe er noch in Hannover gelebt, nach dem Tode seiner zweiten Frau sei er aber nach Göttingen gezogen, um seine Tochter und die Enkel regelmäßig sehen zu können.
Mit diesen Worten beendete er seine Mahlzeit und schob den Teller beiseite. „Wollen wir noch einen Schnaps trinken? Ich lade Sie ein."
Sie schüttelte den Kopf. „Lieber einen Cappuccino. Ich muss noch fahren, und Sie sicher auch."
„Sie haben recht", räumte er ein und gab beim Kellner, der das Geschirr abtrug, einen Cappuccino und einen doppelten Espresso in Auftrag.
Als der Kaffee kam, machte sie den Vorschlag, zum „Du" zu wechseln. „Ich heiße Sibylle", sagte sie lächelnd.
„Jan; angenehm." Er erwiderte das Lächeln.
Anschließend zahlten sie, jeder für sich, und schlenderten gemeinsam zum Parkplatz. Dort tauschten sie Telefonnummern aus und gaben einander zum Abschied die Hand. Als er die seine wieder lösen wollte, hielt sie sie fest, sah ihm in die Augen und fragte: „Sehen wir uns wieder?"

## Hannoversch Münden, 29. November 2015

Ende November trafen sie sich in Hannoversch Münden, auf halbem Wege zwischen Kassel und Göttingen. Jan kam mit dem Zug, Sibylle mit dem Auto. Sie erwartete ihn am Bahnsteig. Nachdem sie ein paar schweigsame Schritte gegangen waren, löste sich ihre anfängliche Befangenheit peu à peu. Sie hatten nichts weiter verabredet; der Verlauf des Abends war völlig offen. Aber zunächst ein Stück miteinander zu gehen, war sicher ein guter Beginn.

Als sie auf die Lange Straße stießen, bogen sie nach rechts ab. Nach wenigen Metern öffnete sich auf der linken Seite die enge Bebauung zu einem weiten Platz mit der St.-Blasius-Kirche, dahinter das historische Rathaus der Stadt. Beim Weitergehen zeigte Sibylle irgendwann auf ein großes Schaufenster linker Hand: „Das ist die Dr.-Eisenbarth-Apotheke."

„Widdewiddewitt bum bum", antwortete Jan.

„Ich bin der Doktor Eisenbarth", rezitierte Sibylle, „kurier die Leut' nach meiner Art!", worauf Jan wiederum nur „Widdewiddewitt bum bum!", zu sagen wusste. „Kennst du alle Strophen?", fragte er sie.

„Nee, nur die eine. Und du?"

„Wenige Wochen bevor ich in die Schule kam", erzählte er, „gab es ein Abschiedsfest in meinem Kindergarten, da wurde der Doktor Eisenbarth aufgeführt, mit mir in der Hauptrolle..."

„... entschuldige, wo bist du gleich groß geworden?"

„In Westfalen, im Münsterland, genauer gesagt. Alles stockkatholisch, so auch der Kindergarten. Das Auswendiglernen fiel mir leicht; deshalb bekam ich die Rolle mit

dem meisten Text: den Dr. Eisenbarth. Ist lange her, das muss so um 1960 gewesen sein. Aber lass mich kurz überlegen, vielleicht kriege ich noch eine Strophe auf die Reihe…"
Während er grübelte, passierten sie kurz vor der Werra-Brücke das Eisenbarth-Hotel, in dessen Erdgeschoss ein italienisches Restaurant untergebracht war. Unmittelbar davor blieb er abrupt stehen und deklamierte:

„Der schönen Madame Pimpernell
zersprang einmal das Trommelfell,
ich spannt' ihr Pergament vor's Ohr,
drauf hörte sie grad' wie zuvor."

Zunächst lachte Sibylle, sagte aber dann: „Hör auf bitte, das ist schrecklich ..."
Aber Jan fiel gleich noch eine Strophe ein:

„In Wimpfen accouchierte ich
ein Kind zur Welt gar meisterlich.
Dem Kind zerbrach ich sanft das G'nick,
die Mutter starb zum großen Glück."

Sibylle schüttelte sich. „Oh, nein, bitte! Das ist furchtbar. Gut, dass solche Zeiten hinter uns liegen. Gut auch, dass solche Leute heute nicht mehr approbiert werden."
„Oh", widersprach Jan, „täusch dich nur nicht, was die Qualitäten des Dr. Eisenbarth betrifft. Der historische Johann Andreas Eisenbarth galt als erfahrener und umsichtiger Chirurg. Der wagte sich an Operationen, die zu seiner Zeit kaum jemand riskierte. Seine Erfolge gaben ihm allerdings recht und trugen ihm übrigens einen Haufen

Privilegien ein. Wäre er wirklich der Kurpfuscher gewesen, als den das Lied ihn beschreibt, dann hätte er sicherlich nicht die Gunst der Fürsten seiner Zeit genossen. Selbst der preußische König hielt große Stücke auf ihn."

„Aber wie erklärt sich dann so ein Lied? Das hat doch sicher einen realen Kern!"

„Zum Beispiel?"

„Nun, ein Lied ist ja auch eine Form mündlicher Überlieferung, orale Literatur gewissermaßen. Als die meisten Leute noch nicht lesen und schreiben konnten, wurden Texte überliefert, indem man sie reimte, auswendig lernte und sang, zum Beispiel als Gedicht, Ballade oder Volkslied. In mündlicher Überlieferung ist gleichsam das Weltwissen einer Bevölkerung über Generationen aufgehoben."

„Das mag ja alles sein", gab Jan zu, „aber in diesem Fall täuscht du dich, glaube ich. 'Ich bin der Doktor Eisenbarth' ist ursprünglich ein studentisches Sauflied gewesen. Entstanden, als Eisenbarth schon hundert Jahre tot war."

„Ein Sauflied?" Sibylle blieb stehen.

„Ja, genau", bekräftigte Jan und drehte sich zu ihr um, „ein Göttinger Corpsstudent hat es in Bierlaune auf einen Bierdeckel gekritzelt und irgendwann fand es Eingang ins offizielle Kommersbuch seiner Burschenschaft. Wer weiß, vielleicht war sogar Otto von Bismarck der Dichter?"

„Otto von Bismarck?" Sibylles Augen verrieten den Zweifel.

„Ja, wirklich", versicherte Jan ihr, „der hat nämlich Anfang der 1830er Jahre in Göttingen studiert, war Buschenschafter und ein ziemlich durstiger dazu. Theoretisch

könnte er es gewesen sein."
„Hm", zweifelte sie weiter.
„Zum Kinderlied wurde 'Ich bin der Doktor Eisenbarth' erst viel später. Und jede Generation und jede Epoche hat ihm neue Strophen ohne Zahl hinzugefügt."
„Woher weißt du das alles?"
„Falls du mich in Göttingen mal besuchen kommen möchtest", hier nickte Sibylle nachdrücklich, „lade ich dich zu einer Stadtführung ein. Dann wirst du unter anderem zum Bismarckhäuschen auf dem Wall geführt. Und in den Karzer im Hauptgebäude der Uni. Zu Bismarcks Zeiten besaß die Universität ihre eigene Gerichtsbarkeit. Derer hat sie sich bedient, um Studenten zu maßregeln, die über die Stränge schlugen. Und Bismarck schlug oft über die Stränge. Folglich war er, soweit ich weiß, Dauergast im Karzer."
Mittlerweile waren sie vor der Werra-Brücke nach links abgebogen und liefen nun am Flussufer entlang auf den Weserstein zu, der auf jener Landspitze steht, die von Werra und Fulda gebildet wird, bevor sie zur Weser zusammenfließen. Seine Inschrift lautet:

Wo Werra sich und Fulda küssen,
sie ihren Namen büßen müssen.
Und hier entsteht durch diesen Kuss,
deutsch bis zum Meer der Weserfluss.

Jan amüsierte das nationale Pathos dieser Verse, doch war ihm klar, dass sich aus der Distanz von über hundert Jahren trefflich über einen Text spotten ließ, der eigentlich nur im zeitlichen Kontext seiner Entstehung zu begreifen war. Eingeweiht worden war der Weserstein

nämlich am 2. September des Jahres 1899, dem Sedantag. So stand es jedenfalls auf dem Stein. Aus dem löcherigen Fundus seines Geschichtswissens kramte Jan mühsam hervor, dass bis zum Ersten Weltkrieg jedes Jahr der 2. September als 'Sedantag' gefeiert worden war, um an den Sieg Preußens über Frankreich nahe der Stadt Sedan am 2. September 1870 zu erinnern – dieser galt als Gründungsakt des Deutschen Kaiserreichs. Deshalb wuchs dem 'Sedantag' damals der Rang eines Nationalfeiertags zu.
Er erzählte Sibylle von Geschichtsstunden in den hohen düsteren Klassenzimmern einer altehrwürdigen Knabenbildungsanstalt mit gotischen Fenstern, gehalten in den sechziger Jahren von einem national gesinnten Oberstudienrat mit stets gerötetem Gesicht und blaugeäderter Nase. Dieser Lehrer, Altphilologe und Historiker, hatte seinen Schülern in epischer Breite den Kulturkampf entrollt, den Reichskanzler Otto von Bismarck nicht nur gegen die Sozialdemokratie, sondern auch und besonders gegen die katholische Kirche führte. Im Sommer 1870 nämlich, kurz vor Beginn jenes Krieges, den die Sedanschlacht beendete, habe der Papst auf dem Ersten Vatikanischen Konzil das Dogma seiner eigenen Unfehlbarkeit verkündet.
„Ooops, wie dumm ist das denn?“, fragte Sibylle erstaunt.
„Wieso dumm?“
„Na ja, das ist doch ein Offenbarungseid!“, rief sie. „Wenn man zur Verteidigung seiner Weltanschauung ein Dogma bemüht, gibt man im Grunde doch zu, dass sie in der Sache nicht überzeugt.“
„Absolut“, pflichtete Jan ihr bei, „und genau gegen die-

sen Dogmatismus richtete sich auch Bismarcks Widerstand."

Rom wiederum habe sich dafür revanchiert, indem es in den katholischen Gebieten des Reichs den Sedantag boykottierte – der Mainzer Bischof verbot am Sedantag in seinem Bistum sogar das Läuten. Zwar war das alte Preußen überwiegend protestantisch, die im 1870er Krieg eroberten Gebiete hingegen überwiegend katholisch. Für die katholischen Neubürger des Reiches war es deshalb eine Frage der Ehre, das Haupt nicht vor den neuen weltlichen Herren zu beugen, sondern ausschließlich vor den geistlichen. Otto von Bismarck bestand folglich auf der Trennung von Staat und Kirche – ganz so, wie die Philosophie der Aufklärung es verlangte. Zunächst entzog er der Kirche die Schulaufsicht und später setzte er die Zivilehe als allein rechtlich bindende Form der Ehe durch – gegen den Widerstand Roms.

Damals sei der Begriff Kulturkampf geprägt worden, weil der Konflikt zwischen dem Deutschen Reich und der Katholischen Kirche eigentlich stellvertretend für den Konflikt zwischen Tradition und Moderne, zwischen Dogmatismus und Vernunft, zwischen Glauben und Wissen stand.

Nach diesem Vortrag schwieg Jan eine Weile und hing Gedanken nach, die dieses Thema fortspannen.

Aus diesen Überlegungen holte Sibylle ihn zurück, indem sie fragte: „Sprichst du nicht mehr mit mir?"

„Meine Mutter hat mir früh eingeschärft, mich vor fremden Frauen in Acht zu nehmen", erwiderte Jan darauf mit schiefem Grinsen.

„Ach, Gottchen, die Mami! Erstens kann man sich mit sechzig nicht mehr auf die Mami berufen und zweitens

bin ich keine fremde Frau."
„Mach mich nicht älter als ich bin, ich bin erst neunundfünfzig Jahre und zehn Monate alt. Und außerdem kannten wir uns vor drei Wochen noch gar nicht ..."
„Sind drei Wochen etwa nichts? Außerdem kenne ich mich gut. Ich schwöre, dass von mir überhaupt keine Gefahr ausgeht, ich bin absolut harmlos." Sie hob drei Finger der rechten Hand und guckte erneut betont naiv.
„Na, das sagen alle ...", gab er schmunzelnd zurück.
„Kennst Du die Weserliedanlage am anderen Ufer", fragte Sibylle unvermittelt, „genau hier gegenüber?" Sie zeigte mit dem Finger über den Zusammenfluss von Fulda und Werra hinweg auf eine unbestimmte Stelle im steilen, bewaldeten Hang jenseits des Flusses. Natürlich sah Jan in der abendlichen Schwärze nichts als Bäume.
„Nein, da bin ich noch nie gewesen. Ich habe zwar davon gehört, aber ..." Bedauernd hob er die Hände und schüttelte sanft den Kopf.
„Wollen wir dort noch auf einen Sprung hingehen?", schlug sie vor und hakte sich bei ihm ein. „Das ist nur eine Viertelstunde Wegs und von da oben sieht man schön auf die Stadt. Jetzt, wo sie vorweihnachtlich beleuchtet ist, ist das bestimmt ein großartiger Anblick. Mir nach. Ich weiß den Weg."
Vom Weserstein nahmen sie die überdachte Holzbrücke über den Nebenarm der Fulda und schlenderten durch die engen Gassen mit dem historischen Fachwerkensemble. Wieder gelangten sie an die Werrabrücke, diesmal aber überquerten sie den Fluss, desgleichen die Bundesstraße auf der anderen Werraseite. Dann nahmen sie die Straße bergauf.
„Alter Schwede!", schnaufte Sibylle und blieb kurz vor

einem Tunnel stehen, den sie linker Hand zu passieren hatten, „hier geht's ja richtig zur Sache. Wir müssen ein wenig langsamer gehen."
„Oder beim Steigen weniger sprechen", versetzte Jan.
„Wieso hechelst Du eigentlich nicht?"
„Mir macht das nicht so viel aus. Ich bin Ausdauersportler. Außerdem rede ich nicht, ich höre zu."
„Respekt, wozu du alles so Zeit findest ..."
„Meinst du das Zuhören?"
„T,t,t,t", schnalzte sie tadelnd, „natürlich meinte ich den Sport."
„Na ja", sagte Jan, „es dient ja einem guten Zweck."
„Der worin besteht?"
„Dem Erhalt meiner Gesundheit. - Weiter?"
„Ja", schnaufte Sibylle.
„Im kommenden Sommersemester", unterbrach Jan ihre angestrengten Atemgeräusche, „veranstaltet übrigens die Uni Göttingen eine Ringvorlesung über Leben und Werk von Jacob und Wilhelm Grimm, immer dienstagabends."
„Huch! Wieso denn an eurer Uni? Die Grimms gehören doch zu uns, nach Kassel!"
„Darf man über Goethe nur in Weimar sprechen, und über Thomas Mann nur in Lübeck?", spottete er.
„Na-hein", keuchte sie,
„Mal im Ernst: Wusstest du wirklich nicht, dass Jacob und Wilhelm Grimm 1830 einen Ruf nach Göttingen bekommen haben? Dort haben sie die Deutsche Philologie begründet, und außerdem war das Grimm'sche Wörterbuch, Buchstabe D bis F, bis vor kurzem in Göttingen ansässig."
„Doch, ich erinnere mich schwach, dass du mir derlei in Baunatal schon berichtet hast, habe es aber wohl erfolg-

reich verdrängt. Ich interessiere mich weniger für das Leben der beiden als vielmehr für ihre Märchen."
„Dann sind dir die Göttinger Sieben, die der König von Hannover 1837 außer Landes geschickt hat, auch entfallen?"
„Jaaa, irgendwas war da, aber erzähl noch einmal..."
Jan skizzierte ihr gerafft, dass sieben Göttinger Professoren, darunter die beiden Grimms, gegen die Aufhebung der liberalen Verfassung des Königreichs durch den neuen König Ernst August I. protestiert hatten und daraufhin von diesem entlassen wurden. Drei der sieben wurden sogar aus dem Königreich Hannover verbannt, unter ihnen Jacob Grimm.
Nun wechselte Sibylle die Rolle und spielte Klein-Erna, oder besser: Klein-Sibylle: „Nimmst du mich mit in die Ringvorlesung? Oder erlaubt deine Mama das nicht?"
Als Jan ahnungslos tat und sie über den Rand seiner Brille hinweg begriffsstutzig fixierte, setzte sie schnell hinzu: „Wegen der fremden Frau, meine ich."
„Ach, so, wegen der fremden Frau", spielte er das Spielchen mit. „Weißt du, meine Mama lebt nicht mehr. Ich bin gewissermaßen Vollwaise. Außerdem bin ich, wie du vorhin so charmant wie unzutreffend bemerktest, bereits Anfang sechzig, also schon groß. Und, wer weiß, im April, wenn das Semester beginnt, ist mir die Frau ja vielleicht nicht mehr fremd."
Unter diesen Worten betraten sie das Rondell der Weserliedanlage, von wo aus sich in der Dämmerung dieses Abends ein Panorama von wirklich märchenhafter Idylle bot. Ein Durcheinander von Dächern, Firsten, Gauben und Giebeln, mittendrin der gedrungene achteckige Turm der St.-Blasius-Kirche, der auf einem Meer aus Ne-

bel zu schwimmen schien, den die warmen Wasser von Werra und Fulda spendeten; der alles weichzeichnete und das Licht der Straßenlaternen zu diffusen Ballons vergrößerte. Aus vielen Fenstern drang warmes Licht und verlieh der Szenerie die Verheißung von heiler Welt und friedlicher Ordnung; eine Einladung zu nostalgischen Geborgenheitsphantasien, deren Sog auch auf die beiden wirkte.

Eine Weile standen sie so, Jan seitlich gegen die hüfthohe Mauer gelehnt, vor ihm Sibylle, die, je mehr ihr Schnaufen sich legte, desto näher an ihn heranrückte, so dass er sich genötigt sah, seinen freien Arm auf ihrer Schulter abzulegen. Sie schauten auf den Weserstein hinab, betrachteten das Panorama, hörten das Grundrauschen des Weihnachtsmarkts herüberwehen und hingen stumm ihren Gedanken nach.

„Guck mal", sagte sie unvermittelt und tippte mit der Hand auf den Mauersims vor sich. Über ihre Schulter hinweg sah Jan eine Messingtafel mit jeder Menge Text in Reliefbuchstaben.

„Was ist das?"

„Der Text des Weserliedes."

„Und? Lass mal hören!"

„Soll ich etwa singen?"

„Nein, lieber nicht, vorlesen reicht völlig."

Für das „lieber nicht" knuffte sie ihn in die Seite, las aber dann laut:

„Hier hab' ich so manches liebe Mal
Mit meiner Laute gesessen,
Hinunterblickend ins weite Tal,

Mein selbst und der Welt vergessen.
Und um mich klang es so froh und so hehr,
Und über mir tagt es so helle
Und unten brauste das ferne Wehr
Und der Weser blitzende Welle.
Wie liebender Sang aus geliebtem Mund,
So flüstert es rings durch die Bäume,
Und aus des Tales off'nem Grund
Begrüßten mich nickende Träume.
Und um mich klang es so froh und so hehr,
Und über mir tagt es so helle
und unten brauste das ferne Wehr
Und der Weser blitzende Welle.
Da sitz' ich aufs Neue und spähe umher
Und lausche hinauf und hernieder.
Die holden Weisen rauschen nicht mehr,
Die Träume kehren nicht wieder.
Die süßen Bilder wie weit, wie weit!
Wie schwer der Himmel, wie trübe!
Fahr wohl, fahr wohl, du selige Zeit!
Fahrt wohl, ihr Träume der Liebe!“

„Ach, nee“, sagte Jan, „das macht ja Mut.“
„Ach komm, das ist nur ein Lied, nicht das Leben“, versetzte Sibylle und nahm ihn bei der Hand, „komm, lass uns gehen.“
Dann machten sie sich Hand in Hand an den Abstieg. Keine zehn Minuten später überquerten sie erneut die Werra und liefen auf der Langen Straße in Richtung des Weihnachtsmarkts. Sie legten den Rückweg stumm zurück und tauchten in die Geräuschflut des Weihnachtsmarktes ein, die ihnen entgegenwaberte und in der sich

das Bimmeln des Kinderkarussells mit dem Gläserklirren der Glühweinstände und dem Geplapper aus tausenden vom Wein geröteter Münder mischte. Dann fragte Sibylle keck: „Zu mir oder zu dir?“
„Zum Italiener“, antwortete Jan.

Im Nahverkehrszug, der ihn drei Stunden später an Werra und Leine entlang nach Göttingen zurückbrachte, versuchte Jan, den Tag zu sortieren.
Sibylle stammte aus einem Dorf in der Wetterau, hatte sie ihm erzählt, hatte in Fulda bis zum Abitur die Schule besucht, dann in Frankfurt Pädagogik und Psychologie studiert, wo sie auch ihren späteren Mann und Vater ihrer Kinder kennenlernte. Nach dem Diplom ließ sie sich zur Therapeutin ausbilden, und heuerte anschließend in einem Zentrum für Erziehungs- und Lebensberatung an. Mit Rücksicht auf ihre konservativen Herkunftsfamilien heiratete sie Robert, den Vater ihrer Kinder, bevor sie offiziell mit ihm zusammenzog. Als ihr Mann als Redakteur beim Hessischen Rundfunk später nach Nordhessen versetzt wurde, folgte sie ihm mit der kleinen Tochter, der Sohn kam in Kassel zur Welt.
Parallel zu ihrer Arbeit in der Erziehungs- und Lebensberatung vertiefte sie sich in die Grimm'schen Märchen und verfiel dabei auf die Idee, Märchentexte in der Arbeit mit Klientinnen einzusetzen. Damit machte sie gute Erfahrungen, so dass sie diese Methode immer weiter entwickelte.
Die Familie baute ein Haus, die Tochter wurde eingeschult, der Sohn in den Kindergarten geschickt. Während aber jene sich zur problemlosen Selbstläuferin entwickelte, regredierte dieser zum großen Verweigerer. Darüber

waren sich die Eltern immer fremder geworden, bis sie sich am Ende trennten.

Das sei vor zwei Jahren gewesen.

Der Zug ruckelte durch die Dunkelheit, der abnehmende Mond goss eine silbrig schimmernde Spur auf das dunkle Wasser der Werra und warf die knotig verrenkten Schatten der Witzenhäuser Kirschbäume als abstrakte Muster auf das welke Gras.

Eigentlich war Jan sehr angetan von Sibylle Keyser; sie hatte Hintergrund, war unterhaltsam, hatte Witz und Esprit, sah nicht schlecht aus, hatte das passende Alter und eine ähnliche Sozialisation im katholisch-kleinbürgerlichen Milieu wie er selbst auch – dennoch blieb ein komisches Gefühl, abgesehen davon, dass sie einander bislang erst zweimal begegnet waren – einmal in der Knallhütte, das zweite Mal heute abend in Hann Münden.

Was ihm allerdings Bauchweh bereitete, war dieser Knabe. Wenn schon der eigene Vater vor dem Bengel Reißaus nahm, was würde erst ihn als den Reingeschmeckten erwarten? Da bliebe ihm nur noch ein Schicksal als – er musste lachen, als ihm dieser Gedanke kam – ‚böser Stiefvater', womit er gleich beim zweiten Problem landete.

Sibylle hatte viel über ihre Märchenleidenschaft gesprochen und darüber, wie sie die Texte der Brüder Grimm verknüpfte mit der Frauen- bzw. Genderfrage. Ihren im Brustton der Überzeugung vorgetragener Anspruch, frei von Vorurteilen zu sein, hatte Jan zwar charmant weggelächelt, fand ihn aber höchst seltsam für eine Frau, die ansonsten sehr reflektiert schien. Natürlich hatte sie Vorurteile, jeder hatte die, wieso sollte ausgerechnet sie davon ausgenommen sein? War das Ironie gewesen? Das bezweifelte er doch sehr. Oder war es Ausdruck eines pädagogisch motivierten Freundlichkeitsbemühens, jedermann jederzeit korrekt zu begegnen? Also politische Korrektheit, die sich stets auf die Seite der vermeintlich Schwachen und Unterdrückten schlägt, stets alles besser weiß, dabei aber vollkommen blind ist für die Anmaßung, die in dieser Haltung steckt? Die Rächerin der Witwen und Waisen? Jan schüttelte leise den Kopf. Ihm fiel der Spruch eines seiner alten Professoren aus Berlin ein, der einmal mit spöttischem Lächeln gesagt hatte, wer mit zwanzig kein Marxist sei, habe kein Herz. Wer es mit vierzig aber immer noch sei, habe keinen Verstand. Damals, als er selbst zwanzig war, hatte ihn dieser Spruch erzürnt, heute, mit knapp sechzig, gab er dem Mann selbstverständlich uneingeschränkt recht.

Jedenfalls wusste Jan sicher, dass er keine Partnerin wollte, mit der er frucht- und endlose Debatten um des Kaisers Bart – auch diese Formulierung erheiterte ihn, kaum dass er sie gedacht hatte – führen musste. Ideologische Grabenkämpfe hatte er in seiner Zeit an der Berliner TU zur Genüge geführt – ohne irgendein greifbares Ergebnis. Die damals gemachte Erfahrung, sich für nichts und wieder nichts aufzureiben, hatte ihn ein für allemal immun gemacht gegen jede Art von Glaubenskriegen. Und diese Genderdebatte, so wie sie in der Öffentlichkeit derzeit geführt wurde, weckte bei ihm keine guten Erinnerungen. Er war zwar ein verspäteter 68er – für einen echten 68er war er zu jung – hielt sich aber in ideologischen Fragen für geläutert. Er sah sich selbst als Pragmatiker, der sich an Evidenzen orientierte, nicht an Utopien.

Er beschloss, von sich aus nichts zu unternehmen, sondern abzuwarten, was passieren würde.

Als der Zug Friedland erreichte, wanderten Jans Gedanken zu seiner Tochter, die hier mit ihrer Familie auf einem Bauernhof am Ortsrand lebte. Dort würde er den Jahreswechsel verbringen. Er freute sich auf seine Enkel.
Den Bahnhof trennte nur ein schmaler Parkplatz vom Gelände des Grenzdurchgangslagers Friedland, das derzeit aus allen Nähten platzte. Das Bahnhofsgebäude beherbergte ein Museum, das die Geschichte des Lagers nachzeichnete. Seit 1945 hatte es über vier Millionen Flüchtlingen, Vertriebenen, Kriegsgefangenen, Spätaussiedlern und ‚Displaced Persons' als erste Anlaufstelle in der neuen Heimat gedient. Nun waren es jene Menschen, die vor dem Krieg in Syrien geflohen waren.
Offenbar gab es noch immer Neuankömmlinge, denn Gruppen junger Männer mit schwarzem Haar und dunklen Augen verließen hier den Zug mit kleinem Gepäck und suchendem Blick. Empfangen wurden sie von anderen jungen Männern, die auf dem Bahnsteig standen, rauchten, telefonierten oder sich unterhielten. Viele von ihnen wirkten auf Jan wie in Trance, wie in einer Mischung aus Melancholie und Resignation, so, als seien sie zwar nicht mehr daheim, aber auch noch nicht hier, quasi in einer Art Transitzone zwischen gestern und morgen, Krieg und Frieden, Orient und Okzident. Einige tranken Dosenbier, was Jan erstaunte, dachte er doch, dass der Islam Alkohol ebenso verabscheut wie Schweinefleisch.

Vierzig Kilometer weiter südöstlich überfuhr Sibylle Keyser zur selben Zeit in ihrem grünen Kombi die Stadtgrenze von Kassel.
Auch sie hatte während der etwa halbstündigen Fahrt den Nachmittag Revue passieren lassen.

Da hatte das Schicksal ihr einen guterhaltenen Mann vor die Füße geworfen, mit dem mehr als nur Smalltalk möglich war. Interessiert auch außerhalb seines professionellen Tellerrandes, ganz offensichtlich auch kulturell beschlagen. Sogar bei ihrem Leib- und-Magen-Thema, den Märchen, hatte er mitreden können – ihm war sogar Dorothea Viehmann ein Begriff! – eine Erfahrung, die sie mit einem Mann noch nie gemacht hatte. Auch ihr eigener Ex-Mann, wiewohl im weiteren Sinne selbst Kulturschaffender, hatte das Märchenthema eher milde bespöttelt.

Jan hatte ihr erzählt, dass er in Westfalen aufgewachsen und zur Schule gegangen sei, einer großen Familie entstamme und, wie sie selbst auch, in der katholischen Jugendarbeit tätig gewesen sei. Nach dem Abitur studierte er Bauingenieurwesen in Berlin und wurde mit dem Diplom in der Tasche in der Bauverwaltung seiner Heimatstadt Kommunalbeamter. Später, nachdem seine erste Ehe, der ein Sohn entstammte, scheiterte, bewarb er sich auf eine höher dotierte Stelle in Hannover – mit Erfolg. Dort lernte er seine zweite Frau kennen, die aber vor über einem Jahr verstorben war. Mit dieser hatte er eine Tochter, die in Südniedersachsen verheiratet war. Deshalb war er nach dem Tod der Frau ebenfalls dort hingezogen, um näher bei den Enkeln zu sein. Mit seinem Sohn aus erster Ehe, bereits Mitte dreißig, sei der Kontakt schwierig bis unmöglich. Aber darüber redete er nur ungern.

Das einzige, was Sibylle an diesem Mann auszusetzen hatte, war sein gelegentlicher Hang zum Dozieren. Und natürlich seine Ironie, sobald sie feministische Themen berührten. Gegen ersteres konnte sie schlecht etwas einwenden, ahnte sie doch, dass sie selbst nicht frei war von dieser Schwäche. Und wenn das die einzige Kröte war, wollte sie sie gern schlucken. Aber in der Frauenfrage würde sie sich die Butter nicht vom Brot nehmen lassen. Außerdem war sie überzeugt, in dieser Frage die besseren Argumente zu haben. Ein rationaler und souveräner Mann wie Jan würde das anerkennen müssen.

Sibylle fühlte sich auf eine unbestimmte Weise euphorisiert. Seit ihr Mann das Haus verlassen hatte, lag sie erotisch brach und hoffte sehr auf einen Mann, der ihre Sehnsüchte zu stillen verstand. War er das? Sollte das so sein? Und wenn ja, wie dann weiter? Das klassische Modell – verliebt, verlobt, verheiratet – kam für sie überhaupt nicht mehr in Frage. Von förmlich-verbindlichen Beziehungen hatte sie erst einmal die Schnauze gestrichen voll. Warum heiraten, wo Leasing doch so einfach ist?

Aber wie sollte das aussehen, wie organisiert werden? Sie selbst lebte noch mit ihren beiden Kindern Johanna und Winfried im eigenen Haus. Zwar stand Johannas Auszug unmittelbar bevor, sie wollte mit anderen jungen Leuten eine WG gründen. Aber Winfried würde ihr noch bleiben; wie lange noch - das wagte Sibylle nicht vorherzusagen. Unter keinen Umständen suchte sie einen Papa für ihre Kinder; unter keinen Umständen hatte ein fremder Mann in ihrer Familie etwas zu suchen. Dies umso weniger, als ihr sehr bewusst war, wie schwierig Winfried gerade im Umgang mit Fremden war, wenn sie selbst kaum noch Mittel fand, ihn zu erreichen. Wie Winfried auf einen neuen Mann in Mamas Leben reagieren würde, war für sie kaum zu kalkulieren.

Aber Jan lebte doch allein in einer Eigentumswohnung.

War das nicht eine gute Voraussetzung für ein Liebesleben ohne Kinder? Ob sich daraus ein Modell entwickeln ließe, eine Beziehung auf Distanz, so wie sie ihr vorschwebte, zu leben?
Endlich hatte sie ihr Domizil erreicht und parkte den Opel vor der Garage. Hinter Winfrieds Fenster brannte Licht, alles in Ordnung, wie es schien. Drinnen entledigte sie sich ihres Mantels, ging flugs aufs Klo und griff anschließend zum Telefon, um die Neuigkeiten mit ihrer besten Freundin zu teilen. Das konnte erfahrungsgemäß dauern.

Jan hatte, als Neele, seine Tochter, vor wenigen Jahren heiratete, eine verwahrloste Streuobstwiese in Pflege genommen, die ihrem Schwiegervater gehörte. Die Bäume waren vergreist, schorfig, bemoost, mit Misteln besetzt und kaum noch vital. Seit Jahren verwahrlosten sie. Selbst der Bauer kaufte sein Obst bei Edeka.
Damals, im Frühjahr, durchwucherte das frische Grün der Wiese von unten eine dicke Lage graubraun verdorrter Halme aus dem letzten Jahr, die Zaunpfähle waren morsch und wurden nur noch vom Drahtgeflecht mehr schlecht als recht aufrecht gehalten. Brennnesseln hatten sich eines kleinen Hexenhäuschens aus rotem Backstein bemächtigt und dessen vorgebaute Holzveranda erobert. Der Anblick erfüllte Jan mit Wehmut, denn nicht mehr lange, und auch diese Wiese würde vielleicht gerodet werden und zu Ackerland gemacht, wie so viele vor ihr. Südniedersachsen und Nordhessen waren bis in die sechziger Jahre hinein ausgesprochenes Streuobstland gewesen, seither waren die Bestände auf ein Zehntel ihrer ursprünglichen Größe geschrumpft. Solange ein Kilo langweiliger Norm-Äpfel wie Braeburn oder Golden Delicious im Supermarkt für unter zwei Euro zu haben war, machte sich niemand mehr die Mühe, alte Hochstämme zu pflegen, geschweige denn, neue zu pflanzen. Die Zukunft gehörte dem charakter- und gesichtslosen Spalierobst. Mit den Besitzern alter Streuobstflächen starb auch tradiertes Kulturwissen, und die Erben warfen die Kettensäge an, um einer lächerlichen Prämie wegen kurzerhand Bäume umzulegen, die noch von den Urgroßeltern her stammten und vielleicht vierzig oder fünfzig Jahre

gebraucht hatten zu heutiger Gestalt und Größe. Damit verschwanden oft auch alte Sorten, die ehemals typisch waren für diese Landschaft, wie der Geflammte Kardinal, der Königsapfel von Jersey, die Goldrenette von Berlepsch oder die Lippoldsberger Tiefenblüte; samt und sonders Sorten, die optisch und geschmacklich herausstachen aus dem genormten Einheitsbrei der Supermarktware. Nur waren sie nach EU-Maßstab leider nicht marktfähig, weil sie jeder genormten Idealform spotteten. Das Spalierobst vom Bodensee oder aus Südtirol war einfach ertragreicher, leichter zu spritzen und spielend abzuernten, und machte so den hochstämmigen Apfelbäumen den Garaus. Dem wollte Jan etwas entgegensetzen; wenn der Prozess schon nicht zu stoppen war, so wollte er ihn zumindest bremsen. Er wusste, dass dies nostalgische Motive waren, mit denen er am Ende vermutlich scheitern würde, aber er hatte so oft die Erfahrung gemacht, dass der ideelle und kulturelle Wert, der Gebrauchswert, der Erinnerungswert von Gegenständen, Lebensformen und Traditionen erst dann offenbar wird, wenn er unwiederbringlich perdu ist; wenn der sogenannte Fortschritt, der gesellschaftliche wie der technische, ihn hinweggefegt hatte. Angesichts der schwindelerregenden Beschleunigung dieses Prozesses spürte er einen Impuls des Beschützens und Bewahrens und verstand ihn als seine Form des Widerstandes gegen immer kürzere Innovations- und Produktzyklen. In dieser Hinsicht verstand er sich als konservativ im buchstäblichen Sinne. Deshalb hatte er damals Neeles Schwiegervater den Vorschlag gemacht, den Bestand zu pflegen, wenn er im Gegenzug das Obst verwerten und vielleicht sogar einige Bienenvölker dort unterbringen durfte. Nach anfänglichem Zögern war's dem Schwiegervater, mit dem ihn inzwischen gemeinsame Enkelkinder verbanden, recht, und der Deal wurde per Handschlag besiegelt.

Im Winter darauf brachte Jan zunächst das Hexenhäuschen wieder auf Vordermann. Er ersetzte fehlende Dachziegel und zerbrochene Fensterscheiben, räumte Mäusenester weg und wechselte Bodendielen aus, richtete die Tür und fettete die Scharniere, baute ein neues Schloss ein und schaffte am Ende Tisch, Stühle und Regale vom Sperrmüll her. Ganz zum Schluss hängte er einen gerahmten Druck des 'Obstgarten zur Erntezeit', ein Gemälde des Frühimpressionisten Charles-François Daubigny, an die Wand, auf die man beim Betreten des Raumes als erstes blickte.

Es zeigt eine ungemähte, mit kniehohen, gelbblühenden Pflanzen durchsetzte Wiese, in die ein Trampelpfad führt, der am rechten unteren Bildrand beginnt und sich im Hintergrund einer Wildnis aus verwahrlosten Obstbäumen verliert. Dort dominiert die Farbe Grün in all ihren Abstufungen, durchsetzt vom Rot der Früchte. Nach links hin scheint ein weniger begangener Pfad abzuzweigen, an dessen Rand ein Esel steht, der sich von den Menschen abwendet, zu denen er offensichtlich gehört. Deren Aufmerksamkeit beansprucht der Apfelbaum in der Bildmitte. Das Interesse des Esels scheint sich indes eher auf die herabgefallenen Früchte eines nur noch schütter belaubten Baumes am linken Bildrand zu richten, die den Boden dicht an dicht bedecken. Offenbar interessiert das überreife Fallobst ihn mehr als die reifen Früchte, welche die beiden Menschen hinter ihm ernten. Ein Mensch, vermutlich ein Mann, steht auf einer zerbrechlich wirkenden Leiter, die gegen die Krone des Baumes gelehnt ist, der nicht nur durch seine Mittelposition, sondern auch durch die Beleuchtung der tiefstehenden Sonne von links sowie den starken Fruchtbehang herausgehoben ist, und pflückt Äpfel. Am Fuße der Leiter blickt ein zweiter Mensch – eine Frau? - nach oben, zum Mann also, und trägt einen Korb vor dem Bauch, in dem sie die herabgereichten Früchte sammelt.

Die Wolken treiben, wie es den Anschein hatte, von links nach rechts. Der dargestellte Himmelsausschnitt endet keilförmig in der rechten oberen Bildecke, dort findet sich auch am wenigsten Blau und am meisten Grau, so dass der Eindruck eines Trichters entsteht, der das von links anstürmende Wolkenmaterial wie in einem Venturi-Rohr verdichtet und beschleunigt. Weitere Anzeichen für die Dynamik von links geben zwei exponierte Baumwipfel am linken Bildrand, die sich wie unter beständigem Winddruck leicht nach rechts neigen. Schließlich spricht dafür die Himmelsrichtung, denn das Licht des späten Nachmittags kommt ebenso von Westen wie die rauhen Winde des Herbstes.

Über allem liegt die Patina der Vorläufigkeit, des Provisoriums, der Morbidität und der Verwunschenheit: Die Wiese und die Bäume mit ihrem Astdickicht und den bis auf den Boden reichenden Fruchtruten sind verwildert, das Fallobst vergeht auf dem Boden, die Ernte erscheint spontan und schlecht vorbereitet angesichts des kümmerlichen Leiterchens und des einzigen Korbes, mit dem man angerückt ist. Und doch verspürt der Betrachter die Versuchung, der Einladung in dieses Idyll der entschleunigten Zeit zu folgen.

Jan mochte dieses Bild, weil es in seiner Wahrnehmung eine Allegorie des Herbstes darstellte: die Jahreszeit der

Fülle, ja, sogar der Überfülle, zugleich aber auch die Jahreszeit des Verfalls, des Übergangs, des schwindenden Lichts, der rauheren Zeiten, des Stillstands.
Nach der Instandsetzung des Häuschens räumte er den Zaunschrott beiseite und schor die Wiese mit der Sense, bevor er zuletzt begann, den Bäumen mit Astschere und Säge zu Leibe zu rücken.
Sein Ausbilder im Obstschnittkurs hatte einmal gesagt, an verwilderte Bäume müsse man herangehen mit dem Blick eines Bildhauers, der im roh gebrochenen Stein bereits die fertige Skulptur sehe. Man müsse so lange um den Baum herumwandern und ihn ansehen, bis einem klar sei, wie er am Ende aussehen solle.
Okay, so weit die Theorie, dies hier war die Praxis. Der erste Baum, den er sich vornahm, war bei Lichte besehen kein Baum, sondern ein Busch auf Stelzen. Ein kaum entwirrbares Dickicht kreuz und quer wuchernder Äste verwehrte ihm den Einstieg, so, als habe der Baum die Zugbrücke hochgezogen. Also suchte er nach einem Ast, den er bis zu seinem Ursprung zurückverfolgen konnte, schaute dann, wohin er wuchs, und stellte fest, dass er verzichtbar war. Er zückte die Säge, die ihre scharfen Zähne im Nu tief in das weiche Holz grub. Zwei Sägehübe später war der knapp handgelenksdicke Ast gekappt und ließ sich nur mit Mühe aus dem Dickicht herausziehen. Dabei erwies sich, dass er – im Verhältnis zu seiner Dicke – enorm lang war; ein Beleg dafür, dass in dieser verschatteten Hölle nur jene Triebe überlebten, denen es gelang, auf direktem Wege möglichst schnell zum Licht vorzudringen. Das erklärte auch die teils absurden Wuchsrichtungen. Auf diese Weise verliert ein vernachlässigter Baum an Vitalität, treibt im Frühjahr kaum noch

aus, trägt immer weniger und kleinere Früchte – bis er sich am Ende selbst erwürgt.
Jan musste noch eine weitere Handvoll solcher Äste entfernen, bevor es ihm gelang, den Baum zu entern. Als er drinnen war, entfernte er sämtliche Äste und Zweige, die nach innen wuchsen. Langsam aber sicher kamen Licht und Ordnung in den Baum und mit ihnen der Durchblick. In gleichem Maße aber wuchs draußen der Holzhaufen. Wieviel Holz durfte er dem Baum nehmen, ohne ihm zu schaden? Theoretisch kannte er die Antwort: Nicht mehr als die Hälfte der Kronenmasse, eher weniger. Aber wie sollte man das, was unterm Baum lag, mit dem vergleichen, was noch oben war? Unterm Baum lag das Holz auf einen ordentlichen Haufen geschichtet, oben war viel Luft dazwischen. Jan stieg aus dem Baum, um sein Werk aus der Distanz zu betrachten. War das schon die Hälfte? Nein, eher nicht. Also weiter. Die Fragen, die er jetzt zu entscheiden hatte, lauteten: Welchen Ast nehme ich raus, welchen befördere ich zum Leitast? Welchen Leitast muss ich einkürzen, welchen in Ruhe lassen? Wo ist das Fruchtholz abgetragen, wo treibt neues nach? Wie erziele ich ein akzeptables Verhältnis zwischen Neuaustrieb und Frucht? Darauf musste er jedes Mal eine Antwort finden, bevor er die Säge zückte. Wie immer auch die Antwort ausfiel: In jedem Fall war sie ein Kompromiss zwischen einander widerstreitenden Anforderungen, mal mehr, mal weniger gelungen.
Viele Fehler jedoch konnte er damals nicht gemacht haben, denn im folgenden Frühjahr reagierten die Bäume prompt mit verstärktem Austrieb, blühten reich und setzten satt Frucht an, so dass er im Oktober zwei Tonnen Äpfel von den Bäumen schütteln und vermosten lassen

konnte.
Im selben Jahr hatte Jan von einem befreundeten Imker zwei Schwarmvölker erworben und die Kästen so aufgestellt, dass die Veranda des Hexenhäuschens außerhalb der Einflugschneise der Bienen lag. Denn er wollte ja auch im Sommer mit seinen Enkelchen hier picknicken, ohne dass diese sich vor Stichen zu fürchten hätten.
Heute, an diesem kalten, sonnigen Wintertag Mitte Dezember nun begann er mit dem zweiten Durchgang. Jan nannte das bei sich die „Maniküre". Hatte er sich beim ersten Mal auf die Entnahme von starken Ästen im Inneren des Baumes konzentriert, bearbeitete er nun die Peripherie. Am Ende jedes Astes gab es dasselbe Gewirr wie im Jahr zuvor im Inneren; nur im verkleinerten Maßstab. Jetzt war das Werkzeug der Wahl nicht mehr die Säge, sondern die Handschere. Zweig um Zweig korrigierte er. Welcher Austrieb wächst nach innen? Raus damit. Welcher Austrieb wächst zu steil? Runterbinden oder abspreizen. Welcher Austrieb ist zu lang? Einkürzen. Und so umrundete er auf seiner Stehleiter den Baum wie ein Friseur. Jetzt ging es nicht mehr um die Struktur, sondern um das Finish.
Die zweite Aufgabe, die heute auf ihn wartete, bestand darin, seine Bienen ein letztes Mal in diesem Jahr gegen die Varroa-Milbe zu behandeln. Dieser Schädling schmarotzt vorzugsweise auf der Bienenbrut. Er saugt das Blut der Biene und ihrer Brut, infiziert die Wirtsvölker mit Viren und Bakterien, schwächt so die Abwehrkräfte des Volkes, bahnt Sekundärinfektionen den Weg und richtet auf diese Weise das Volk – und damit sich selbst – hin. Deshalb musste Jan, um sie wirksam bekämpfen zu können, genau jenes Zeitfenster erwischen, in dem das Bie-

nenvolk brutfrei ist. Theoretisch ist das um den kürzesten Tag des Jahres herum, also um den 21. Dezember. Praktisch sollte es aber nicht zu kalt sein. Heute, eine Woche vor Weihnachten um die Mittagszeit, würden die Temperaturen es sicher hergeben.

Als die Sonne am höchsten stand, unterbrach Jan seine Arbeit an den Bäumen, schlüpfte in den weißen Overall, setzte Hut und Schleier auf, stellte das Medikament bereit und hob vom ersten Kasten erst den Blech-, dann den Holzdeckel ab. Als er die Folie von den Wabenträgern abzog, stieg ihm ein schwacher Hauch jenes unverwechselbaren Dufts in die Nase, den er so sehr liebte. Das leicht vanillige Aroma von Propolis verband sich mit Noten von Wachs und rohem Holz zu einer Geruchskomposition, die für ihn den Inbegriff natürlicher Harmonie verkörperte. Wenn im Frühjahr das Obst und die Wiesen blühten und die Bienen Nektar eintrugen, überwältigte dieser Duft von Fruchtbarkeit, Fülle, Überfluss und Lebenskraft ihn immer aufs Neue. Das, was ihm jetzt in die Nüstern stieg, war davon nur ein schwacher Abglanz, und doch verschaffte er ihm einen Moment großen Glücks. Von oben schaute er zwischen die Waben, sah die Wintertraube rechtsseitig sitzen, zählte die besetzten Wabengassen ab, es waren fünf, dosierte das Medikament entsprechend und beträufelte die Bienen mit dem Wirkstoff. In wenigen Tagen würde er unter dem vergitterten Boden des Kastens einen Schieber ziehen und dann die herabgefallenen toten Milben zählen. Das würde ihm einen Überblick über den Befall verschaffen.

Die Situation der Bienen im Allgemeinen war dramatisch: Die staatenbildende Honigbiene in ihrer Wildform war so gut wie tot. Ein Bienenschwarm, der dem Imker entwischt, sich in irgendeiner Baumhöhlung niederlässt und einen neuen Staat gründet, ist, sich selbst überlassen, dem Untergang geweiht. Ohne die Eingriffe des Imkers erlebt heute kein Volk mehr die nächste Obstblüte. Seit über dreißig Jahren setzt die aus Asien eingeschleppte Milbe „Varroa destructor“ der Honigbiene derart zu, dass sie ihr aus eigener Kraft nicht mehr Herr wird. Die Honigbiene stürbe natürlicherweise aus, wenn nicht der Mensch mit chemischen Mitteln eingriffe. Im Frühjahr den Kasten zu öffnen und nur noch eine Kehrschaufel toter Bienen vorzufinden, ist seither die Horrorvision jedes Imkers. Aber sie erfüllt sich. Jeden Winter aufs Neue. Auch Jan war sie nicht fremd. Aber dieses Volk hier schien gut beieinander zu sein.

Er schloss den Kasten und wandte sich dem zweiten Volk zu; Völkchen wäre in diesem Fall treffender gewesen, denn die Bienen saßen auf nur drei Wabengassen. Unter dem Imkerschleier runzelte er die Stirn. Ob das gutging bis zum Frühjahr? Er beträufelte auch sie, hoffte das Beste und legte den Deckel auf.

Eigentlich verfügen die Bienen ja über eine natürliche Strategie, sich gegen Schmarotzer und Mikroben zu wehren: Auf dem Höhepunkt der Volksentwicklung teilt sich das Volk; die alte Königin verlässt mit der Hälfte der Bienen, die sich zuvor den Bauch ordentlich mit Honig vollgeschlagen haben, den Stock und sucht sich eine neue Behausung. Eine junge, frisch geschlüpfte Königin bleibt mit dem Rest des Volkes und der Vorräte auf dem alten Wabenbau zurück. Der enthält die Brut mit sämtlichen Milben, denn die hat der Schwarm nicht mitgenommen. Außerdem sind die Waben übers Jahr dunkel geworden, schmutzig und verkeimt.

Der Schwarm hingegen baut sofort frische, weißgelbe Waben, in deren Zellen die mitgebrachten Vorräte eingelagert werden und die Königin sogleich mit der Eiablage beginnt. Alles neu, keimfrei und gesund. Ein natürlicher Reset.
Frühere Imkergenerationen hatten die Schwärmerei zum Zentrum ihrer Betriebsweise gemacht, sie betrieben Schwarmimkerei, vor allem in der Heide. Sie ließen den Schwarm ziehen, fingen ihn ein, wenn er als Traube an einem Ast saß, und quartierten ihn in einen neuen Kasten ein. Das alte Volk lösten sie auf und ernteten es ab.
Die moderne Imkerei jedoch hat sich darauf verlegt, schwarmträge Bienen zu züchten. Sie strebte aus wirtschaftlichen Gründen an, der Biene exakt jene Eigenschaft abzugewöhnen, mit der sie seit Jahrmillionen stets aufs Neue ihre Gesundheit sicherstellte. Ein grandioser Holzweg. Jan überlegte, ob er es einfach mal mit der Schwarmimkerei versuchen sollte. Auf die Erträge seiner Bienen war er nicht angewiesen. Er empfand einfach nur Freude, wenn sie flogen und zu tun hatten.
Die winterliche Sonne tat ihm, trotz der Minusgrade, so wohl, dass er beschloss, sein Mittagbrot auf der Veranda zu essen. Dort setzte er sich auf einen der Stühle, schenkte sich heißen Tee aus der Thermoskanne ein, aß ein Wurstbrot dazu, schälte anschließend einen Apfel, blinzelte kauend gegen die Sonne und entdeckte am Rande des Grundstücks eine magere Katze, die sich langsam, umsichtig und geduldig an eine Kolonie Mauselöcher anschlich. Auch bei den Wühlmäusen tat sich in der Mittagswärme offenbar was. Kann mir nur recht sein, dachte Jan, und hing weiter seinen Gedanken nach.
Es gab bestimmte Tage im Jahresablauf, die ihn unwei-

gerlich an Theo, seinen Sohn aus erster Ehe, erinnerten, der ihm schon seit über zwanzig Jahren den Kontakt verweigerte. Das war zum einen sein Geburtstag im November, zum anderen waren es die Feste, die man üblicherweise als Familie begeht, wie zum Beispiel Weihnachten, das unmittelbar bevorstand, oder Neujahr. Er vermisste diesen jungen Mann, der zuletzt als Fünfzehnjähriger bei ihm zu Besuch gewesen, schmerzlich. Er war jetzt Mitte dreißig. Möglicherweise würde Jan ihn nicht einmal mehr erkennen, wenn er ihm über den Weg liefe. Was den Jungen letztlich bewog, ihn derart konsequent zu schneiden, wusste er nicht, ahnte es aber. Und sicher war er nicht schuldlos daran.

Als Jans Frau vor über fünfundzwanzig Jahren in einer Nacht-und-Nebel-Aktion  Ehemann und Sohn, verlassen hatte, war er sehr schnell überfordert mit der neuen Situation, die von ihm verlangte, Vater und Mutter und Arbeitnehmer in einer Person zu sein. Dass der Junge auch unter Druck stand, wenn auch aus anderen Gründen als Jan, konnte er damals nicht sehen, und entsprechend hart fasste er ihn an, wenn er vermeintlich aus dem Ruder zu laufen drohte. Dabei verhielt Theo sich absolut normal: Nämlich wie ein Zehnjähriger, dessen Urvertrauen in die Tragfähigkeit von Beziehungen implodierte angesichts des Verhaltens von Eltern, die sich stritten wie die Kesselflicker, dessen Mutter über Nacht unauffindbar verschwand und dessen Vater kopflos auf die kleinste Abweichung reagierte aus panischer Angst, auch der Sohn entglitte ihm noch. Doch war genau das der Effekt, den er in seinem Bemühen, ihn um jeden Preis zu verhindern, de facto erzielte. Heute konnte er das sehen, damals konnte er es nicht. Dabei liebte er den Jungen, konnte ihm aber nicht gerecht werden. Jan hatte all seine Souveränität verloren, brachte keine Geduld, kein Mitgefühl, kein Verständnis mehr auf für seinen Sohn. Zuviel hatte er mit sich selbst zu tun, mit seiner eigenen Kränkung, seiner eigenen Wut, seiner eigenen Einsamkeit.

Mit einer Wehmut, die ihn oft bis über seine Schmerzgrenze hinaus quälte, dachte Jan an die Zeiten großen Einverständnisses zwischen sich und Theo zurück, damals, bevor die Ehe zerbrach. Er hatte Theo schon früh seine Naturbegeisterung vermitteln können, sie hatten zusammen im Garten gearbeitet, Theo hatte mit großem Eifer sein eigenes Beet bewirtschaftet, immer wieder hatte es ihn zum benachbarten Bauern gezogen, wo er im Winter half, die Tiere zu versorgen und im Sommer, das Heu einzubringen. Passé, vorbei, unwiederbringlich. Das war eine dieser Erfahrungen, deren singulären Wert man immer zu spät begreift, nämlich erst dann, wenn sie nicht mehr zurückzuholen sind.

Vater und Sohn kämpften eine Weile miteinander, dann baggerte der Junge um die Zuneigung seiner Mutter, die vor dem Familiengericht zu Protokoll gegeben hatte, ihn nicht zu wollen; ihre Ablehnung verdoppelte sein Werben um sie und besiegelte zugleich die Ablehnung des Vaters, dem er nun alle Schuld am Zerbrechen der Familie zuschrieb.

Dann erbarmte sich die Mutter doch und nahm den Jungen zu sich. Jan verließ die Stadt, weil er es nicht ertragen konnte, in derselben Stadt zu leben wie sein Sohn, ihn nur manchmal zufällig von ferne zu sehen, ohne regelmäßigen Umgang mit ihm zu haben. Er zog nach Hannover. Ein einziges Mal hatte Theo ihn dort besucht, dann hatte er die Beziehung abgebrochen und seit zwanzig

Jahren kein Wort mehr mit ihm gesprochen. Das heißt, einmal doch noch. Vor sechs oder sieben Jahren hatte Jan seinen Sohn in Berlin, an seinem ehemaligen Studienort, der nun auch der seines Sohnes war, gesucht; neben dem Papierstreifen mit Theos Handschrift den Klingelknopf gedrückt, nach dem Summen des Türöffners zwei Treppen erklommen, um dann in ein entgeistertes Gesicht zu blicken, das sich im Moment des Erkennens ärgerlich verdüsterte.

„Was willst du?"

„Hallo Theo. Dich sehen. Und mit dir sprechen."

„Hau ab." Tür zu.

Das war ihre letzte Begegnung gewesen. Und seit Jan diese Wiese pflegte, begleitete ihn immer wieder die Vorstellung, wie es wäre, wenn sie das gemeinsam tun könnten, wenn das ihr gemeinsames Projekt wäre. Ja, manchmal kam es sogar vor, dass Jan Zwiegespräch führte mit seinem abwesenden Sohn, ihn fragte, ob er diesen Ast auch entfernen würde oder besser den anderen. Er stellte sich vor, dass Theo und er über diese Arbeit einander wieder näherkämen, und oft fiel Jan, der seinem Glauben den Rücken gekehrt hatte, das Gleichnis vom verlorenen Sohn ein. Und immer wieder ging ihm durch den Kopf, dass der Wortstamm von ‚versöhnen' auf ‚Sohn' lautet.

Er nahm den letzten Schluck kalten Tees aus dem Porzellanbecher und schenkte heißen nach. Über dem Waldrand sah er einen Bussard kreisen, dann noch einen zweiten, größeren, vermutlich ein Paar. Sie nutzten die Thermik über den Schneeflächen. Bussarde sind, wusste Jan, sehr reviertreue Vögel und verpaaren sich normalerweise lebenslang. Er seufzte. Und, fiel ihm noch ein, Bussardweibchen sind größer als ihre Partner.

Das brachte seine Gedanken auf ein anderes Gleis, nämlich das in Richtung Kassel: Sibylle. Wie würde das weitergehen? Ob ihm, der bald die sechzig erreichen würde, noch einmal ein unverhofftes Glück vor die Füße fiel? Schön wär's ja. Aber auch realistisch?
Versonnen schlürfte er seinen Tee, packte dann den Rucksack, räumte Möbel und Werkzeug ins Hexenhäuschen und schloss ab.
Schließlich nahm er noch einmal sein Tagewerk in Augenschein, bemerkte beiläufig, dass die fremde Katze satt und zufrieden in der Sonne lag, und radelte dann, einen langen Schatten werfend, auf Wirtschaftswegen zufrieden mit sich nach Göttingen zurück.
Am Abend vibrierte das uralte Nokia-Handy, das er von seiner Tochter geerbt hatte; er ahnte, von wem die aufgelaufene SMS stammen könnte. Als er sie aufrief, sah er seine Vermutung bestätigt. „lieber jan", stand da, „hast du lust, mich zu besuchen? würde dich vom bhf. abholen, anschließend ins café. lg, sibylle. e-mail: jowinsib@web.de"
Er startete seinen Rechner, rief das Mailprogramm auf und klickte auf ‚Verfassen'. Dann tat er eine Weile gar nichts. Schließlich schrieb er: „Liebe Sibylle, an welchen Tag hattest Du gedacht? Vor Weihnachten wird es eng mit Terminen, zwischen den Jahren könnte ich es einrichten. Wie wäre es gleich mit dem 27.12.? Oder musst Du arbeiten? Uhrzeit? LG, Jan"
Kurz vorm Schlafengehen konnte er seine Neugier nicht zügeln und sah noch einmal in sein E-Mail-Account. Dort fand er tatsächlich die erhoffte Antwort vor: „lieber jan, der 27.12. ist okay. arbeiten muss ich erst wieder im neuen jahr. später vormittag wäre mir lieb. vielleicht kannst

du einen zug aussuchen, der zwischen 10 und 11 Uhr an-kommt. die genaue zeit teilst du mir per sms mit. ich freue mich. bis dann. sibylle“

## Kassel-Wilhelmshöhe, 27. Dezember 2015

Jan sah, während der ICE aus dem Tunnel herausschoss, über die Werra flog und in die gegenüberliegende Tunnelröhre eintauchte, für einen kurzen Moment tief unten den Fluss, der seine dunklen Wasser unaufhaltsam dem Weserstein zuwälzte. Wo Werra sich und Fulda küssen ... Ihm war zwar nicht bange, aber er hatte doch Lampenfieber. Wie würde es werden? Was erwartete ihn?

Auf dem Bahnsteig sah er Sibylle schon von weitem winken. Jan winkte zurück und nachdem sie einander begrüßt und wie selbstverständlich in ihr altes Gespräch zurückgefunden hatten, als sei es nie unterbrochen gewesen, verflog Jans Lampenfieber restlos.

Im Auto gab es erst einmal ein Problem mit dem Zigarettenanzünder. Keiner von beiden rauchte, aber Sibylle hatte versehentlich den Anzünder eingedrückt und nun sprang er nicht zurück, obwohl er bereits glühte.

„Kriegst du das Ding da raus?“, fragte sie.

„Ich? Wieso ich?“

„Du bist doch der Techniker. Ich kann das nicht.“

„Appellierst du gerade an männliche Fertigkeiten? Selbst ist die Frau!“

„Aber ich bin doch nur Psychologin.“ Spöttisch zuckten Sibylles Mundwinkel. „Eine Psychologin kann sowas doch nicht.“

„Komisch. Und ich dachte immer, Psychologen hätten für alles eine Lösung“, versetzte Jan.

„Ja, ja, schön, dass wir drüber geredet haben.“ Sie rollte mit den Augen. „Bitte, versuch's.“

Mithilfe eines Schlüssels und eines Eiskratzers, den er im Handschuhfach fand, gelang es Jan, den Anzünder aus seinem Verlies zu hebeln. Sibylle ergriff ihn mit spitzen Fingern, stieg aus und warf das Ding unter Jans entsetzten Blicken in einen Mülleimer.

„Warum wirfst du das weg, um Himmels willen?“, fragte er entgeistert.

„Damit mir das Malheur nicht noch einmal passiert.“

„Ach so. Bestechende Logik.“

„Wie meinen?“

„Demnach dürftest du dich nie mehr mit Männern treffen.“

„Stimmt. Aber ich treffe mich gerade nicht 'mit Männern', Plural, sondern mit einem Mann. Singular.“

„Ändert das was? Ich meine, in Bezug auf das Malheur?“

„Ach, weißt du, auch Männer lassen sich entsorgen ...“

„Wie, jetzt doch Plural?“

„Sag mal!“, lachte sie verblüfft. „Lässt du eigentlich nie locker?“

Sibylle hatte einen Tisch bestellt in einem Café unterhalb des kurfürstlichen Schlosses. Sie tranken Tee, aßen warmes Ciabatta zu Rührei und Lachs und anschließend Pancakes mit  Obstsalat und Sirup. Draußen rumpelte in regelmäßigen Abständen die Linie 1 der Kasseler Tram quietschend durch die Weichen.

„So. Schluss jetzt“, lehnte Jan sich zurück, „ich kann nicht mehr.“ Er schob den Stuhl zurück und streckte die Beine aus. Dabei stieß er unter dem Tisch gegen die ihren. „Sorry“, sagte er, „war keine Absicht“, und zog die Beine zurück.

„Och … schade“, versetzte sie kokett und schenkte Jan einen herausfordernden Augenaufschlag, den er geflissentlich übersah.

„Was machst du eigentlich mit deinen Tagen, wenn du

nicht gerade mit fremden Frauen frühstückst?", fragte Sibylle.
„Ich frühstücke täglich mit fremden Frauen", entgegnete Jan, „damit du's nur weißt. Ich komme zu nichts Anderem. "
„Angeber."
„Okay. Durchschaut. Also im Ernst, aber wo anfangen?"
Während des Semesters, so begann er, besuche er zweimal die Woche UDL-Veranstaltungen der Uni, wie sie ja bereits wisse. UDL sei das Akronym für 'Universität des Dritten Lebensalters', die ausgewählte Lehrveranstaltungen auch für Senioren öffne ...
„... und Seniorinnen, hoffe ich", warf Sibylle hier spitz ein.
... er besuche also Vorlesungen von Literaturwissenschaftlern, fuhr er, diesen Einwurf ignorierend, fort, unter denen einer sei, dem es gelinge, das Auditorium durch seine Vortragskunst neunzig Minuten lang zu fesseln, ohne dass es auch nur eine Sekunde langweilig werde. Und das, was er dort höre, verankere sich allein durch diesen brillanten Vortrag in seinem Gedächtnis. Er brauche nichts mitzuschreiben, nichts nachzuarbeiten, lediglich bibliographische Hinweise notiere er. Auch eine Literaturwissenschaftlerin gebe es dort, fügte er boshaft hinzu, die als Wissenschaftlerin sehr anerkannt, in Sachen Lehre jedoch eine Schlaftablette sei. In deren Vorlesungen verirre sich kaum jemand. Zur Zeit befasse er sich mit Wilhelm Busch, den er wegen eines zerfledderten Exemplars von 'Max und Moritz', das in seinem Elternhaus neben den Gesangbüchern gelegen habe, früher nicht für voll genommen hätte, jetzt aber als seriösen Literaten entdeckte ...

„... aber der Mann war doch ein Rassist!“, warf Sibylle entrüstet ein.
„Wie kommst du denn darauf?“, fragte Jan erstaunt.
„Und der Jud' mit krummer Ferse, krummer Nas und krummer Hos' schlängelt sich zur hohen Börse, tief verderbt und seelenlos“, deklamierte Sibylle. „Aus der ‚Frommen Helene‘.“
Das könne sie nicht ernst meinen, widersprach Jan entschieden, denn erstens müsse man unterscheiden zwischen einem Autor und dem lyrischen Ich eines Gedichts; bei einem Roman komme ja auch niemand auf die Idee, den Autor mit seinem Erzähler oder gar seinem Personal zu verwechseln. Und zweitens habe der Mann im 19. Jahrhundert gelebt, folglich habe er gedacht und geredet wie sein Jahrhundert. Mehr als hundert Jahre nach dem Tod eines Autors diesem den Vorwurf des Rassismus zu machen, finde er, Jan, höchst problematisch. Man tue wirklich gut daran, jeden Text und jeden Autor in seinem historischen Kontext zu deuten.
„Aber in Buschs Texten und Bildergeschichten wimmelt es doch vor 'Negern' und 'Juden'. Das ist rassistischer Sprachgebrauch.“
Aber nur, gab Jan zu bedenken, wenn man ihn in den Kontext von 2015 stelle. Zwischen Buschs Leben und heute habe sich aber die Shoah ereignet, die industrielle Vernichtung von Millionen Juden, ein Ereignis, das alles verändere, auch die moralischen Maßstäbe, die heute natürlich andere seien als damals. Er, Jan, frage sich, ob es nicht grundsätzlich vermessen sei, einen Menschen aus dem Abstand von mehr als einhundert Jahren zu verurteilen? Nach Maßstäben, die zu seinen Lebzeiten weder bekannt noch gültig waren?

„Moment mal“, fiel ihm Sibylle ins Wort, „heißt das, dass die Shoah selbst auch nicht mehr verurteilt werden darf? Immerhin war sie in Nazi-Deutschland nicht strafbar!“
Nein, wandte Jan ein, das heiße es nicht, denn hier müsse man säuberlich unterscheiden zwischen Legalität und Legitimität. Die massenhafte Vernichtung von Menschen sei im Dritten Reich legal gewesen, ja, aber dennoch zutiefst illegitim, weil sie dem übergeordneten Ethos, das da laute: „Du sollst nicht töten!“, eklatant widersprochen habe.
Der angebliche Rassismus von Wilhelm Busch sei damit nun wirklich nicht zu vergleichen. Was, glaube sie, würde wohl passieren, wenn man beginnen wolle, wie kürzlich geschehen, literarische Texte vergangener Epochen von Worten wie 'Negerkönig' zu säubern und durch 'Südseekönig' zu ersetzen? Müsste das nicht eine unabschließbare Arbeit werden, denn wer kenne schon die Halbwertzeit von 'Südseekönig'? Vom Verlust der Geschichtlichkeit literarischer Texte einmal ganz zu schweigen.
In Sibylles pikierten Gesichtsausdruck hinein berichtete Jan, nun ein wenig verbindlicher, als Zehnjähriger von einer akademisch gebildeten Tante gemaßregelt worden zu sein, als er in den sechziger Jahren als Erstklässler im Münsterland zum ersten Mal einen leibhaftigen Afrikaner gesehen und diesen als 'Neger' bezeichnet habe. ‚Neger‘ sei eine diskriminierende Bezeichnung, sei ihm da mit erhobenem Zeigefinger beschieden worden, ein solcher Mensch heiße 'Farbiger'. Das habe ihm absolut nicht einleuchten wollen, denn das Attribut 'farbig' stelle den Unterschied – die Hautfarbe nämlich – ja noch deutlicher aus als 'Neger'. Und zu allem Überfluss habe nur wenige

Jahre später ausgerechnet der Begriff 'Farbiger' als diskriminierend gegolten und sei durch den Begriff 'Afrikaner' bzw. 'Afro-Amerikaner' ersetzt worden, was die Sache auch nicht besser mache, denn der springende Punkt sei doch die Differenz, und die könne durch keine noch so rücksichtsvolle oder euphemistische Benennung aus der Welt geschafft werden, auch nicht durch die derzeit aktuelle Formel PoC, People of colour.
„Hat es Ihnen geschmeckt?“, fragte in die Gesprächspause hinein die Bedienung, eine freund- und rundliche junge Frau mit roten Wangen und Grübchen darin, deren Kommen sie im Eifer des Gefechts nicht gehört hatten.
„Ja, danke der Nachfrage“, nickte Jan, und Sibylle schickte ein „Sehr lecker!“ hinterher.
Ob sie denn abräumen und ihnen vielleicht noch bei weiteren Wünschen behilflich sein könne? Sie bestellten jeder noch einen Espresso.
Dann nahm Sibylle den Gesprächsfaden wieder auf, indem sie erzählte, seit sie denken könne, habe sie ein ausgesprochen feines Gespür für Ungerechtigkeit, Demütigung und Abwertung entwickelt. Beispielsweise habe sie es als empörend empfunden, dass der Pfarrer ihres hessischen Heimatdorfs ihr verwehrt habe, Messdiener zu werden, weil sie ein Mädchen sei. Dieses Motiv habe sie auch in ihrer Schulzeit begleitet, und in ihrem Studium habe sie gelernt, dass man auch mit Worten aggressiv und sogar gewaltsam handeln könne. Unter anderem habe sie sich mit der Sprechakttheorie befasst, deren Gründungsschrift den englischen Titel ‚How to do things with words‘ getragen und sie sehr beeindruckt habe. Seitdem achte sie sehr auf gewaltfreie Kommunikation und behalte sich vor, auch ihre Mitmenschen darauf aufmerk-

sam zu machen.
„Dagegen sagt ja niemand was", wandte Jan, dem nun einiges klar wurde, ein, „ich habe mich lediglich dagegen gewandt, vergangene Epochen aufgrund heutiger Paradigmen zu verdammen. Und, übrigens: Findest du nicht, dass die permanente Korrektur anderer Sprecher und die Durchsetzung eines bestimmten Sprachcodes ebenfalls aggressive und diskriminierende Sprechakte sind?"
„Wen diskriminiere ich denn?", fragte Sibylle erstaunt.
„Den Gemaßregelten. Du stellst ihn an den Pranger. Deshalb. Das Paradoxon der politischen Korrektheit besteht darin, dass sie politisch unkorrekt durchgesetzt wird."
Das habe sie so noch nicht gesehen, fuhr Sibylle nach einigem Nachdenken fort, und da sei sicher was dran. Aber sie sehe derzeit keinen anderen Weg, beispielsweise der männlichen Dominanz in der öffentlichen Wahrnehmung dadurch zu begegnen, dass man auf der sprachlichen Ebene darauf bestehe, die weiblichen Formen der handelnden Subjekte stets mitzunennen.
„Die schließt das generische Maskulinum doch mit ein! Wenn ein Lehrer sagt, in seiner Klasse seien fünfundzwanzig Schüler, dann ist jedem klar, dass darunter auch Mädchen sind."
Aus welchem Grunde man denn dann die Mädchen sprachlich unterschlage? Sie habe als Mutter immer Wert darauf gelegt, dass ihre Tochter eine Schülerin sei und kein Schüler.
„Aus Gründen der Sprachökonomie. Zudem ist sie doch nur generisch ein Schüler, quasi als Zählgröße. Als Individuum ist sie natürlich eine Schülerin, das ist doch klar. Im Übrigen hast du vorhin selbst von 'Messdiener' gesprochen, als es eigentlich um dich als Messdienerin

ging. Du selbst benutzt also das generische Maskulinum vollkommen adäquat. Und, last not least, wirst du in deiner Dienststelle ‚Frau Kollegin' oder ‚Herr Kollege' genannt?"
Frau Kollegin natürlich, ja, aber trotzdem müsse das einfach mal so sein, denn erst, wenn man anders über die Wirklichkeit rede, werde sie endlich auch gendergerecht werden. Also Bürgerinnen und Bürger, Verkehrsteilnehmerinnen und Verkehrsteilnehmer, Schülerinnen und Schüler et cetera …
„… und Bürgermeisterinnen und Bürgermeister, Bürgerinnenmeister und Bürgerinnenmeisterinnen? Ja?"
„Ja, genau. Denn nur so bildet man die Wirklichkeit wahrheitsgetreu ab."
„Aha. Die Wirklichkeit. Und die Wahrheit. Wer verfügt darüber? Du? Die Genderprofessorinnen? Generell nur die Frauen? Und glaubst du wirklich, dass Realitäten sich ändern lassen, indem man anders über sie redet?"
„Ja, davon bin ich überzeugt."
„Sagt dir Peter Bichsel etwas?"
„Ein Schweizer Schriftsteller, soweit ich weiß."
„Genau. Kennst du seine Kurzgeschichte 'Ein Tisch ist ein Tisch'?"
„Nein? Worum geht's da?"
„Um einen alten Mann, der sein langweiliges Leben zu ändern versucht, indem er beginnt, die Gegenstände anders zu benennen. Er sagt zum Bett Bild, zum Stuhl Wecker und zum Tisch Teppich. Zur Zeitung sagt er Bett, zum Spiegel Stuhl, zum Wecker Fotoalbum, zum Schrank Zeitung. Zum Teppich sagt er Schrank, zum Bild Tisch und zum Fotoalbum Spiegel. Also: Am Morgen blieb der alte Mann lange im Bild liegen, um neun läutete das Fo-

toalbum, der Mann stand auf und stellte sich auf den Schrank, damit er nicht an den Füßen fror, dann nahm er seine Kleider aus der Zeitung, zog sich an, schaute in den Stuhl an der Wand, setzte sich dann auf den Wecker an den Teppich, und blätterte den Spiegel durch, bis er den Tisch seiner Mutter fand."

„Oh, wie lustig."

„Ja, das findet der Mann anfangs auch. Er freut sich, weil er den Eindruck hat, jetzt verändert sich was, nun kommt Bewegung in sein Leben. Doch dann merkt er, dass er immer einsamer wird. Er wird von niemandem mehr verstanden und versteht umgekehrt die anderen nicht mehr. Er isoliert sich immer mehr und am Ende ist sein Leben eintöniger als je zuvor. Überhaupt nicht lustig."

„Und wo ist der Zusammenhang mit politisch korrekter Sprache?"

„Es ist doch derselbe Ansatz: Der Glaube, man könne durch die Veränderung von Benennungen die Realität manipulieren. Dahinter steht das Credo, dass jede Wirklichkeit lediglich durch Sprache konstruiert, also auch durch Sprache veränderbar sei. Absoluter Bullshit."

An dieser Stelle kam der Espresso.

„Hast du Lust auf Sekt?", wechselte Sibylle verschmitzt lächelnd abrupt das Thema, derweil Jan zum ersten Mal wahrnahm, wie dunkel, ja wie schwarz fast ihre Augen waren. Insgesamt repräsentierte sie, was Haare und Augen betraf, eher einen südeuropäischen Frauentyp, obwohl die Haut ihrer Hände, Arme und ihres Gesicht erstaunlich hell wirkte.

„Oops", sagte Jan überrascht und sah unwillkürlich auf die Uhr. „So früh? Noch vor elf? Worauf willst du denn anstoßen?"

„Zum Beispiel auf die Entsorgung eines Zigarettenanzünders", begann sie aufzuzählen, indem sie mit dem Zeigefinger der rechten Hand nacheinander drei Finger ihrer linken überstreckte, „die Vernichtung eines opulenten Frühstücks, die friedliche Beilegung eines Streitgesprächs und eine nette dritte Begegnung."
„Mehr nicht?"
„Ach ja, warte: die Verabredung einer vierten Begegnung..."
„... von der ich leider noch nichts weiß."
„Okay: Sehr geehrter Herr Albrecht, ich ersuche sie um eine Privataudienz am kommenden Wochenende in Ihren Räumen in Göttingen."
„Ge-neh-migt," sagte Jan zögerlich, „dem Antrag kann stattgegeben werden, allerdings bitte ich zu berücksichtigen, dass am fraglichen Wochenende der Jahreswechsel stattfindet."
„Stimmt", sagte Sibylle, „dann halt am Wochenende darauf", und, sich zur Bedienung umdrehend: „Zwei Prosecco, bitte!"
Währenddessen betrat eine junge Frau mit hüftlanger feuerroter Lockenpracht gerade das Café, ein Notebook unterm Arm. Nicht nur ihrer Haare wegen fiel sie auf, sondern insgesamt wegen ihres selbstbewussten Auftretens. Nichts an ihr war Zufall, alles sorgsam komponiert. High Heels streckten die dezente Überfülle ihrer Figur, die durch einen hellen taillierten Trenchcoat mit lässig über den Hüften geknotetem Gürtel noch betont wurde. Auf das Sorgfältigste gekleidet und geschminkt strebte sie einem freien Tisch im vorderen Teil des Cafés zu, während Sibylle und Jan selbst im hinteren saßen.
„Mein lieber Scholli", sagte Jan, „das ist ja mal ein Hingu-

cker“, während er sich wieder Sibylle zuwandte.
„Wo denn?“, fragte diese und sah suchend an ihm vorbei, dann klarte ihr Gesicht plötzlich auf und sie strahlte: „Das ist Johanna! Meine Tochter! - Huhu, Johanna! Hier!“ Sie ruderte mit den Armen, bis die junge Frau die beiden entdeckt hatte und auf sie zukam.
„Hallo, Mama, was machst du denn hier?“ Die beiden tauschten Wangenküsschen, während Jan mit einem neugierigen, aber nicht unfreundlichen Blick bedacht wurde.
„Das wollte ich gerade dich fragen! Was machst du hier?“
„Ach, Winnie beschallt wieder mal das ganze Haus mit seiner Scheißmusik; ich finde keinen ruhigen Platz zum Lernen. Da habe ich meinen Rechner geschnappt und bin in die Uni gefahren. Da war‘s mir auch zu hektisch, deshalb bin ich hierher gekommen, immerhin gibt‘s hier WLAN. Und ihr? Stell mich mal vor!“
Jan stand auf, bot ihr die Hand und stellte sich selbst vor. Sibylle blieb nur noch zu sagen, dass dies der Herr sei, dem sie kürzlich in Baunatal begegnet sei und von dem sie ihr ja schon umfänglich berichtet habe. Bei diesen Worten fühlte Jan sich unbefangen, aber dennoch gründlich gemustert.
Derweil wurde der Prosecco serviert. „Johanna, möchtest du auch einen Sekt?“, fragte Sibylle.
„Nein, nein, danke, ich muss wirklich lernen, in drei Wochen ist die Klausur und ich kann es mir nicht leisten, die zu versemmeln. Also, viel Spaß noch“, schmunzelte sie und wandte sich ab.
„Respekt“, bemerkte Jan, „war das jetzt 'ne Fata Morgana oder echt?“
„Wie bitte?“, stutzte Sibylle, „was meinst du?“

„Nun, ich hätte nicht erwartet, dass die Tochter sich so viel Mühe gibt, samt und sonders jene Rollenklischees zu erfüllen, die ihre frauenbewegte Mama geißelt ..."
Sibylle lachte. „Wie sollten denn deiner Meinung nach Töchter von frauenbewegten Mamas aussehen?"
„Von 'sollen' kann nicht die Rede sein, lediglich von ‚erwarten'. Also: Erwartet hätte ich ein freudloses Wesen mit Entsagungsknoten, gehüllt in buntes Walletuch, umwölkt von einer esoterischen Aura."
Sibylle lachte laut auf, hielt sich die Hand vor den Mund und prustete unter Lachtränen: „Freudlose Entsagung ist das letzte, womit Johanna sich abgibt, hihi, ich glaub's nicht, hihi ..."
Jan lachte jetzt mit, überrascht von der Heiterkeit, die er ausgelöst hatte. Als Sibylle wieder zu sich kam, wischte sie sich mit der Serviette die Tränen aus den Augenwinkeln und sagte: „Was dir da als Bild vorschwebt, das war unsere Generation, das war die Latzhosenfraktion der 70er und 80er Jahre! Die jungen Frauen heute tragen keine lila Latzhosen mehr. Die haben kein Problem mehr damit, Weiblichkeit und Feminismus unter einen Hut zu bekommen. Woher nimmst du nur deine Vorstellungen?"
„In der Tat aus den 70ern, aber auch aktuell aus einem Frauentreff zuhause, der bevölkert ist von virilen Frauen, die auf mich wirken wie Menschen, die es dem Schicksal übelnehmen, keine Männer geworden zu sein."
„Komm", kicherte Sibylle, „lass uns erst mal anstoßen, sonst wird der Sekt lau."
„Zum Wohle", erwiderte Jan, griff nach seinem Glas und sah ihr fest in die dunklen Augen, um die sich schon wieder Lachfältchen bildeten, „angucken, sonst ..."
„... gibt's sieben Jahre schlechten Sex, ich weiß", versetzte

sie, „aber soweit sind wir noch nicht“, und hielt ihm ihr Glas hin, „zum Wohle.“
Nachdem sie getrunken hatten, sagte Sibylle: „Die Frauen aus diesem Frauentreff scheinen so, wie du sie beschreibst, aber eher Lesben oder Transgenderfrauen zu sein. Das ist noch mal 'ne andere Sorte Mäuse.“
„Du hast dich eben über mich kaputtgelacht, aber mal im Ernst: Findest du es nicht auch widersprüchlich, als Feministin Rollenklischees zu geißeln und sie zugleich zu erfüllen?“
„Nee, den Widerspruch seh' ich nicht. Wo ist das Problem?“
„Wird nicht immer behauptet, man werde als Mädchen nicht geboren, sondern dazu gemacht? Man bekomme vorgelebt, als Mädchen Kleider und lange Haare zu tragen, die Farbe Pink und Lackschuhe zu lieben, mit Puppen zu spielen, später bestimmte Berufe zu ergreifen und andere zu meiden. Für Jungen gelte spiegelbildlich dasselbe. Ich persönlich würde daraus den Schluss ziehen – wie einige Feministinnen das ja auch tun –, dass man mit diesen Rollenklischees aufräumen und dem Nachwuchs quasi eine Unisex-Rollen-Blaupause anbieten müsse.“
„Genau“, stimmte Sibylle zu, „das ist ein pädagogischer Ansatz, der seit über vierzig Jahren verfolgt wird.“
„Und? Mit welchem Ergebnis?“
„Mit dem, dass Johanna beispielsweise ein klassisches Männerfach studiert. Maschinenbau.“
„Ja, okay, und wie viele Frauen gibt es in dem Studiengang außer ihr noch?“
„Nicht viele. Vielleicht eine Handvoll.“
„Genau. Und schau dir deine Tochter an, dann weißt du, dass es nicht funktioniert. Auch du selbst, als ausgewie-

sene Feministin, machst dich doch als Frau zurecht, trägst figurbetonte Kleidung, schminkst Dich dezent, trägst Kajal und Parfüm auf, übrigens nicht zu deinem Nachteil, wie ich finde."

„Durch das Kompliment wird dein Argument nicht besser", konterte Sibylle, „denn du willst doch wohl nicht in Abrede stellen, dass Kinder sich in ihrer Rollenfindung an Vorbildern orientieren. Schließlich gibt es Kulturen, in denen das Frauenbild vollkommen von dem unseren abweicht. Das beweist doch wohl, dass Rollenmuster sozial vermittelt werden."

„Das bestreitet doch niemand. Natürlich werden Rollenmuster sozial vermittelt, das ist doch keine Frage. Für mich ist aber entscheidend, dass du keine Kultur finden wirst, in denen die männliche Rolle identisch wäre mit der weiblichen. Überall findest du eine Differenz. Und das scheint mir der wesentliche Beleg dafür zu sein, dass der Wunsch nach einer abgegrenzten Geschlechtsidentität eine anthropologische Konstante ist."

„Oh, natürlich, es steckt also in unseren Genen, ja?", versetzte Sibylle ironisch und schüttelte den Kopf. „Diese Biologismen sind doch unterkomplex."

„Biologismen. Unterkomplex. Wow! Sind das die Diskurskeulen des Feminismus?"

„Quatsch, aber es ist doch Fakt, dass Geschlecht eindeutig gesellschaftlich gemacht ist, quasi ein Klischee, in das jeder Mensch sich einzufügen genötigt wird."

„Genau das meinte ich doch eben, als ich fragte, warum Johanna und du einem Klischee gehorcht, das ihr durchschaut? Ist doch komisch, oder?"

„Wieso?"

„Na ja, statt unentwegt an diesem Klischee rumzunörgeln, könntet ihr es ja einfach ignorieren – und schon wäre der Fall erledigt."

„M-m, so einfach ist die Sache nicht. Sagen dir die Namen Bruce und Brian Reimer etwas?"

„Nein, nie gehört. Was ist mit denen?"

Bruce und Brian Reimer seien eineiige Zwillinge gewesen, 1965 in Kanada geboren, trug Sibylle vor. Als sie knapp zwei Jahre alt waren, sollten sie wegen einer Vorhautverengung beschnitten werden. Dieser Eingriff endete für Bruce katastrophal, denn sein Penis wurde irreparabel zerstört. Ein hinzugezogener Psychologe, ein gewisser Dr. John Money, ein als aufgeklärt und fortschrittlich geltender Sexualwissenschaftler, riet dazu, die Hoden chirurgisch entfernen zu lassen und aus den Resten von Penis und Hodensack eine Vagina zu formen. Gesagt, getan - Bruce wurde umgetauft zu Brenda und fortan wie ein Mädchen behandelt. Brenda trug Kleider und lange Haare, spielte mit Puppen und so weiter. Und sie wurde äußerlich ein Mädchen, und später eine Frau, wenn auch ohne die Möglichkeit, Kinder zu bekommen. Aber sie habe durch weibliche Sozialisation das weibliche Gender erworben, und das, obwohl ihr Zwillingsbruder Brian mit identischer genetischer Ausstattung das männliche Gender erwarb. Als ob das nicht Beweis genug sei?

„Nein."

„Nein?"

„Man hat ihm die Hoden weggenommen. Das ist ein Eingriff in seinen Hormonstatus."

„Dafür hat man ihr aber ab dem zwölften Lebensjahr Östrogene verabreicht."

„Noch schlimmer. Damit wird meine Auffassung nicht widerlegt, sondern bestätigt. Unser Geschlecht ist primär

biologisch determiniert."
„Blödsinn. Die Reimers beweisen doch, dass es ein weibliches und ein männliches Gender gibt, welches unabhängig vom biologischen Geschlecht erworben wird."
„Eben nicht. Aber egal", resignierte Jan, „ich erzähle dir mal eine Geschichte aus dem öffentlichen Dienst, in dem ich ja mein Berufsleben verbracht habe. Dort endete jede Stellenausschreibung mit dem Satz, dass die Bewerbung von Frauen besonders erwünscht sei und im Falle einer Konkurrenzbewerbung bei gleicher Qualifikation der weibliche Bewerber – man lasse sich auf der Zunge zergehen: der weibliche Bewerber, generisches Maskulinum! – einzustellen sei. Zunächst muss man doch jetzt fragen: Was heißt in diesem Kontext männlich und weiblich? Ist damit jeweils die biologische Eigenschaft gemeint oder die soziale, also das Gender? Einmal angenommen, eine solche Situation träte ein, ein Bio-Mann und eine Bio-Frau bewürben sich und seien gleich gut qualifiziert. Den Job bekäme also die Frau. Soweit, so schlecht. Jetzt stell dir vor, der unterlegene Mann ginge zur Gleichstellungsbeauftragten. Dieser legte er dar, dass er zwar ein Bio-Mann sei, in Wirklichkeit aber eine Genderfrau, er sei also transgender. Deshalb beanspruche er den Job für sich. Was würde die Gleichstellungsbeauftragte nun tun? Vermutlich würde sie sagen, aber nehmen Sie bitte Vernunft an, Sie sind doch ein Mann, das sieht man doch, und außerdem sind Sie ja auch mit einer Frau verheiratet, also lassen Sie die Faxen! Darauf würde unser Bio-Mann einwenden, dass sie, die Gleichstellungsbeauftragte, allenfalls sein biologisches Geschlecht wahrnehmen könne, aber darauf komme es definitionsgemäß ja gar nicht an. Es komme auf das Gender an, und das sei bei ihm weib-

lich. Außerdem sei er/sie lesbisch, von daher erkläre sich die Ehefrau. Soweit die Geschichte. Was glaubst du: Was passiert?"
„Ach komm, das ist doch an den Haaren herbeigezogen", wehrte Sibylle genervt ab.
„Das mag sein, aber es veranschaulicht wunderbar das paradoxe Dilemma der Genderideologie. Sie tritt das biologische Geschlecht in die Tonne, zieht es aber immer dann wieder hervor, wenn es ihr nützt. Eine klassische Zwickmühle aus Doppelbotschaften. Wie sonst ist zu erklären, dass ausschließlich Bio-Frauen Gleichstellungsbeauftragte werden? Findest du das nicht verrückt?"
„Ach, Jan, lass uns bitte damit aufhören. Trinken wir lieber aus, zahlen und spazieren noch eine Runde durch den Schlosspark. Prost!"
„Wie Merkwürden meinen... zum Wohle!"
Sie stießen an und leerten die Gläser.
Sibylle zahlte – denn Jan war eingeladen – dann gingen sie noch kurz zu Johanna an den Tisch, um sich zu verabschieden, und stiegen draußen in die Linie eins, die sie zur Endstation Bergpark brachte. Viele Familien nutzten die arbeits- und schulfreien Tage zwischen den Jahren zu einem Spaziergang im verschneiten Park, der entsprechend belebt war.
„Wir kennen uns kaum und fetzen uns gleich schon über Themen wie Feminismus und Politische Korrektheit … dabei gäbe es doch Naheliegenderes", ergriff Sibylle das Wort.
„Zum Beispiel?", tat Jan ahnungslos.
„Tu nicht so, als wüsstest du nicht, wovon ich rede...", antwortete sie leicht gereizt.
Er zuckte mit den Schultern. „Was soll ich dazu sagen?

Sieh's mal positiv: Wir haben eine Gemeinsamkeit entdeckt."

„So kann man das sehen, ja." Sibylle nickte leise.

„Für mich selbst kann ich sagen, dass die Genderdebatte mich ankotzt", machte Jan klar, „ebenso wie dieses Politische-Korrektheits-Getue. Furchtbar."

„Siehst du, und für mich sind genau diese Punkte ganz zentrale Lebensmotive.", erklärte Sibylle. Solange sie denken könne, nehme sie Abwertungen, Ungerechtigkeiten, Grausamkeiten, Dominanzgehabe in der Welt wahr. Viele Beobachtungen habe sie schon als Kind gemacht und gewusst, dem müsse sie als Erwachsene etwas entgegensetzen. Als Kind habe sie sich da machtlos und ausgeliefert gefühlt. Sie habe immer einen Gegenentwurf für die Welt in sich getragen. Sie verspüre eine große Sehnsucht nach herrschaftsfreiem Umgang miteinander und mit der Schöpfung insgesamt. Sie leide oft an dieser Welt. Das sei der Hintergrund für ihren weitgehenden Verzicht auf Fleisch, für ökologisch sinnvolles Verhalten, für kritischen Konsum usw. Manchmal habe sie schon auch den Impuls, zu missionieren, wisse aber sehr wohl, das ihr das nicht zustehe, denn natürlich habe sie selbst auch ihre Brüche und erhebe keinen Anspruch auf Vollkommenheit.

„Gegen deine Anliegen gibt es auch überhaupt nix einzuwenden ...", versuchte Jan seinen Standpunkt zu erklären. Die teile er absolut, wenngleich er das Problem von der anderen Seite her zu packen versuche. Auch er engagiere sich für eine bessere Welt, versuche das aber im kleinen Maßstab. Das große Rad drehen zu wollen, habe er sich abgewöhnt, diesen Impetus halte er für naiv. An den großen politischen Wurf glaube er längst nicht mehr.

Ihn interessiere das Konkrete. Er arbeite ehrenamtlich und unentgeltlich in der Landschaftspflege, indem er einen alten Streuobstbestand pflege und einige Bienenvölker führe, er versuche Ressourcen zu schonen, indem er im Alltag aufs Auto verzichte, statt dessen mit dem Rad fahre, auf dem Wochenmarkt einkaufe und konsequent Plastikmüll vermeide; last not least arbeite er einmal pro Woche unentgeltlich in einer Selbsthilfewerkstatt, die sozial schwache Personen unterstütze. Das sei, wenn sie so wolle, Graswurzelarbeit. Er suche nach Lösungen für konkrete Probleme, während der Feminismus ihm vorkomme, als suche er händeringend nach Problemen für seine Lösungen.

Sibylle fasste sich an den Kopf.

Und überhaupt: Wozu Politische Korrektheit, wenn es doch die altmodische, aber bewährte Tugend der Höflichkeit gebe, die es den Menschen ermögliche, einander mit Respekt zu begegnen?

„Das ist doch dasselbe", warf Sibylle ein. „Höflichkeit, Politische Korrektheit – pfff, einfach nur zwei unterschiedliche Begriffe für ein und dieselbe Sache."

„Nein, eben nicht", widersprach Jan entschieden. Der Unterschied zwischen beiden bestehe doch darin, dass Höflichkeit dem jeweiligen Gegenüber ohne Ansehen seiner Gesinnung gezollt werde, während Politische Korrektheit die ‚richtige' Gesinnung geradezu voraussetze. Werde diese Voraussetzung nicht erfüllt, drohe soziale Ausgrenzung. Das hochmütige Auftreten der sogenannten Gutmenschen spreche doch Bände. Wenn es um die ‚richtige' Gesinnung gehe, hätten die plötzlich überhaupt kein Problem mehr mit Diskriminierung und Denunziation. Was ihn, Jan, daran so erzürne, sei, dass der Staat sich

diesen Unsinn zu eigen mache.
Aber wie habe schon der alte Briest gesagt: ‚Ach, Luise, lass … es ist ein zu weites Feld.' Vielleicht sollten sie es fürs Erste wirklich lassen.
Zwischen dem Schloss und den Kaskaden rodelten Kinder unter Aufsicht ihrer Eltern den Abhang hinunter, das vom Schnee reflektierte Licht der Mittagssonne zwang Jan und Sibylle, ihre Augen zu Schlitzen zu verengen. Sie wählten deshalb lieber einen Weg am Waldsaum entlang, im Halbschatten entlaubter Buchen. Beide hatten das Gefühl, dass eine wichtige Hürde genommen war, indem sie jeder für sich Flagge gezeigt hatten. Damit war nun umzugehen. Und es war Verständnis gewachsen füreinander; nicht ganz unwichtig für Menschen, die mit einem Rucksack gelebten Lebens noch einmal aufzubrechen gewillt sind in eine gemeinsame Zukunft als Paar.
Auf Höhe der Neptun-Grotte betrieb ein Gastwirt einen Wintergrill, dort gab es Würstchen, Erbsensuppe und Heißgetränke. Sie versorgten sich mit heißem Tee, den sie, auf einer Bank sitzend, schlürften. Sie genossen den Blick über das verschneite Schloss Wilhelmshöhe hinweg auf die schnurgerade Allee, die sich nach Osten hin im Gewühl der Stadt verlor. In ihrer Verlängerung erkannte Sibylle die Umrisse des Hohen Meißners, an dessen östlichem Abhang, zur Werra hin, sie den Frau-Holle-Teich wusste. Sie erzählte Jan, dass der Teich der Sage nach bodenlos sei, und wer tief genug hinabtauche, finde dort den Eingang zu Frau Holles „Anderswelt".
„Schon mal probiert?", schmunzelte Jan.
„Kann nicht schwimmen", gab Sibylle trocken zurück.
„Schade – aber ‚Anderswelt' ist für dich ein verlockender Gedanke, stimmt's?"

„Stimmt."

„Ich mache mir die Welt, widde widde wie sie mir gefällt. Pippi Langstrumpf."

„Na und? Man braucht Visionen, wenn man weiterkommen will."

„Wer Visionen hat, sollte zum Arzt gehen. Helmut Schmidt."

„Komm mir nicht mit dem. Der hätte selbst häufiger hingemusst."

„Wohl wahr." Jan lachte. „Aber was der alte Adenauer gesagt hat, dass man die Menschen nehmen müsse wie sie seien, andere gebe es nämlich nicht, das lässt sich schlecht von der Hand weisen."

Sibylle schwieg.

„A propos", fuhr Jan fort, „erinnerst du dich an den öffentlichen Streit um die Frau-Holle-Skulptur?"

„Nee? Was war das für'n Streit?"

„Als vor ein paar Jahren am Ufer des Frau-Holle-Teichs eine Statue der Frau Holle aufgestellt wurde, fühlte sich die Gleichstellungsbeauftragte des Werra-Meißner-Kreises prompt bemüßigt zu beanstanden, dass die Statue zuviel Brust und zuviel Po habe. Dies könne nur dem voyeuristischen Blick des – selbstverständlich – männlichen Künstlers geschuldet sein."

„So würde ich das auch sehen."

„Na, wart's ab. Als dann jemand anders mit der Kettensäge in Windeseile eine flachbrüstige, konturlose Holle schuf und diese ebenfalls dort aufstellte, war es auch nicht recht. Sie sei zu unweiblich und deshalb als Frau unsichtbar."

Jan sah Sibylle mit amüsierter Miene erwartungsvoll an.

„Woher hast du das?", fragte sie ungerührt.

„Aus der Zeitung."
„Aha. BILD, das Zentralorgan des Machismo ..."
„... für das interessanterweise Frau Schwarzer schreibt und wirbt. Nein, quatsch. Aus der Hessisch-Niedersächsischen Allgemeinen."
Währenddessen fuhr unterhalb des Schlosses eine blaue Tram der Linie 1 in die Endstation ein. Das verschaffte Sibylle den willkommenen Anlass, das Thema zu wechseln. „Wann musst du los?", fragte sie.
„Ich habe keine Zugbindung", versetzte Jan, „und zu Hause wartet niemand auf mich. Nicht einmal ein Hund. Ich kann zurückfahren, wann es mir beliebt."
Sibylle nickte. „Magst du keine Hunde?"
„Hm, geht so. Wieso fragst du?"
„Nur so. Ein spontaner Gedanke."
„Ich mag keine unerzogenen, distanzlosen Hunde, die das dringende Bedürfnis haben, auf mich zuzulaufen, mich zu belecken oder mit der Schnauze anzustubsen. Das hasse ich. Ansonsten habe ich nichts dagegen."
Sie schloss die Augen zu Schlitzen und hielt ihr Gesicht in die Sonne. „Auf mich wartet aber jemand: mein Sohn", murmelte sie. „Johanna hat ja vorhin angedeutet, dass der Haussegen wieder mal schief hängt. Was meinst du, wollen wir umkehren, mit der Tram zum Bahnhof fahren und dann Abschied nehmen?"
„Einverstanden. Um diese Tageszeit fährt nahezu alle zwanzig Minuten ein ICE. Da bin ich schnell weg."
„Da fällt mir ein, ich muss zwei Stationen vorher aussteigen, weil mein Auto noch am Café steht. Schlimm?"
„Nee, nee. Kein Problem."
„Was machst du an Silvester?", fragte Sibylle.
„Ich werde bei meiner Tochter in Friedland sein. Wir es-

sen, spielen, trinken und am nächsten Morgen fahre ich nach Hause. Und du?“

„Ich werde wohl mit Winnie allein sein, vielleicht ist auch Johanna da mit ihrem Freund. Wir werden sehen. Gehen wir?“

Sie standen auf, brachten die Teegläser zurück und machten sich auf den Rückweg, vorbei an ausgelassenen Kindern und tollenden Hunden.

Kurz bevor Sibylle die Tram am Café verließ, nahm sie Jan in den Arm, gab ihm einen Wangenkuss und flüsterte ihm „Bis bald!“ ins Ohr. Als die Türen der Tram sich zischend schlossen, winkte er ihr durchs Fenster zu.

## Kassel-Fasanenhof, 27. Dezember 2015

Seit sie von Johanna im Café erfahren hatte, dass Winfrieds Musik sie aus dem Haus vertrieben hatte, war Sibylle in Sorge. Dieser Junge war eine Baustelle, an der sie verzweifelte. Sie war einiges gewohnt und es kam nicht oft vor, dass sie nicht mehr weiterwusste, aber bei diesem Jungen biss sie auf Granit. Seit Jahren trat er in seiner Entwicklung auf der Stelle. Zwar schöpfte sie hin und wieder Hoffnung, wenn sie eine neue, noch nie dagewesene Verhaltensnuance wahrnahm, die sie flugs als Entwicklungsfortschritt interpretierte. Doch die anschließend meist fällige Erkenntnis, sich erneut einer Selbsttäuschung hingegeben zu haben, die allein ihrem verzweifelten Wunsch geschuldet war, dieser 17jährige möge es seiner Schwester gleichtun und erwachsen werden, ernüchterte Sibylle ein ums andere Mal. Erwachsen zu werden – das war genau das Problem. Offenbar verweigerte Winfried sich dieser Aufgabe. In feuchten Windeln war es doch so schön warm.

Als sie vor der Garage aus dem Auto stieg, hörte sie bereits, wovor Johanna geflüchtet war. Im Laufschritt hastete sie zum Hauseingang, fummelte mit fliegenden Fingern den Schlüssel in die Tür, drückte sie endlich mit Gewalt auf, weil Ronja, ihre Mischlingshündin, von innen verzweifelt dagegendrückte, um endlich der akustischen Hölle zu entwischen, in der sie sich über Stunden geduldig in der Kunst des Stuhl- und Harnverhaltens geübt hatte. Dieses Tier war Winfrieds wegen angeschafft worden, in der verzweifelten Hoffnung, Verantwortung für ein Lebewesen zu tragen, könne seine Entwicklung positiv beeinflussen. Und jetzt waren ihm selbst dessen dringendste Bedürfnisse sowie ein der Mutter gegebenes Versprechen, heute ausnahmsweise einmal für das Tier zu sorgen, vollkommen banane.

Während Ronja sich draußen erleichterte, nahm Sibylle die Leine vom Haken und rüstete sich für den überfälligen Hundespaziergang, der eigentlich zu Winnies Aufgaben gehörte. Zuvor aber öffnete sie den Sicherungskasten und drehte ihm den Saft ab. Erlösende Ruhe breitete sich aus, aber sofort ging oben die Tür und Winnie stand mit missmutigem Gesicht auf der Treppe. Der Miene seiner Mutter und der des Hundes konnte er sein Sündenregister mühelos ablesen, was ihn aber kaum beeindruckte, sondern lediglich dazu veranlasste, wieder in seinem Zimmer zu verschwinden, die Tür krachend ins Schloss zu werfen und von innen abzuschließen. Seufzend klickte Sibylle den Karabinerhaken der Leine an Ronjas Halsband und verließ kopfschüttelnd das Haus.

Letztlich waren es die fruchtlosen Debatten um dieses Kind gewesen, die sie und ihren Noch-Ehemann einander so sehr entfremdet hatten, dass ihre Ehe zunächst sprach-, dann gegenstands- und schließlich sinnlos geworden war. Schon als Erstklässler hatte Winfried Spleens und Tics entwickelt, unter anderem den, am liebsten nur für sich bleiben zu wollen. Er mied die Gesellschaft anderer Menschen und ging sozialen Kontakten nach Kräften aus dem Weg. Später wurde der Schulbesuch schwierig und setzte irgendwann ganz aus. Stundenlanges, manchmal tagelanges Surfen im Netz war an die Stelle lebendigen Austauschs mit Menschen getreten. Selbst seine Eltern ignorierte er zuweilen, schloss sich in seinem Zimmer ein und trat nur noch mit Johanna in Kontakt, die er zu seiner Botin und Übersetzerin machte.

Irgendwann verweigerte er die Schule ganz und gar und verließ sein Zimmer oft nicht einmal mehr zum Essen, das Sibylle ihm dann vor die Tür stellte. Eine Stunde später holte sie den abgegessenen Teller von dort wieder ab. Ohnehin war das Essen in dieser Familie das bevorzugte Terrain für Machtspielchen. Johanna lebte strikt vegetarisch und aß nicht einmal Käse, der mit tierischem Lab zubereitet war. Winnie verabscheute mit derselben Inbrunst pflanzliche Kost. Kein Gemüse, kein Obst – allenfalls Reis, Nudeln oder Brot akzeptierte er als Beilage zu Schnitzel, Steak, Boulette oder Döner. Und Robert, der Vater ihrer Kinder, verzehrte wochentags in der Kantine des hessischen Rundfunks preiswerte Eintöpfe. Am Wochenende wurde es dann heikel: Zwei Allesfresser saßen zu Tisch mit einer Pflanzenfresserin und einem Fleischfresser.
Sibylle als die Hausfrau und Mutter war bestrebt, allen gerecht zu werden, und kochte an den Wochenenden für vier Personen drei verschiedene Menüs, ohne dass es ihr je gedankt worden wäre. Und zu allem Überfluss kam es nicht selten vor, dass entweder Johanna sie versetzte, weil sie über Mittag bei ihrem Lover blieb, oder Winnie, der bei der geringsten Kritik abrupt aufstand und wortlos in seinem Zimmer verschwand.
Robert, der Vater, schüttelte ob dieser Liebesmüh nur den Kopf, war er doch der Meinung, dass zu essen sei, was aufgetischt werde. Wer das nicht wolle, müsse eben verzichten. Alles andere sei ein Aufwand, der weder zu leisten noch zu vertreten sei.
Dem hielt Sibylle entgegen, dass genau das die Sprüche seien, die sie schon als Kind zum Kotzen gefunden habe. Die habe sie sich von ihren Eltern anhören müssen, als es

Sauerkraut zu essen gab, vor dem sie sich bis zum Erbrechen ekelte. Sie hätte nicht gedacht, einen solchen Reaktionär zum Mann zu haben, …

… was Robert zu der Frage veranlasste, ob es außer dem Sauerkraut noch etwas gegeben habe, das sie nicht gemocht habe.

Sie antwortete ihm, nein, das sei das einzige gewesen.

Und, so fragte Robert weiter, ob ihre Mutter denn für jedes ihrer sechs Kinder ein eigenes Gericht gekocht habe?

Nein, natürlich nicht, aber das sei ja auch etwas anderes gewesen. Sechs Kinder seien schließlich deutlich mehr als nur zwei, und außerdem seien die Zeiten andere gewesen.

Oh ja, sagte Robert, da stimme er ihr zu, die Zeiten seien in der Tat andere gewesen. Ihre Kindheit, sowohl die ihre als auch die seine, habe noch im Zeichen des Mangels und der Sparsamkeit gestanden, die ihrer gemeinsamen Kinder jedoch in dem des Überflusses. Da sei es nahezu unausweichlich, dass sie ein neurotisches Verhältnis zum Essen entwickelten. Immerhin hätten ihre, also Sibylles, ‚reaktionären' Eltern es vermocht, ihr ein pragmatisches Verhältnis zum Essen zu vermitteln. In ihrer gemeinsamen Familie indes sei es ideologischer Natur.

Was denn am Vegetarismus neurotisch sei, begehrte Sibylle von ihrem Mann zu wissen. Seine subtil provokante Art brachte sie auf die Palme. Sie selbst fände es im Gegenteil ehrenwert, sich um das Wohl und Wehe von Mitgeschöpfen zu sorgen.

Das gelte für Johanna, versetzte Robert kalt lächelnd, aber wohl kaum für ihren karnivoren Nesthocker. Welche edlen Motive sie denn dessen Ernährungsvorlieben zuschreibe? Und das Wohl und Wehe seines Hundes

gehe dem doch auch am Arsch vorbei.
Sie verbitte sich, auf diese Weise über den gemeinsamen Sohn zu reden, zürnte Sibylle, falls Robert nicht sofort zu gewaltfreier Kommunikation zurückkehre, würde sie das Gespräch beenden. Robert verdrehte die Augen und kicherte süffisant, seit wann denn ein Ultimatum gewaltfrei sei?
Offensichtlich, so setzte sie ihm erbost auseinander, empfinde Winfried einen Mangel, den er vermutlich nicht anders zu kompensieren wisse als mit dem Genuss von viel Fleisch. Möglicherweise stecke hinter dem Fleischkonsum auch die Sublimation einer Aggression, die auf das ursprüngliche Ziel zu richten tabu sei und deshalb verschoben werden müsse. Bei diesen Worten sah sie ihrem Mann tief in die Augen.
Robert, der diesen Blick korrekt zu interpretieren wusste, lachte kurz auf, und sagte kopfschüttelnd, das sei in der Tat gut gebrüllt, allerdings erinnere er sich dunkel an eine ihrer Überzeugungen, demzufolge Winnie jede Form von Aggression fremd sei.
Das sei auch so, fuhr sie ihn an, Aggressivität sei schließlich eine kulturelle Hervorbringung des Patriarchats, zu der naheliegenderweise besonders Männer neigten, wie man an seinem, Roberts, Verhalten ja gerade studieren könne. Erst jetzt wurde ihr bewusst, dass sie vor Wut zitterte.
Robert amüsierte sich prächtig, als er fragte, ob sie zufällig wisse, welchen Geschlechts ihr Sohn sei?
Der sei doch noch ein Kind, schoss sie zurück.
Und das solle er nach ihrem festen Willen offensichtlich auch bleiben, parierte er grinsend, damit ihm der Verlust seiner Unschuld erspart bleibe. Im Übrigen sei weder der

Vegetarismus noch der Karnivorismus an sich neurotisch, sondern die Tatsache, dass Ernährungsfragen zunehmend zum Kern identitären Lifestyles gemacht würden. Damit dienten sie der sozialen Unterscheidung, wie halt jede Mode. Genau das spiele sich gerade vor ihren Augen ab. Aber dafür sei sie ja blind. Mehr noch: Sie leiste diesen Capricen sogar Vorschub, indem sie sich darauf einlasse; wohl wissend, dass am Ende sie selbst es sei, die davon den Schaden habe. Wenn er, Robert, sie gelegentlich um Besonderes bitte, lasse sie ihn auflaufen mit der kühlen Frage, ob sie seine Dienstmagd sei. Aber als devote Sklavin des gemeinsamen Sohnes betätige sie sich mit großer Leidenschaft. Außerdem, fügte er erregt an, sei sie blind für die nächstliegende Erklärung von Winnies Verhalten. Jetzt kam auch er an seine Grenzen und verlor die Contenance.

Als da wäre, fragte Sibylle?

Es sei der Egoismus eines verzogenen Bengels, dem sie alles, aber auch wirklich alles durchgehen lasse, das liege doch auf der Hand, polterte Robert. Er sei dafür gewesen, Winnie auflaufen zu lassen, ihn nicht in Watte zu packen, ihn dem rauhen Wind der Realität auszusetzen. Aber sie, ja sie, Sibylle, müsse den Knaben unbedingt vor allem und jedem behüten, weil sie Schiss habe. Schiss davor, dass ihr eigenes Baby zu jenem Mann werden könnte, der ihr verquastes Geschwafel vom herrschafts- und aggressionsfreien Matriarchat widerlege. Deshalb, und nur deshalb, setze sie alles daran, ihn klein zu halten, ihn vorm Erwachsenwerden zu schützen. Kein Wunder, dass der Knabe sich nicht vom Fleck bewege. Sie möge bitte realisieren, dass diese Schwangerschaft passé sei. Winnie habe nämlich den Ausgang zur Welt schon gefunden,

und zwar vor ziemlich genau fünfzehn Jahren.
Wenn dem so sei, dann könne er ja mal das Küchen- und Kinderbetreuungsregime übernehmen, um seine Philosophie zu erproben, schrie sie ihm ins Gesicht.
Das tue er bereits jeweils an jenen Wochenenden, versetzte er kühl, die sie, wie ihr sicher geläufig sei, außerhalb der Familie zubringe, um sich in Matriarchatsfragen auf dem neuesten Stand zu halten. Und das seien nicht eben wenige. Jedenfalls habe er mit seinen sonntäglichen Standardgerichten bislang noch nie Schiffbruch erlitten. Und auch mit seinen Anordnungen nicht. Das passiere nur dann, wenn sie ihm in den Rücken falle.
Unter solchen und ähnlichen Auseinandersetzungen ging ihre Ehe den Bach runter. Robert hatte wohl das Gefühl, so hatte er es ihr später mal geschrieben, nur noch auf einer weit entfernten Umlaufbahn um das Zentralgestirn seiner Familie zu kreisen, so dass er anfällig wurde für die Gravitationskräfte fremder Sterne. Irgendwann trug es ihn aus der Bahn, er verließ die Familie und gründete eine neue. Das war vor zwei Jahren.
Sibylle schüttelte diese Gedanken ab, die Erinnerung daran war zu schmerzhaft. Derweil streunte Ronja, die sie von der Leine gelassen hatte, die Nase auf den Boden geheftet, durch die Feldmark. Wenn ihr ein anderer Hund begegnete, beschnüffelten die beiden einander zuerst an der Nase, sodann an Gesäß und Geschlecht, als befragten sie einander: Was hast du gefressen? Hast du schon gekackt? Hattest du heute Sex? Sibylle dankte Gott im Himmel, dass solch unverblümte Direktheit beim Menschen nicht vorkommt, was sie in ihrer Überzeugung, dass Mensch und Tier Lichtjahre voneinander entfernt seien, erneut bestätigte. Tiere folgen üblen Gerüchen, dumpfen

Instinkten und letztlich ihrem Bauch. Menschen hingegen sind Geistes-, Vernunft- und Kulturwesen, willens und in der Lage, sich zu reflektieren und jegliche Regung auf ihre moralische Legitimität hin abzuklopfen und erst dann zu handeln. Was die weibliche Hälfte der Menschheit betraf, war sie sich dessen sicher, bei der männlichen Hälfte hatte sie so ihre Zweifel. Und deshalb hielt sie Roberts Erklärungsansätze auch für hanebüchenen Schwachsinn. Winnie ein Egoist? Nie und nimmer. Ein Sensibelchen, ja, aber das wars dann auch schon.

Sie rief Ronja, die das Kommando allerdings ignorierte, denn die frische Hasenfährte im Schnee war deutlich attraktiver. Ob Frauchen nun rief oder nicht, interessierte den Hund einen Dreck. Sein Futter würde er bekommen, so oder so. Da lief er doch lieber einem Hasen hinterher, ohnehin die angemessene Entschädigung für einen qualvollen Vormittag. Und weglaufen würde Frauchen ohnehin nicht, darauf konnte er sich verlassen. Das blieb immer brav stehen und rief sich die Stimme aus dem Hals. Mit zunehmender Erschöpfung aber verlor Ronja die Lust an diesem dämlichen Hasen, der vermutlich, wie fast immer, längst über alle Berge war. Deshalb schnürte sie betont gelangweilt in Sibylles Richtung und ließ sich für den Heimweg an die Leine nehmen.

Kurz vor zuhause hörte Sibylle aus ihrer Jackentasche den Jingle für den Eingang einer SMS. Von Jan. „Ich habe“, schrieb er, „Bruce/Brenda/Brian Reimer gegoogelt. Beide Brüder haben Selbstmord begangen. Einer 2002, der andere 2004. Schönen Tag noch.“

## *Frankfurt, 30. Dezember 2015*

Während des Frühstücks vibrierte Jans Handy in der Hosentasche. Eine SMS von Sibylle: „fahre mit johanna spontan nach frankfurt. impressionisten im städel-museum. rückkehr heute abend. dir einen schönen tag."
Die Idee zu dieser Reise war den beiden Frauen abends zuvor gekommen; Johanna hatte vom Büffeln die Nase voll und brauchte Tapetenwechsel; Sibylle hatte Zeit, und so saßen Mutter und Tochter nun im ICE nach Frankfurt. Den Hund hatte Sibylle in Winfrieds Obhut gegeben, nicht ohne den dringenden Appell, gelegentlich Ronjas Bedürfnis nach Futter, Wasser und Auslauf nachzugeben. Winfried hatte die wortreiche Ansprache seiner Mutter ergeben abgewettert und sich wieder in seinem Zimmer verschanzt.
Johanna war neugierig auf die neue Bekanntschaft ihrer Mutter, wohl auch etwas unangenehm berührt; denn waren Mütter nicht lebenslang an Väter gebunden? Auch wenn letztere wegliefen, wie der ihre das getan hatte? Zwei Jahre war das jetzt her, das war ihr schon bewusst, und wenn sie selbst sich vorstellte, zwei Jahre ohne Sex aushalten zu müssen, wusste sie nicht, ob ihr das gelingen würde. Von einer Mutter konnte man das aber erwarten. Oder nicht? Jedenfalls musste sie sich an den Gedanken, dass ihre Mutter auf Freiersfüßen ging, erst noch gewöhnen. Im Moment fühlte sich das an wie ein Verrat; nicht so sehr am Vater, der das zweifellos nicht anders verdient hatte, sondern vielmehr an sich selbst und Winfried. Ihr Vater blieb ihr Vater, auch wenn er anderen Röcken hinterhergeschaut und sich aus dem Staub gemacht hatte. Vater und Mutter waren ihre Wurzeln und

da hatte ein Dritter oder eine Dritte nichts zu suchen. Immerhin war sie knallhart darin, die neue Partnerin ihres Vaters zu ignorieren. Aber sie musste dem Kandidaten, den ihre Mutter da in den Bergpark spazieren geführt hatte, wohl oder übel zugestehen, dass er am Zerbrechen der Ehe ihrer Eltern schuldlos war.

„Wie ist denn der – wie heißt der gleich ..."

„... Jan ..."

„... Jan so?"

„Gute Frage. Der erste Eindruck ist nicht übel. Aber ich hab ihn ja erst zweimal getroffen. Und passiert ist auch noch nichts. Warten wir mal ab. Auf jeden Fall ist er weder auf den Kopf noch auf den Mund gefallen ..."

„... was ja nicht das Schlechteste ist."

„Du sagst es. Allerdings neigt er gelegentlich zu Ansichten, die mir Pickel machen ..."

„... zum Beispiel?"

„Zum Beispiel findet er die Genderdebatte zum Kotzen."

„Ach ja? Dann lass bloß die Finger davon. Solche Typen liebe ich, das kann ich dir flüstern", erwiderte Johanna mit genervtem Augenaufschlag und schüttelte ihre kupferne Lockenpracht, die ihr ins Gesicht gefallen war, zurück.

„Ja, nein – so einfach ist das nicht. Jan ist keiner von der Stammtischfraktion. Seine Argumentation ist eine andere: Er sagt, dass Gleich*berechtigung* erreicht sei, denn sie beschreibe die Gleichheit der Startbedingungen. Gleich*stellung* hingegen ziele auf identische Ergebnisse und ignoriere so die natürlichen Unterschiede zwischen Mann und Frau. Außerdem sei Gleichstellung nur mit Quoten erreichbar, und Quoten bedeuten Zwang."

„Natürliche Unterschiede zwischen Mann und Frau? Das

glaub' ich jetzt nicht. Das findest du nicht dumm?"
„Natürlich schmeckt es mir nicht, aber meine Überzeugung, dass Geschlecht lediglich konstruiert sei, hat seit einigen Tagen Risse bekommen."
„Wieso das?"
Sibylle berichtete ihrer Tochter die Geschichte der Reimer-Brüder, so wie sie sie aus den Schriften von Alice Schwarzer kannte. Dann fügte sie das verschwiegene Ende dieser Geschichte hinzu, die sie nach Jans SMS recherchiert hatte. Demnach hatte Brenda Reimer mit fünfzehn erfahren, dass sie als Bruce zur Welt gekommen war, und hatte von da an alles Weibliche verweigert, die Brust amputieren lassen, sich einer Phalloplastik unterzogen und den Namen David getragen. 2004, im Alter von achtunddreißig Jahren habe David sich umgebracht, nachdem zwei Jahre zuvor sein Zwillingsbruder Brian unter ungeklärten Umständen an einer Überdosis Medikamenten gestorben sei. Auch das scheine in suizidaler Absicht geschehen zu sein.
„Aber wer sagt denn, dass er sich wegen seiner Geschlechtsidentität umgebracht hat? Das kann doch ganz andere Gründe haben!", versetzte Johanna nassforsch.
„Na ja", zweifelte Sibylle, „denkbar ist das, aber diese Häufung von Unglück bei einem Zwillingspaar, das einem solchen Experiment ausgesetzt war, lässt mich daran eher zweifeln. Lies das mal im Netz nach."
„Aber das Biologie-Argument ist doch so durchsichtig wie nur irgendetwas! Das ist doch genau die Nummer, die der Bio-Prof Kutscher an unserer Uni abzieht! Mann und Frau seien ungleich, behauptet der, in eins komma fünf Prozent der genetischen Ausstattung unterschieden sie sich, und dieser Unterschied bewirke den Mentalitäts-

unterschied zwischen den Geschlechtern. Mama! Biologische Argumente sind doch längst dekonstruiert worden als männliche Strategie, den eigenen Arsch zu retten. Was ist denn mit den ganzen Ungleichheiten, die allenthalben zu sehen sind? Schlechtere Bezahlung für Frauen, gläserne Decke für weibliche Führungskräfte, Altersarmut für Mütter und und und ... Wie kann man da von Gleichberechtigung sprechen?"

„Nun", entgegnete Sibylle nachdenklich, „streng genommen meint Gleichberechtigung ja, dass jeder Mensch unabhängig von seinem Geschlecht die gleichen Rechte wahrnehmen kann. Zum Beispiel dasjenige, über die Wahl seines Berufes frei entscheiden zu können. Oder zwischen Mutterschaft und Karriere wählen zu können. Oder zwischen Familienzeit und Berufszeit. Wenn man Gleichberechtigung so versteht, dann ist sie im 21. Jahrhundert doch erreicht, verglichen mit dem, was beispielsweise zur Zeit meiner Kindheit noch gang und gäbe war."

„Und was ist mit den Heerscharen von Krankenschwestern – weiblich – und den Armeen von Chefärzten – männlich – um nur mal beim Gesundheitswesen zu bleiben? Oder an der Uni: In Elektrotechnik und Maschinenbau dominieren die Männer, in den Sozial- und Kulturwissenschaften die Frauen – wo ist da bitte schön die Gleichberechtigung?"

„Immerhin war es deine persönliche Entscheidung, das Studienfach Maschinenbau zu wählen. Niemand hat dir da reingeredet; das wäre in meiner Jugend sicher noch anders gewesen. Und die Tatsache, dass die meisten deiner ehemaligen Mitschülerinnen eine andere Wahl getroffen haben, heißt ja noch längst nicht, dass diese Wahl

falsch wäre. Wer wollte darüber richten? Und schließt Gleichberechtigung nicht auch das Recht ein, sich zu irren, sich also für das scheinbar Schlechtere oder für das scheinbar Falsche entscheiden zu können … ?"
„Mama! Was ist denn los mit dir? Wie redest du? Wenn Frauen sich massenweise für die Literaturwissenschaften entscheiden, dann doch nur, weil ihnen das Bewusstsein für die gesellschaftliche Gemachtheit ihrer Wahl fehlt ..."
„... mag sein, aber wie willst du das ändern? Um bei deinem Beispiel zu bleiben: Wenn du im Gesundheitswesen erreichen willst, dass die vorhandenen Stellen in der Krankenpflege je zur Hälfte von Männern und Frauen besetzt werden, wird das letztlich nur über eine rigorose Quote zu erreichen sein."
„Na und? Wenn's anders doch nicht geht?"
„Aber dann ist es doch keine Gleichberechtigung mehr. Willst du Heerscharen von Männern nötigen, gegen ihren erklärten Willen zu handeln und Krankenpfleger zu werden? Und Armeen von Frauen dazu, gegen ihren erklärten Willen Gas-Wasser-Installateur zu werden?"
„Mama, ich versteh dich nicht. Du hast mir schon als kleinem Mädchen die Frauenfrage zu einem Anliegen gemacht, und jetzt desertierst du plötzlich. Was ist los? Hat dieser Typ dich weichgespült?"
Sibylle lachte. „Nein, keine Sorge, hat er nicht. Aber ein wenig nachdenklich gemacht hat er mich schon."
Mittlerweile hatte der Zug Fulda erreicht und nahm jetzt nach dem dortigen Halt langsam wieder Fahrt auf. Sibylle sah versonnen auf die Stadt mit dem Doppelturm des barocken Doms, in der sie ihre Schulzeit verbracht und als junge Frau in lila Latzhosen für den Feminismus demonstriert hatte, ohne sich je bewusst zu machen, dass

Lila eben auch die Farbe der katholischen Bischöfe war, jener zweifelhaften Moralapostel in Frauenkleidern also, die jeder anderen Konfession exakt jene Toleranz verweigern, die sie für die ihre verlangen.

In Frankfurt nahmen die beiden den Holbeinsteg über den Main und sahen bereits von der Brücke aus die Schlange vor dem Museum. Es dauerte eine Weile, bis Sibylle Karten und Johanna Audioguides erstanden hatte, und noch mal eine Weile, ehe sie eingelassen wurden .

Die Ausstellung war so eingerichtet, dass der Übergang vom Realismus zum Impressionismus anhand zweier Werke von Claude Monet illustriert wurde, die das Zentrum der Schau einnahmen: 'Le dejeuner' von 1868 und 'La grenouillère', nur wenige Monate später 1869 entstanden. Im Saal davor konnten die Besucher studieren, wie die Maler der Schule von Barbizon den Impressionismus vorbereitet hatten.

Der Bedeutung der Künstlerkolonie Worpswede für die deutsche Malerei entsprach der Ort Barbizon für die französische Malerei. Gelegen im Wald von Fontainebleau, unweit der Seine, bevor sie Paris erreicht, versammelte Barbizon Künstler, deren Arbeitsweise mit den herkömmlichen Regeln radikal brach: In der Auswahl ihrer Motive orientierten sie sich nicht mehr an Mythen, biblischen Geschichten oder historischen Großtaten, sondern am Alltag und an der Natur. Sie verließen die Ateliers und malten 'plein air' – draußen, an der frischen Luft, das, was sie vorfanden: einen See, einen Wald, eine Obstwiese. Das bewirkte nahezu zwangsläufig die Wahl kleiner Formate, denn wandfüllende Formate waren zu sperrig, um sie mitzunehmen in den Wald oder an die Seine. Und schließlich ging es nicht primär darum, die Motive präzise und detailgetreu abzubilden, sondern die Stimmung einzufangen, die das Zusammenspiel von Licht und Motiv im Betrachter erzeugt. Die Flüchtigkeit dieser ‚Impressionen' drückte sich eben auch im Malstil aus: Figuren wurden mit zwei, drei Pinselstrichen grob als Mann oder Frau, die Gesichter als helle, ovale Flecken, Objekte der Landschaft nur in ihren Umrissen und Farben ausgedrückt. Im Mittelpunkt jedoch standen immer das Licht und seine Effekte: Farbe, Schatten, Reflex.

Dies alles entnahmen die beiden Damen den vereinzelt hängenden Schrifttafeln, zwischen denen sie versonnen schlenderten, während sie zugleich ihrem Audioguide lauschten.

Auf dem Weg in den nächsten Saal passierten sie ein wandfüllendes Gemälde des Barbizon-Malers Charles-François Daubigny mit dem Titel 'Französischer Obstgarten zur Erntezeit', das eine leicht verwahrloste Obstwiese zeigte, auf der zwei Menschen mit unzulänglichen Mitteln versuchten, einen vernachlässigten Apfelbaum abzuernten.

„Sieht aus wie unser Apfelbaum zuhause", kicherte Johanna nach einem verschämten Seitenblick auf Sibylle in die vorgehaltene Hand.

Diese zog durch die Nase scharf Luft ein, die sie dann eine Weile anhielt, während sie einen Schritt zurücktrat, einen weiteren Blick auf das Bild warf und fragte, indem sie ausatmete: „Meinst du wirklich?"

„Ja! Guck doch mal, der Rasen nicht gemäht, die Hecke nicht geschnitten, der Apfelbaum total verbuscht – wie bei uns, nur dass bei uns kein Esel, sondern ein Hund angebunden ist."

„Du übertreibst. So schlimm ist es nun wirklich nicht."

„Nein", gab Johanna zu, „aber es ist schon das ungepflegteste Grundstück in der ganzen Straße, das musst du zugeben."
Sibylle seufzte. „Dem kann ich leider nicht widersprechen. Und? Schlimm?"
„Neeeiin", dehnte Johanna ihre Antwort, „und auf eine gewisse Weise ist es ja auch charmant. Oder um es mit dem Audioguide auszudrücken: Darüber liegt die Patina der Vorläufigkeit."
„Hättest du's lieber etwas akkurater? Ordentlicher? Preußischer?"
„Ach, keine Ahnung. Mal ja, mal nein. So wie es ist, ist es charmant, aber manchmal ist es mir auch peinlich."
„Wenn ich gelegentlich Hilfe von euch bekäme, ließe sich dieser Eindruck leicht ändern", erwiderte Sibylle, „aber du fasst ja weder Rasenmäher noch Heckenschere an."
„Und was ist mit Winfried? Lass den das doch machen. Der ist der Mann im Haus."
„Ach, vergiss Winfried, der ist doch allenfalls ein Männlein. Der kümmert sich ja nicht mal um seinen Hund. Mit dem ist nicht zu rechnen. Und neben Beruf, Kindern, Hund und Haushalt habe ich nicht auch noch Sinn für den Garten. Und ein Mann im Haus fehlt mir, wie du weißt."
„Wenigstens das scheinst du ja gerade zu ändern. So gesehen, gar nicht schlecht. Gartenarbeit ist sowieso nicht so meins, soll der sich drum kümmern. Männer können das besser. – Komm, lass uns weitergehen."
Sie schlenderten in den nächsten Saal, wo ein Menschenknäuel, das von hinten immer wieder aufgefüllt wurde, während es vorne langsam abschmolz, vor den beiden Monet-Bildern durcheinanderwuselte. Sie ließen sich von

dem Knäuel aufsaugen und langsam nach vorne durchreichen, bis sie endlich freien Blick hatten auf 'Le déjeuner', ein Bild von zwei Meter dreißig Höhe und anderthalb Meter Breite. Sie wählten die neben dem Bild angezeigte Nummer in ihren Audioguides an und lauschten.

„Im Zentrum des groß- und hochformatigen Bildes", sagte eine wohlklingende Baritonstimme, „befindet sich ein gedeckter Tisch, an dem zwei Personen, ein vielleicht zweijähriges Kind und seine Mutter, offensichtlich auf eine dritte Person, den Vater, warten, dessen Platz im Vordergrund noch unbesetzt ist, an dem aber die Zeitung schon bereitliegt. Es ist der Platz des Malers selbst, Claude Monets, der hier seinen Sohn Jean und seine Geliebte Camille Doncieux, seine spätere Frau, im Interieur einer gutbürgerlichen Wohnung porträtiert hat. Außer Frau und Kind befinden sich zwei weitere Frauen im Zimmer: Im Hintergrund macht sich eine Hausangestellte an einem Schrank zu schaffen, dessen Tür sie halb aufgeklappt hat. Am Fenstersims lehnt eine in vornehmes Schwarz gekleidete Frau, von der man nicht weiß, wer sie ist, und betrachtet mit Skepsis das unbefangen-vergnügte Kind, dessen Mutter den linken Arm wie zum Schutz um es legt.

Die weiße Tischdecke sowie das blonde Kind, dessen Oberkörper mit einer weißen Serviette bedeckt ist, ziehen den Blick des Betrachters auf sich, weil sie fast blendend helle Inseln in einem ansonsten von dunklen Farbtönen beherrschten Interieur sind.

Auf dem Tisch ist ein kleines Stillleben aus Brot, Wein, Trauben, Eiern, einem Teller mit Aufschnitt und einer Menagère angerichtet.

Auffällig ist der Kontrast zwischen dem Kind und der Besucherin am Fenster. Jenes strahlt in hellen Farben, diese verdüstert das Bild mit ihrer schwarzen Kleidung; auf jenes fällt das Sonnenlicht, während diese dem Licht den Rücken kehrt und den Lichteinfall sogar behindert; jenes strahlt freundliche Offenheit, diese befangene Skepsis aus.

Da Monet mit der Mutter seines Sohnes Jean zur Entstehungszeit des Bildes nicht verheiratet, Jean nach damaligen (1868) Moralvorstellungen als uneheliches Kind also kaum gesellschaftsfähig gewesen sein dürfte, kann man die skeptisch-distanzierte Dame am Fenster mit guten Gründen als Allegorie eben jener Moralvorstellungen der Pariser Gesellschaft auffassen. Und genau darin liegt der Affront, den Claude Monet mit diesem Bild begeht: Das große Format ist den damaligen Gepflogenheiten gemäß Historienbildern oder Porträts bedeutender Persönlichkeiten vorbehalten gewesen; indem Monet es für die Darstellung eines Tabubruchs verwendet, verstößt er gegen alle Regeln.

Die Malweise dieses Interieurbildes ist realistisch, die Personen und ihre Beziehung zueinander stehen im Vordergrund der Darstellung, ihre Gesichter sind unterscheidbar und zeigen Ausdruck, dunkle Farbwerte überwiegen, lediglich auf Tisch und Kind fällt Licht, welches sie hervorhebt. Das Licht übernimmt hier noch eine Funktion im Dienste des Motivs. Das wird sich wenige Monate später geändert haben. Kehren Sie jetzt bitte zurück zum Menü."

„So, Mama", sagte Johanna, während sie die wenigen Schritte nach links vor 'La grenouillere' zurücklegte, „jetzt lassen wir das Ding erst mal aus, und gucken, was

wir gelernt haben."
„Okay", sagte Sibylle, „einverstanden. Wer fängt an?"
„Du", bestimmte Johanna.
„Okay. Also: Dieses Bild ist viel kleiner. Schätzungsweise halb so groß. Und es ist querformatig."
„Stimmt", nickte Johanna, „aber das war jetzt nicht so schwer. Weiter."
„Es ist draußen, es sind viele Menschen zu sehen, aber niemand hat ein Gesicht. Man kann nur erahnen, wer Weiblein und wer Männlein ist."
„Genau. Woran liegt das?"
Sibylle vertiefte sich in das Bild, ging näher ran, schüttelte den Kopf, trat ein paar Schritte zurück, kniff die Augen zusammen und sagte dann: „Das andere Bild war gemalt, dieses ist mehr gekleckst, oder auf neudeutsch: verpixelt. Aus der Nähe erkennst du nur Farbkleckse, erst wenn man ein paar Schritte zurücktritt, ergeben sie ein Bild."
„Super. Noch was?"
„Es ist viel, viel heller. Spontan habe ich gerade gedacht, wo ist denn meine Sonnenbrille?"
Johanna lachte. „Ja, genau! Das liegt aber nicht nur an der Helligkeit, sondern daran, dass man sich fühlt wie mittendrin in diesem Sommertag. So, jetzt lass uns mal hören, was unser Herr und Meister dazu sagt." Sie hielten den Guide ans Ohr.
„Dieses Bild flimmert und flirrt", begann der Kommentar. „Je näher man an es herangeht, desto weniger erkennt man; erst aus der Ferne setzt sich seine Wirkung aus grob gesetzten Strichen und Flecken zusammen. Im Zentrum eine runde Badeinsel im Fluss, die von einem Baum beschattet wird. Vom linken Bildrand führt ein Steg dorthin, von rechts kann man sie über eine Planke

erreichen, die ein schwimmendes Ausflugslokal dort angelegt hat. Das Lokal ist gut besetzt, gerade betritt ein Mann die Planke zur Insel, auf der sich bereits zehn Menschen tummeln, im Wasser sind vier Menschen erkennbar: Zwei Frauen mit Ganzkörperbadekleidung und zwei Männer mit nacktem Oberkörper. Die Figuren sind mit wenigen groben Farbflecken markiert; ob Mann oder Frau, erweist sich an ihrer Ausstattung: Zylinder, Hose und Cut bei den Männern, tailliertes Kleid, hochgesteckte Frisur mit Blume oder Sonnenhut bei den Frauen. Keine Gesichter, nichts Persönliches, einfach nur Figuren. Auch was sie tun, ist nicht wirklich erkennbar: Bei den Gästen des Lokals darf man vermuten, dass sie bei Getränken zusammensitzen, bei den vier Gestalten im Wasser, dass sie ein Bad nehmen. Aber die Figuren auf der Insel selbst? Schauen sie den Badenden zu? Wollen sie selbst demnächst ins Wasser steigen? Oder haben sie ihr Bad beendet und kleiden sich an? Das alles entzieht sich der Wahrnehmung und zeigt, dass es darauf gar nicht ankommt. Die Figuren sind nur Staffage, nur Kulisse. Hier wird keine Geschichte erzählt, das gewählte Motiv ist nur die Bühne für den Auftritt des Lichts.

Das Licht eines Sommertags, das die Baumreihe des gegenüberliegenden Ufers in ein fast schon gelbliches Grün taucht und die Hitze erahnen lässt, vor der die Badenden Kühlung suchen. Das Licht, das von der Wasseroberfläche fortwährend in Bewegung gehalten werde, sodass man als Betrachter meint, die Boote im Vordergrund schaukeln sehen und die Wellen an die Bordwände klatschen hören zu können. Das Licht, das die Luft flirrend vor den Hintergrund schiebt. Der Star sei das Licht, das die Stimmung des Augenblicks, die Ästhetik des Mo-

ments, die Empfindung im Betrachter hervorruft.
In diesem Bild wird Monets Bemerkung, das Motiv sei für ihn etwas Zweitrangiges, ihn interessiere nur, was zwischen dem Motiv und ihm geschehe, definitiv zum Programm des Impressionismus. Kehren Sie jetzt bitte zurück zum Menü."
„Da war unsere Analyse doch gar nicht so schlecht", sagte Sibylle mit leichtem Triumph in der Stimme.
„Ja", bekräftigte Johanna, „und es ist wirklich so: Bei 'Le déjeuner' fragte man sich: Was will der Künstler uns damit sagen, welche Erkenntnis soll ich gewinnen? Bei 'La grenouillère' hat sich mir diese Frage gar nicht gestellt. Da war ich plötzlich in einem Gefühl drin, ohne irgendetwas Weiteres wissen zu wollen oder interpretieren zu müssen. Das war geil! - À propós déjeuner: Langsam krieg ich Hunger. Wollen wir ins Bistro, was essen gehen?"
„Oje, Johanna, aber ganz schnell, bevor du schlechte Laune kriegst. Hunger ist bei dir was ganz Gefährliches", lachte Sibylle.
„Bei dir doch auch!"
„Stimmt. Also los."
Erwartungsgemäß war das Bistro ebenso überlaufen wie das Museum selbst. Einen freien Platz bekam nur, wer zufällig in der Nähe eines Tisches wartete, dessen Gäste sich zum Aufbruch rüsteten. Deshalb fragte Sibylle Johanna nach ihren Wünschen und reihte sich in die Schlange vorm Buffet ein, während diese durch den Raum schlenderte und wie ein Luchs auf frei werdende Tische lauerte. Als ein Mann aufstand und zur Garderobe ging, um für sich und seine Begleiterin die Mäntel zu holen, war sie zur Stelle, machte Smalltalk mit der Dame,

stellte bei der Verabschiedung fest, dass die Herrschaften eigens für diese Ausstellung aus Australien angereist waren, und besetzte den Zweiertisch, kaum dass die beiden in ihren Mänteln waren.
Zehn Minuten später balancierte Sibylle ein übervolles Tablett dorthin und stellte es erleichtert ab. „Das war Schwerstarbeit, kann ich dir sagen, und die Mädels hinterm Tresen sind sowas von lahmarschig, dass es kaum vorangeht. Dick und dumm. Vermutlich irgendwelche Hiwis ..."
Sie stellte den Latte macchiato und ein Tellerchen mit zwei Croissants, eines mit Frischkäse, das andere mit Orangenmarmelade, vor Johanna hin, und rückte das Kännchen Tee und das Käsebaguette zu sich.
„Guten Appetit!", wünschte sie.
„Banke, bir auch", erwiderte Johanna mit vollem Mund.
„Erzähl doch mal, was hatte es denn mit dem Radio-Interview von eurem Professor Kutscher auf sich, davon weiß ich nichts."
„Na ja,", erwiderte Johanna zwischen zwei Bissen, „der ist von Radio Berlin Brandenburg interviewt worden und hat da voll abgelästert über Gender Studies und Gleichstellung. Die Gender Studies kämen ihm vor wie die Sekte der Kreationisten, die die Evolution in Abrede stellten und stattdessen fest an die Schöpfungsgeschichte glaubten. Auf die gleiche Weise zögen die Gender Studies die Naturwissenschaften in Zweifel und glaubten an die soziale Gemachtheit von Geschlecht. Und solchen Unsinn verbreite der Staat auch noch. Das einzig Gute an den Genderprofessuren sei, dass sie nur mit einem besseren Lehrergehalt dotiert seien, während er selbst seit über zwanzig Jahren nach C4 besoldet werde. Arrogantes

Arschloch … "
„... Johanna, bitte ..."
„... ist doch wahr. Wir von der Fachschaft haben natürlich gleich beim AStA Dampf gemacht, und der seinerseits bei der Hochschulleitung. Die Studierenden haben eine Maßregelung des Herrn durch die Unileitung verlangt, aber was die von sich gegeben hat, war butterweich: 'Die Universitätsleitung wird das Gespräch mit Prof. Kutscher suchen' - dass ich nicht lache. Aber das Schlimmste ist, dass unsere Minimuschis das alles gar nicht so dramatisch finden."
„Wie bitte? Ich fürchte, ich kann dir nicht folgen … Minimuschis? Wen oder was meinst du?"
„Na, die Mädels aus dem ersten Semester. Die bilden sich ein, sie bräuchten die Frauenbewegung nicht mehr. Wenn sie durch Leistung überzeugten, könnten sie auf die Quote scheißen … "
„Johanna, ich bin entsetzt … wenn Erstsemesterfrauen für dich Minimuschis sind, was bist du dann?"
Johanna schob sich den letzten Bissen Frischkäsecroissant in den Mund, hob genervt die Brauen, tupfte mit der Serviette die Lippen ab und schüttelte den Kopf. „Na, was schon? Ein Riesenarschloch vielleicht? Ach, was weiß ich, jedenfalls nervt mich das Gehabe dieser Küken … als hätten sie die Weisheit mit Löffeln gefressen."
Sibylle wusste nicht, wie ihr geschah. Was redete ihre Tochter da?
Die ihrerseits machte sich unbeeindruckt über das zweite Croissant her und legte kauend nach: „Mir ist schon im Zug aufgefallen, dass du fahnenflüchtig wirst. Feminismus ist doch kein Ponyhof! Wer den durchsetzen will, darf nicht zimperlich sein, genauso wenig zimperlich wie

Herr Professor Doktor Kutscher. Den dissen wir jetzt übrigens täglich in einem Blog, den wir eigens dafür angelegt haben. 'KutscherWatch'. Reihum gehen wir planmäßig in dessen Veranstaltungen und schreiben alles mit, was der so an Frauenfeindlichem raushaut. Und das stellen wir dann online. Echt lustig."

„Johanna, kannst du dich erinnern, dass wir mit dir vor Jahren mal auf der Burg Hanstein waren?"

„Ja", nickte Johanna mit vollen Backen, „wieso fragst du?"

„Im Burghof stand ein Pranger. Da wurde der Delinquent an Kopf und Armen fixiert und öffentlich zur Schau gestellt. Jeder Passant durfte ihn nach Lust und Laune beschimpfen, anspucken oder mit faulen Eiern bewerfen."

„Und? Was ist die Botschaft?"

„Na, denk mal drüber nach! Geht es euch nicht auch um Wertschätzung? Darum, dass man verlangen kann, trotz aller Differenzen in der Sache als Person geachtet zu werden? Was ich bei dir heraushöre, ist nicht Achtung, sondern Verachtung."

„Korrekt!" Johanna sah ihre Mutter herausfordernd an.

## Friedland, Silvester 2015

Am Nachmittag des Silvestertages saß Jan im Bummelzug nach Friedland. Er hatte kleines Gepäck für eine Übernachtung dabei und freute sich auf seine Enkel. Natürlich auch auf seine Tochter und den Schwiegersohn, aber die Sensation dieser Familie waren doch diese unglaublichen Wesen, deren Entwicklung zu beobachten ihn so reich beschenkte wie sonst nur wenig in seinem derzeitigen Leben. Zugleich kam ihm der beschämende Gedanke, dass er den eigenen Kindern vielleicht weniger Aufmerksamkeit geschenkt haben könnte als den Enkeln. Nun war es ja nicht so, dass ihm die eigenen Kinder gleichgültig gewesen wären, im Gegenteil; aber wenn man mit Mitte zwanzig Vater wird, steht alles auf Start: Der Beruf frisst einen auf, das Nest will gebaut sein, Weichen sind zu stellen, die den Lebensweg langfristig beeinflussen werden – und manchmal wächst einem alles über den Kopf und die eigenen Kinder kommen nur noch am Rande vor. Und plötzlich haben sie schon wieder Geburtstag und kommen zur Schule.

Jetzt, mit Anfang sechzig, war das anders. Das letzte Drittel des Lebens hatte definitiv begonnen, die Kämpfe waren im Wesentlichen geführt, ungemütlich wurde es lediglich beim Blick auf die mickrigen Reste in der oberen Hälfte des Stundenglases. Ganz zu schweigen von der Erosion der Gesundheit. Man war nicht mehr, wie in früheren Jahren, unkaputtbar. Und dennoch – oder vielleicht genau deshalb? – hatte man mehr Muße, mehr Gelassenheit, mehr Geduld. Mehr Reife?

Beides, so dachte Jan, sowohl das Plus an innerer Abgeklärtheit als auch die gesteigerte Wahrnehmung für die

Kostbarkeit der eigenen Restlaufzeit, setzten Ressourcen frei, von denen nun die Enkeln profitierten.
Nicht zu vergessen: Die eigentliche Erziehungsarbeit, das Aushalten und Abarbeiten von Konflikten, Streitereien und Nörgeleien gehörte ja nicht zu den Aufgaben eines Großvaters. Der konnte sich ganz den Schokoladenseiten der Kleinen widmen und umgekehrt ihnen die seine zeigen.
Der Zugführer nahm den Vortrieb zurück und bremste die Fuhre sanft ab. Jan griff nach seinem Rucksack und stellte sich vor den Ausgang. Sicher würde Marie auf dem Bahnsteig stehen.
In normalen Zeiten stieg in Friedland kaum jemand aus. Heuer jedoch stiegen fast alle hier aus. Jan fühlte sich ein wenig verloren zwischen all den glutäugigen jungen Männern mit schwarzem Haar und dunklem Teint, die sich vor den Türen drängten. Als der Zug endlich stand und seine Fracht entließ, verlor die vierjährige Marie vorübergehend den Überblick, erkannte aber bald ihren Opa Jan erst an seiner Mütze, dann an seinem Gang. Sie rannte auf ihn zu und flog ihm in die Arme. Er bückte sich, genoss die Umarmung, schmuste mit ihr und richtete das Mützchen, das ihr in die Stirn gerutscht war. Dann trug er sie zu ihrer Mutter, die mit dem zweijährigen Bruder Julius am Ende des Bahnsteiges wartete. Jan setzte Marie ab, gab Julius, der ein wenig fremdelte, gegen dessen Widerstand ein Küsschen auf die feuchten Pausbacken und umarmte seine Tochter. „Na", fragte er, „alles im grünen Bereich?"
„Joah, wenn man den Sechzehn-Stunden-Tag, die endlosen Diskussionen mit Marie und das permanente Schlafdefizit ausblendet, ist alles im Grünen. Danke der Nach-

frage“, entgegnete sie mit sanfter Ironie. Sie lachte ihn aus blaugrauen Augen an.

Wenn Jan seine Tochter ansah, ging ihm jedes Mal das Herz auf. Er selbst war blind für die Ähnlichkeit zwischen sich und ihr, die Außenstehende stets behaupteten. Sie war eine schlanke Endzwanzigerin, die auch in funktionaler Out-Door-Kleidung stets bella figura machte. Vor allem aber imponierte ihm, dass Neele ihr Leben mit einer Selbstverständlichkeit in die Hand genommen hatte, die ihm selbst fehlte. Er sei halt zu kopflastig, hatte Neele ihm schon ins Stammbuch geschrieben; statt zu handeln, gründele er lieber vor sich hin. Er ende sicherlich mal wie Buridans Esel, der verhungert sei, weil er sich nicht zwischen zwei Heuhaufen entscheiden konnte. Obwohl sie weder auf den Kopf noch auf den Mund gefallen war - immerhin hatte sie das Gymnasium besucht und Anglistik studiert - hatte der Impuls, eine Familie zu gründen und Mutter zu sein, für Neele nie zur Disposition gestanden. Als Jan sie vor Zeiten gefragt hatte, ob sie denn mit ihrem Master in Anglistik nichts weiter anzufangen gedenke als Mama zu sein, hatte sie einmal mit entwaffnender Offenheit die Gegenfrage gestellt: „Glaubst du wirklich, ich gehe arbeiten, um eine andere Frau dafür zu bezahlen, dass sie meine Kinder begleitet? Komisches Modell. Soll ich für einen Verlust etwa auch noch zahlen?“ Dann hatte sie ihm tatsächlich den Scheibenwischer gezeigt. „Und übrigens“, hatte sie noch hinzugefügt, „erklär mir bitte den emanzipatorischen Mehrwert eines Deals, in dem eine Mittelschichtfrau eine Unterschichtfrau mit acht Euro fünfzig dafür abspeist, dass sie Mutterpflichten übernimmt. In meinen Augen ist das geschlechtsinterne Ausbeutung.“

„Opa, wenn's dunkel ist, gibt's ein Feuerwehr!", informierte Marie, die er auf dem Weg zum Auto an die Hand genommen hatte, ihren Opa. „Dann macht Mama mich wach, damit ich das sehen kann."
„Na, Marie, ich glaube, du meinst nicht Feuerwehr, sondern Feuerwerk mit einem 'k'" – Jan sagte 'ke' – „hinten. Stimmts?"
Marie nickte.
„Die Feuerwehr – ohne 'ke' – kommt, wenn ein Haus brennt und gelöscht werden muss. Das Feuerwerk – mit 'ke' – wird gemacht, wenn man sich freut, dass ein neues Jahr anfängt. Dann wird mit bunten Raketen in die Luft geschossen und tüchtig geknallt. Das sieht schön aus in der Nacht."
Wieder nickte Marie. „Dann müssen wir auch aufpassen, dass Charly sich nicht erschreckt", sagte sie.
„Da hast du recht", bekräftigte Jan, „euer Hund muss dann im Haus bleiben. Hast du denn schon mal ein Feuerwerk gesehen?"
„Nein", sagte sie, „letztes Mal habe ich geschlafen. Aber jetzt bin ich ja schon vier" - sie hielt die rechte Hand mit abgespreizten Fingern hoch und klappte den Daumen in die kleine Handfläche – „und dann darf ich das sehen. Julius noch nicht, der ist noch zu klein."
Sie hatten auf dem Bahnhofsvorplatz das Auto erreicht und schnallten die Kinder in ihren Sitzen an. „Aber du weißt, dass du früher ins Bett musst, wenn du heute Nacht mit uns das Feuerwerk ansehen willst?", ermahnte Neele ihre Tochter.
Die nickte widerstrebend. „Aber jetzt ist doch Opa Jan da, jetzt will ich nicht ins Bett", maulte sie.
„Na, dann", sagte Neele, als sie das Auto anließ, „dann

geht's eben nicht."
Marie stülpte die Lippen vor und senkte den Blick. „Aber dann soll Opa mich ins Bett bringen und mir was vorlesen", maulte sie.
Jan sah seine Tochter an, die ihm kaum wahrnehmbar zunickte, und sagte dann: „Ja, so machen wir das. Ich bring dich zu Bett."
Während der knapp zehnminütigen Fahrt tauschten Neele und Jan Neuigkeiten aus, dann lenkte Neele das Auto in die Hofeinfahrt eines respektablen Fachwerkensembles und parkte vor der Remise. Da es schon dämmerte, trug Neele ihrer Tochter auf, ihre Spielzeuge einzusammeln und in die Remise zu bringen. Anschließend gebe es Abendbrot.
„Opa, hilfst du mir?", bat Marie.
„Na klar, das machen wir zusammen", sagte Jan, während Neele Julius auf dem Arm ins Haus trug. Wenige Wimpernschläge später flammte in der Küche das Licht auf, und Jan sah vom dunklen Hof aus zu, wie seine Tochter ihren Sohn aus dem Overall pellte und in sein Hochstühlchen setzte.
Gemeinsam mit Marie sammelte er Fahrrädchen, Bobby-Car, Dreirad, Schubkarre, Eimer und Schaufel vom Hof und brachte alles in die Remise. Als ihm dabei plötzlich jemand sanft in die Kniekehlen stieß, konnte das nur die übliche Begrüßung von Charly sein, dem altersschwachen, trotteligen Hofhund. „Na, Charly, alles klar?"
Statt einer Antwort schnupperte Charly an Jans Hosentaschen in der vagen Hoffnung, darin könnten sich größere Mengen Leckerlis verbergen. Als diese Hoffnung sich nicht erfüllte, trollte er sich.
„So, Marie, fertig?"

„Ja!"
„Dann lass uns reingehen. Deine Mama hat bestimmt schon das Abendbrot fertig."
Sie betraten die geräumige Diele des Hauses und entledigten sich ihrer Jacken und Schuhe. Auf dem Weg in die Küche warf Jan einen Blick ins Büro, um seinen Schwiegersohn, einen großen, dunkelhaarigen Schweiger von Anfang dreißig, zu begrüßen, der über irgendwelchen Abrechnungen brütete. Dann setzte er sich an den Küchentisch, an dem die anderen auf ihn warteten.
„Was möchtest du aufs Brot?", fragte Jan und griff nach dem Messer.
„Mettwurst!", lautete die prompte Antwort und Jan schmierte seiner Enkelin eine Scheibe Brot, die er wie gewünscht belegte.
„Zuklappen?"
„Nein, nur kleinschneiden."
„Was trinkst du?"
„Apfelschorle."
„Die hab ich schon gemischt", warf Neele ein, „steht neben dem Kühlschrank."
Jan griff hinter sich und reichte Marie den Becher.
„Warum isst du nichts, Opa?"
„Weil ich nachher, wenn ihr beiden schlaft, zusammen mit deiner Mama und deinem Papa und Opa Dietmar und Oma Ilona was esse."
„Aber nicht vergessen, mich zu wecken!"
„Nein, wir wecken dich, versprochen."
Bald ging es nach oben in die Kinderzimmer, wo Neele Julius bettfertig machte, während Jan Maries Nachtvorbereitungen überwachte. Ausziehen, waschen, Zähneputzen, Schlafanzug an – es war ein Déjà-vue längst ver-

flossener Tage. Und immer, wenn er es ansah, erkannte er in dem blonden Kind Marie mit dem offenen, neugierigen Gesicht sein eigenes Kind Neele.

Endlich schlüpfte Marie unter ihre Decke, Julius wurde in seinem Schlafsack noch einmal hereingetragen für einen Gute-Nacht-Kuss. Diesmal streckte er seine Ärmchen nach Jan aus, lachte und sagte „Opi, Opi, Opi“. Opi nahm ihn auf den Arm und knuddelte ihn. „Gute Nacht, du Speckrolle“, sagte er und gab ihn Neele zurück.

Marie knipste das Deckenlicht aus und einen Mond über ihrem Kopfende an. „So, Opa, jetzt die Geschichte.“

„Tja“, sagte Jan, „was erzähl ich dir denn mal?“ Er dachte nach. „Ah, kennst du das Märchen vom Fischer und seiner Frau?“

„Nein.“

„Weißt du, was ein Fischer ist?“

„Ja, der fängt Fische. Mit einem Netz. Habe ich gesehen, als ich mit Mama und Papa auf Mallorca war.“

„Gut. Dann beginnt jetzt die Geschichte vom Fischer und seiner Frau.“

Und er erzählte von einem Fischer, der einen ganzen Tag lang seine Angel ins klare, blaue Wasser gehalten und doch nicht einen einzigen Fisch gefangen hatte, so dass er schon Angst hatte, mit leerem Eimer zu seiner Frau in die armselige Hütte zurückzukehren und nichts zu essen zu haben. *Denn die Fischersleute waren arm, hatten nur eine Hütte mit einem Raum, ohne Klo, ohne richtige Betten, ohne elektrisches Licht.*

*Der Fischer wollte gerade Feierabend machen, da biss doch noch ein Fisch an und der Fischer zog ihn an Land. Da war es ein Butt, den er gefangen hatte, und der sprach zu ihm.*

„Was ist ein Butt?“

„Ein Plattfisch. Der sieht anders aus als die Fische, die du kennst. Der ist so groß wie eine Bratpfanne und genauso platt. Und der legt sich auf den Boden des Meeres und weil seine Haut genau so aussieht wie der Boden …“

„… ah, dann kann man ihn nicht sehen, stimmt's?“

„Genau.“

„Weiter!“

*Der Butt sprach zu dem Fischer, guter Mann, ich bin ein verwunschener Prinz, ein böser Zauber hat mich dazu verdammt, als Butt zu leben. Ich bitte euch, werft mich zurück ins Wasser. Das tat der Fischer, weil er dachte, na, einen Fisch, der sprechen kann, den werde ich doch nicht aufessen. Und so ging er mit seinem leeren Eimer nach Hause und erzählte seiner Frau Ilsebill von dem merkwürdigen Butt.*

*Da schimpfte Ilsebill mit ihm und sagte, ein verwunschener Prinz könne doch zaubern, warum er nicht verlangt habe, ihm zum Dank für die Freiheit ein schönes neues Haus hinzuzaubern. In dieser schäbigen, alten, stinkenden Hütte sei es doch nicht mehr auszuhalten. Los, er solle noch einmal zum Strand gehen, den Butt rufen und ihn um diesen Gefallen bitten.*

*Murrend zog der Fischer wieder seine Stiefel an und tat, wie Ilsebill ihm befohlen hatte. Am Strand angekommen, sah er, dass das Meer nicht mehr blau und klar war, sondern grün und trübe geworden war. Dann rief er: Manntje, manntje, timpe tee, buttje, buttje in der See, meine Frau, die Ilsebill, will nicht so, wie ich wohl will. Da kam der Butt angeschwommen und fragte, was der Fischer wünsche. Der erzählte von zu Hause und seiner schäbigen Hütte und dass Ilsebill gerne ein neues Haus hätte. Geh ruhig nach Hause, sagte der Butt, sie sitzt schon drin, und schwamm weg.*

*Als der Fischer zurückkam, da war die Hütte wirklich weg und an ihrer Stelle stand ein schönes neues Haus mit mehreren*

*Zimmern, einem warmen Ofen, einem trockenen Dach, einem Garten mit Gemüsebeeten und Hühnern und einem Zaun drumherum. Da freute er sich und sagte zu Ilsebill, dass sie ja jetzt ein schönes Leben führen könnten. Ja, nickte Ilsebill, das wollen wir.*

*Aber zwei Wochen später war Ilsebill unzufrieden. Das Grundstück war ihr nicht groß und das Haus nicht hoch genug, zu den Hühnern hätte sie gern noch ein Schwein und für die Arbeit einen Diener. Zu ihrem Mann, dem Fischer, sagte sie, er solle wieder an den Strand gehen und den Butt rufen. Dem solle er sagen, dass sie wünsche, in einem Schloss zu wohnen und Königin zu sein.*

*Da erschrak der Fischer und sagte, nein, das gehe nun wirklich nicht, gerade erst hätten sie ein schönes neues Haus, in dem es ihnen gut gehe, und jetzt ein Schloss zu fordern sei unverschämt. Das tue er nicht, das sei ihm peinlich.*

„Was heißt peinlich?", fragte Marie.

„Wenn du dich für etwas schämst", erwiderte Jan, „wenn du zum Beispiel mit deiner Mama im Bus fährst und ganz laut pupst und alle hören es. Dann ist das deiner Mama peinlich."

Marie lachte.

*Ilsebill überredete und drängte ihren Mann so sehr, dass dieser wieder seine Stiefel anzog und an den Strand ging.*

Als Jan an dieser Stelle war, hörte er deutlich, wie unter Maries Bettdecke warme Luft entwich, während die Kleine ihn gespannt ansah und in ihr Fäustchen kicherte. „Frollein", sagte er mit gespielter Strenge, „was wird das denn hier?"

Marie lachte jetzt laut und fragte: „Ist dir das peinlich?"

„Nee", versetzte Jan, „aber das könnte es werden, wenn du die Bettdecke nicht unten lässt."

*Also, der Fischer ging verdrossen ans Meer, das jetzt grau und violett auf den Strand schlappte. Er rief wieder: Manntje, manntje, timpe tee, buttje, buttje in der See, meine Frau, die Ilsebill, will nicht so, wie ich wohl will. Da kam der Butt angeschwommen und fragte: Na, was will sie jetzt? In einem Schloss wohnen, sagte der Fischer betreten, und König sein. Geh nur nach Hause, sagte der Butt, sie ist es schon.*
*Da ging der Fischer nach Hause und erblickte ein großes Schloss mit einem Park dahinter und Pferdeställen und Kutschwagen darin. Und hinter dem Park einen Wald mit Hasen und Wildschweinen und Rehen und Hirschen. Und als er das Schloss betrat, lagen überall Teppiche auf den Fußböden, hingen teure Tapeten an den Wänden, standen goldene Stühle und Tische in den Zimmern und auf den Tischen das beste Essen und der teuerste Wein.*
*Komm herein, Mann, sagte Ilsebill, schau, ist das nicht schön? Und sie setzten sich und aßen zu Abend. Dann legten sie sich in ihr großes weiches Königsbett schlafen.*
*Am nächsten Morgen stieß Ilsebill ihren Mann, der noch träumte, mit dem Ellbogen in die Rippen und sagte …*
„Oh, nee“, sagte Marie, „jetzt will se noch mehr.“
*... eigentlich möchte sie doch lieber Kaiser sein. Der Fischer solle doch wieder an den Strand gehen und den Butt rufen. Diesmal weigerte der Fischer sich und sagte, dass sei unverschämt, das mache er nicht, um keinen Preis. Da sagte Ilsebill, sie sei jetzt König und er müsse tun, was sie sage.*
*Da ging der Fischer kopfschüttelnd ans Meer, das jetzt ganz schwarz und dick war und stank, und rief: Manntje, manntje, timpe tee, buttje, buttje in der See ...*
„... meine Frau, die Ilsebill, will nicht so, wie ich wohl will“, ergänzte Marie.
*Na, sagte der Butt, was darf's denn jetzt sein? Sie will Kaiser*

*sein, sagte der Fischer ganz schüchtern.*
„Das ist ihm ganz peinlich", sagte Marie.
*Geh nur nach Hause, sagte der Butt, sie ist es schon.*
„Boah, Alter", sagte Marie.
„Wie bitte?", fragte Jan verblüfft.
„Das sagt Mama immer, wenn jemand spinnt", erklärte Marie und machte die Scheibenwischerbewegung.
„Ach so, dann bin ich ja beruhigt", sagte Jan, und kürzte die Geschichte ab, indem er Marie im Schnelldurchlauf erzählte, dass Ilsebill nach Kaiser noch Papst und nach Papst noch lieber Gott werden wollte.
Erschrocken hielt Marie sich die Hand vor den Mund und fragte mit großen Augen: „Und dann?"
*Dann ging der Fischer ans Meer, dessen schwarze Wasser nun unter einem schweren Sturm brausten und kochten und tobten, und rief: Manntje, manntje, timpe tee, buttje, buttje in der See, meine Frau, die Ilsebill, will nicht so, wie ich wohl will.*
*Da kam der Butt und fragte: Na, Fischer, was will sie nun?*
*Gott sein, sagte der Fischer leise.*
*Geh nur nach Hause, sagte der Butt.*
*Und als der Fischer nach Hause kam, saß Ilsebill in ihren alten, verschlissenen Kleidern in der alten, schäbigen, stinkenden Hütte mit dem kaputten Herd und dem löcherigen Dach.*
Marie stieß die Luft aus, seufzte und sagte erneut: „Boah, Alter. Ist das peinlich."
„Ja", stimmte Jan zu, „das isses wohl. Und nun gute Nacht, meine Liebe."
„Du musst mir noch den Rücken streicheln", verlangte Marie „das macht Mama auch immer." Sie drehte sich auf den Bauch.
„Aber nur, wenn du mir versprichst, deine warme Luft bei dir zu behalten, hörst du?"

„Jahaha“, kicherte Marie.
Endlich war das ganze Programm abgespult, Jan löschte das Licht und schloss die Tür, nicht ohne ein letztes Mal versprochen zu haben, sie wirklich um Mitternacht zu wecken. Und der Papa solle noch einmal kommen.
Das richtete Jan diesem aus, bevor er zu Neele in die Küche zurückkehrte. Er fragte, ob er sich nützlich machen könne, worauf sie ihm einen Korb mit Tomaten, Paprika, gekochten Kartoffeln, Möhren, Kohlrabi, Zwiebeln und anderem Gemüse auf den Tisch stellte mit der Bitte, diese fürs Raclette kleinzuschneiden. Sie selbst war damit beschäftigt, Fleisch von Rind, Schwein und Huhn zu zerteilen.
„So war's früher auch“, sagte Jan. „Als du noch klein warst.“
„Und Mama noch lebte“, ergänzte Neele, ihn ansehend.
Das war für Jan das Stichwort, von Sibylle zu erzählen und seinen Zweifeln, seiner Unentschlossenheit, dem Hin-und-her-gerissen-Sein zwischen Anziehung und Abstoßung.
Neele hörte sich das alles an und sagte am Ende: „Weißt du, die einzige Möglichkeit, es herauszufinden, ist, es zu tun. Wege entstehen dadurch, dass man sie geht. Ever tried, ever failed, no matter. Try again, fail again, fail better.“
Jan ließ das Messer sinken. „Wow, das ist schön! Von wem ist das?“
„Beckett“, sagte Neele, „Samuel Beckett.“
„Sehr gut. Das sollte ich zu meinem Motto machen.“
„Und falls du befürchten solltest“, fügte Neele an, „dass ich eine neue Frau an deiner Seite anzicken könnte, kann ich dich beruhigen. Ich würde mich freuen, wenn du je-

manden fändest."
„Danke", sagte Jan, „das freut mich." Er nahm die nächste Zwiebel aus dem Korb und schnitt sie in halbe Ringe.
Während Jan beschwingt den Gemüseberg abarbeitete und Neele den Tisch eindeckte, gesellte sich Thorsten, Neeles Mann und Vater ihrer Kinder, zu ihnen.
„Na, Schatz, Feierabend?", fragte Neele ihn und küsste ihn, sich auf die Zehenspitzen stellend, auf den Mund. „Kümmerst du dich bitte um die Getränke? Und sag deinen Eltern Bescheid, in einer Stunde geht's hier los. Pünktlich bitte."
Thorstens Eltern lebten mit auf dem Hof, in separater Wohnung auf dem Altenteil. Dietmar, genauso alt wie Jan, aber kleiner und runder als dieser und von frischer Gesichtsfarbe, und seine Frau Ilona, eine stattliche, mütterliche Brünette von Ende fünfzig, waren für Marie und Julius gewissermaßen die Alltagsgroßeltern, während Jan lediglich der Hin-und-wieder-sonntags-Opa war. Manchmal fragte er sich, was wohl das bessere Schicksal sei, kam aber zu keinem Ergebnis. Beides hatte etwas für sich, und er war zufrieden damit, wie es war.
Endlich war alles vorbereitet, der Tisch gedeckt und die Rechauds für das Raclette geheizt. Mit einem Aperitif bewaffnet standen die drei Großeltern herum und machten den üblichen Smalltalk, beginnend beim Wetter, um sich für die späteren Debatten aufzuwärmen. Als Neele und Thorsten frisch geduscht zu ihnen stießen, setzte man sich zu Tisch. Während Fleisch, Fisch, Zwiebeln und sonstiges Gemüse leise zischend in den heißen Pfännchen schmurgelten, Wein und Apfelmost entkorkt wurden und glucksend aus den Flaschen liefen, Bierflaschen aufploppten, Wasserflaschen britzelten und Essensduft den

Raum füllte, entwickelte sich die übliche Tour d'horizon. Jan, der urbane, ökologisch gesinnte Ex-Beamte, und Dietmar, der kompromisslos marktgläubige Agrar-Unternehmer, vertraten in nahezu jeder Hinsicht gegensätzliche Ansichten, was gemeinsamen Abenden stets eine gewisse Grundspannung verlieh, die von den jungen Leuten gelegentlich abmoderiert werden musste, denn beide, sowohl Dietmar als auch Jan, waren geborene Besserwisser. Langweilig wurde es jedenfalls nie. So konnte Dietmar sich nie süffisante Bemerkungen über Jans Streuobst- und Imkereileidenschaft verkneifen. Dieser revanchierte sich regelmäßig mit ketzerischen Bemerkungen über die Glyphosathörigkeit seines Co-Opas.

In Dietmars Augen war der Einsatz des Unkrautvernichters Glyphosat ein absolutes Muss, um die Ernährung der Weltbevölkerung sicherzustellen. Jans Einwand, mit Glyphosat werde im Gegenteil die Weltbevölkerung ausgerottet, tat Dietmar mit einer verächtlichen Handbewegung ab. Es gebe reichlich Studien, die die Unbedenklichkeit des Mittels belegten. Das sei ihm bekannt, versetzte Jan, aber bekannt sei eben auch, dass diese Studien ausnahmslos vom Hersteller des Glyphosats bestellt und bezahlt worden seien. Studien unabhängiger Institute kämen zu anderen Ergebnissen.

„Behauptest du!“

„Ja, das behaupte ich. Aber man kann es auch nachlesen. Wenn man will.“

Im Übrigen, so Jan weiter, sei Glyphosat auch für das Insektensterben verantwortlich. Wieder fasste Dietmar sich an den Kopf und wandte sich belustigt den anderen Tischgästen zu. „Insektensterben!“, sagte er und hob sein Glas: „Prost!“

Aber Neele blieb ernst und fragte ihren Vater, wie er darauf komme. Der setzte ihr auseinander, dass Glyphosat den Orientierungssinn der Bienen durcheinanderbringe mit der Folge, dass sie nicht in ihren Stock zurückfänden. Das schwäche die Volksstärke und damit die Ertragskraft. Doch damit nicht genug, manipuliere Glyphosat im Bienendarm auch jene Bakterien, die für das Immunsystem unentbehrlich seien. So würden die Tiere anfälliger für Virusinfektionen, zum Beispiel DWV.
„DWV", fragte Thorsten, „heißt was?"
„Deformed Wings Virus, auf Deutsch: Flügeldeformationsvirus. Die Bienen schlüpfen mit verkrüppelten Extremitäten. Dieselbe Wirkung wie Contergan beim Menschen. Ein solches Volk kannst du vergessen."
„Und wenn schon", brummte Dietmar.
„Aber wenn das Vorkommen an Fluginsekten um mehr als die Hälfte zurückgeht", versetzte Jan, „dann wird aus deinem Ertragsargument bestenfalls ein Nullsummenspiel. Mag sein, dass du beim Getreide weiter hohe Erträge erzielst. Getreide ist nun mal ein Windbestäuber. Aber bei allen Früchten, die angewiesen sind auf Bestäubung durch Insekten, wirst du Einbrüche bekommen."
Dietmar zuckte spöttisch mit den Schultern. „Nicht mein Problem. Wir haben nur Rüben und Getreide."
„Falsch. Du hast auch 'ne Obstwiese. Schon vergessen?"
„Na und? Die bringt eh nix ein."
„Doch. Apfelsaft, den deine Enkel trinken. Und Apfelmost, den ich gerade trinke." Er hob sein Geripptes und prostete ihm zu.
„Aber, Papa, was ist", mischte sich jetzt Thorsten ein, „wenn wir mal wieder auf Raps gehen? Für ordentliche Rapserträge braucht man Bienen."

„Die kommen schon wieder, keine Bange. Es gibt immer mal Schwankungen. Das ist normal."
„Ich hab da auch keine Bedenken", sagte Ilona, „die Natur hilft sich schon selbst. In manchen Jahren gibt's viele Mäuse, in anderen wenige. Mal gibt's viele Spatzen, mal wenige. Bei Kaninchen dasselbe. Warum sollte das bei Insekten anders sein?"
„Na ja", warf Neele ein, „bei Mäusen, Spatzen und Karnickeln gibt's ja meist natürliche Gründe für den Zusammenbruch der Population. Starker Frost zum Beispiel oder eine Lücke in der Nahrungskette."
„Und wer sagt dir, dass das bei Bienen, Mücken und Fliegen anders ist?", grantelte ihr Schwiegervater.
„Weil es alle Arten zugleich erwischt", entgegnete sein Sohn nachdenklich. „Früher, als ich noch nicht in der Schule war, war die Windschutzscheibe von unserem Auto im Sommer immer verklebt von toten Insekten. Fliegen, Bienen, Mücken, Hummeln, Schmetterlinge. Damals gab's noch Insektenschwämme zu kaufen, mit denen man die Leichen abkratzen konnte. Und heute?"
„Außerdem gibt es im Fall der Insekten einen klaren Verdächtigen", pflichtete Neele ihrem Mann bei, „von dessen Harmlosigkeit ich nicht überzeugt bin. Jedenfalls nicht, solange die WHO vor dem Zeug warnt. Wir haben kleine Kinder." Sie sah Thorsten an.
Der erwiderte den Blickkontakt und nickte stumm.
Jan fügte mit gerunzelter Stirn hinzu: „Unsere Enkel stehen erst am Anfang ihres Lebens. Um *die* mache ich mir Sorgen, nicht um mich."
Eine Weile widmeten sich alle schweigend dem Essen, wohl wissend, dass dieses Thema Sprengstoff barg.
Ilona schenkte Wein nach, Neele holte aus der Küche

weitere Schüsseln und die Männer mampften schweigend, gelegentlich eine schöpferische Pause einlegend und mit Wein oder Bier nachspülend.

Selbstverständlich lag am Ende eines Jahres, das unter dem Motto ‚Wir schaffen das!' Geschichte geschrieben hatte, auch das Thema Migration in der Luft, zumal in Friedland, Standort des größten Grenzdurchgangslagers der Bundesrepublik. Das Lager platzte derzeit aus allen Nähten.

„Im Dorf sieht man nur noch schnauzbärtige Männer. Und Frauen mit Kopftüchern, mit einem Rattenschwanz von Kindern im Gefolge", erzählte Ilona, nachdem sie wieder Platz genommen hatte, „die russischen Aussiedler vor zwanzig Jahren fand ich schon gewöhnungsbedürftig, aber das jetzt ..." Sie schüttelte den Kopf.

„Aber über die Russen spricht heute niemand mehr, die sind integriert", wandte Jan ein. „Als die in den Neunzigern kamen, wurde auch gezetert, das ginge nicht. Ging aber offensichtlich doch. Warum sollte das mit den Syrern anders sein?"

„Das will ich dir sagen", wandte Dietmar ein, „die Spätaussiedler waren ja wenigstens Deutsche jedenfalls stammten sie von Deutschen ab. Einige sprachen sogar noch Deutsch, wenn auch ein sehr altbackenes. Und sie waren Christen, darf man nicht vergessen."

Ilona nickte. „Und heute? Syrer, Iraker, Afghanen. Die sind uns fremd wie nur irgendetwas. Wie soll das gehen?"

„Na so, wie es bislang immer gegangen ist", versetzte Jan.

„Wie bitte?"

„Nach dem zweiten Weltkrieg mussten Millionen Ostpreußen und Schlesier verkraftet werden. Dann kamen ab Anfang der Sechziger Spanier, Türken, Italiener, Griechen und Portugiesen als Gastarbeiter. Die meisten von denen sind geblieben. Ende der Siebziger kamen mehrere zehntausend Vietnamesen. Ende der Achtziger mussten wir einen komplett maroden Staat samt sechzehn Millionen Einwohnern integrieren. Anfang der Neunziger kamen die Balkanflüchtlinge aus dem Jugoslawienkrieg, zusätzlich zu den Deutschrussen. Haben wir alles hingekriegt. Also: Wo ist das Problem?"

„Und wer bezahlt das alles?" Dietmar bekam rote Flecken im Gesicht. „Sind wir das Sozialamt?" Er öffnete eine weitere Flasche Bier. „Du auch?", fragte er, zu Jan gewandt.

Dieser schüttelte den Kopf. „Lieber noch ein Glas Most. – Dietmar, natürlich sind wir nicht das Sozialamt. Aber kennen wir nicht alle die Geschichte vom Heiligen Martin, der seinen Mantel mit einem Bettler teilt? Die gehört doch zum Kernbestand des Christentums, auf das du dich eben noch berufen hast."

„Aber Nächstenliebe muss man sich leisten können, und keiner ist dazu verpflichtet, wenn er selber dabei drauf geht", dozierte Dietmar mit erhobenem Zeigefinger.

Dieser Einwand wurde mit allgemeinem Schmunzeln quittiert und Neele sagte: „Davon sind wir wohl noch weit entfernt, oder?"

„Nicht nur das. Wir haben, ganz im Gegenteil, am Ende von den Migranten immer auch profitiert," pflichtete Jan seiner Tochter bei.

„Profitiert? Wo ist denn der Profit? Ich seh' nur Kosten, rausgeschmissenes Geld, nichts Anderes!" Dietmar prustete verächtlich mit Seitenblick auf seinen Sohn und seine

Frau. Die tätschelte ihm beruhigend den Unterarm.
„Kosten ja, aber kein rausgeschmissenes Geld", versetzte Jan.
„Da bin ich aber gespannt", fixierte Dietmar ihn herausfordernd.
„Wer ist die größte Wirtschaftsmacht auf diesem Kontinent? Die Bundesrepublik. Und wo steht die im Weltmaßstab? Ganz vorne. Noch einmal: Wo ist das Problem?"
„Aber das sind wir doch nicht *wegen*, sondern *trotz* der Migranten!", ereiferte sich Dietmar. „Ohne die ginge es uns *noch* besser!"
„Irrtum. Offene Gesellschaften sind viel kreativer und flexibler, weil sie mehr Strategien kennen. Wer Zäune baut und Mauern, schmort im eigenen Saft. Der kennt immer nur seinen Plan A. Dank der Migranten kennen wir auch Plan B, C und D. Das ist unsere Stärke."
„Hm", brummte Dietmar und wiegte sein schweres Haupt, während er nach seinem Bier griff.
„Trotzdem", sagte Neele, an ihren Vater gewandt „ein Problem gibt es, das du nicht wegdiskutieren kannst.
„Nämlich?"
„Alle Migranten, die du eben aufgezählt hast, kamen als Familien. Heute sind es haufenweise alleinstehende junge Männer. Da rollt ein gewaltiges hormonelles Problem, auf uns zu, fürchte ich. Das macht mir Angst. Ich habe eine Tochter."
„Absolut!", pflichtete Ilona ihr bei. „Das seh' ich ganz genauso. Das sind tickende Zeitbomben. Da wird mir angst und bange."
Die Männer nickten.
„Gab es dieselbe Befürchtung bei den Gastarbeitern vor

fünfzig Jahren nicht auch?“ fragte Jan.
„Das waren andere Zeiten“, widersprach Dietmar, „erstens lagen in den Sechzigern die moralischen Hürden noch sehr viel höher als heute und zweitens hatten Gastarbeiter aus christlichen Herkunftsländern Respekt vor Frauen. Junge muslimische Männer haben diesen Respekt nicht. Die lassen sich von keiner Frau was sagen.“
„In den Schulen geht es wohl echt krass zu, habe ich von meiner Freundin gehört“, bestätigte Neele. „Selbst kleine Jungs ignorieren weibliche Lehrkräfte. Frauen sind Luft für die. Was hier im Schulzentrum zuweilen abgeht, spottet jeder Beschreibung.“
Jan nickte. „Davon hab ich auch gehört, ja, und das passt zu meiner Beobachtung, dass junge muslimische Frauen von ihren Brüdern, Vätern oder Männern nie aus den Augen gelassen werden. Keinen Schritt tun die alleine. Die werden bewacht wie Kronjuwelen.“
„Wie Kronjuwelen?“, zweifelte Ilona. „Das sieht mir eher nach Vorbeugehaft aus.“
Thorsten hatte das Gespräch überwiegend schweigend verfolgt. Jetzt sah er auf seine Uhr. Es war eine halbe Stunde vor Mitternacht und er ging, den Hund zu suchen. Ilona und Jan räumten den Tisch ab, während Neele das Dessert auftrug. Dietmar entkorkte derweil den Sekt und schaltete den Fernseher ein, um den Countdown nicht zu verpassen. Vom Dorf her hörte man bereits verfrühte Donnerschläge und das Prasseln von Ladykrachern. Ganz in der Nähe knallte es hohl und blechern.
„Das war unsere Mülltonne, die schmeißen Knaller da rein“, sagte Ilona und kicherte. Charly kam schwanzwedelnd herein und legte sich erleichtert unter den Tisch.

Endlich kam Marie, schlaftrunken die Augen reibend, an der Hand ihres Vaters im Jogging-Anzug die Treppe herab. Neele hatte für sie ein Glas Orangensaft eingeschenkt. Die letzte Minute des Jahres begann, und als Punkt Mitternacht die Knallerei draußen loslegte und der Himmel in den Farben der Raketen zu glühen begann, stießen alle miteinander an und wünschten einander Glück für das kommende Jahr.
Marie lehnte mit der Stirn am Fenster, mit den Händen links und rechts an den Schläfen die Zimmerbeleuchtung abschirmend, und konnte sich nicht sattsehen an den Farben und Figuren, die das Feuerwerk in den Nachthimmel malte. Unterm Tisch winselte Charly.
„Marie", rief Thorsten, „zieh dir was über, wir gehen raus. Ich hab auch ein paar Raketen." Er hielt ihr die Jakke hin.
Während Thorsten die Raketen in einem Eimer mit Kiessand startklar machte, hielt Neele Marie an der Hand und erklärte ihr, wenn die Raketen aufstiegen, dann dürfe man sich für das neue Jahr etwas wünschen. Ob der Wunsch sich dann allerdings erfülle, sei nicht sicher.
Als die erste Rakete pfeifend gen Himmel stob und oben zu einem bunten Schirm zerplatzte, sagte Marie feierlich: „Manntje, manntje timpe te, buttje, buttje in de See, meine Frau, die Ilsebill, will nicht so, wie ich wohl will", und sah ihren Opa Jan an.
Der schmunzelte überrascht und fragte unter Neeles erstaunten Blicken: „Und was wünscht du dir nun?"
„Dass der Fischer und seine Frau wenigstens ihr schönes kleines Haus mit dem Garten und den Hühnern wiederkriegen."
„Was hast du dem Kind denn in den Kopf gepflanzt?",

erkundigte sich Neele halb besorgt bei ihrem Vater.
„Nichts weiter als das Märchen vom Fischer und seiner Frau“, antwortete der.
Neele hob die Brauen und schüttelte knapp den Kopf. Von drinnen hörte man Charlys Klagelaute.
Nach einem ausgiebigen Frühstück am nächsten Morgen und nachfolgendem Spaziergang mit den Kindern trat Jan zur Mittagszeit die Heimreise an. Während der Zug durchs Leinetal, über dem sich ein wolkenloser Himmel spannte, nordwärts rollte, kam ihm das kommende Wochenende in den Sinn, für das er Sibylle zu sich eingeladen hatte. Würde sie morgens kommen und abends wieder heimfahren? Oder würde sie über Nacht bleiben wollen? Wenn ja: Möchte er auch, dass sie bliebe? Und wenn sie bliebe, würde er sie auf der Couch einquartieren oder auf der verwaisten Seite seines Ehebetts? Wäre letzteres nicht ein Sakrileg?
Fragen über Fragen. Und auf keine hatte er eine klare Antwort. Bei mancher wusste er nicht einmal zu sagen, was sein eigener Wunsch war. Kannte er seine eigenen Wünsche nicht? Oder nur jene nicht, die sich auf Frauen bezogen?
Eigentlich hatte er sich in seinem Witwer- und Junggesellendasein ganz kommod eingerichtet. Er konnte nach Belieben schalten und walten, konnte seinen Impulsen nachgeben und, wenn er zu irgendwas keine Lust mehr hatte, etwas Anderes anfangen. Andererseits war es öde, täglich allein zu frühstücken und an den Abenden und Wochenenden für sich zu sein. Zwar mangelte es ihm nicht an Freunden und Bekannten, aber sofern sie Familie hatten, waren sie am Wochenende selten greifbar.
Und natürlich sehnte er sich nach Berührungen, nach

Umarmungen, nach Intimität. Und hatte zugleich Angst davor. Das waren Dinge, die ihm als jungem Mann viel leichter gefallen waren als heute mit Anfang sechzig. Nicht nur die Damen, die als Partnerinnen infrage kamen, waren mit den Jahren gealtert, auch er selbst war es ja. Und ihm war klar, dass er mit seiner Glatze, dem behaarten Rücken und den hängenden Pobacken mancher Kandidatin genau so viel zumutete, wie die umgekehrt ihm mit gefärbtem Haar, schlaffen Brüsten und Besenreisern an den Schenkeln.

Wenn man sich mit Anfang zwanzig begegnet, ist das alles noch weit weg, weshalb es durchaus sinnig ist, gemeinsam alt zu werden, statt sich auf die alten Tage kennenzulernen. Aber vielleicht sollte er sich einfach darüber freuen, dass eine Frau wie Sibylle, wiewohl fünf Jahre jünger als er, sich für ihn interessierte. Sie war, obwohl sie Mitte fünfzig bereits überschritten hatte, prima in Form und konnte gut und gern für Ende vierzig durchgehen.

Was ihn zusätzlich beschäftigte, war die Frage, ob Sibylles Feminismus bis in die intime Begegnung von Mann und Frau hineinreichen würde, oder, anders gefragt, ob sie in der Lage sein würde, im Zustand der Balz die Metaebene zu verlassen.

Er beschloss, die Begegnung auf sich zukommen zu lassen. Vielleicht machte er sich ja vollkommen überflüssige Gedanken. Er würde ja merken, wohin der Hase lief. Auf alle Fälle müsste er einkaufen, um seinen Kühlschrank aufzufüllen, in dem sich standardmäßig ein Stück Käse, zwei Becher Joghurt, vier Eier, ein Becher Margarine und zwei Flaschen Bier die gähnende Leere teilten. Wenigstens an der Stelle wollte er sich keine Blöße geben.

Die Lautsprecher knackten und der Zugchef verkündete die baldige Einfahrt in den Göttinger Bahnhof. Jan stand auf, zog den Fleece an, setzte die Mütze auf, schulterte seinen Rucksack und bewegte sich in Richtung Ausstieg. Zu Hause schaltete er zur vollen Stunde das Radio ein und bekam so eben noch mit, dass es Gerüchte gebe, am Kölner Hauptbahnhof sei es in der Silvesternacht zu massenhaften Übergriffen junger, meist nordafrikanisch aussehender Männer, gegen Frauen gekommen.

## Göttingen, 7. Januar 2016

Sibylle instruierte Sohn und Tochter, dass sie nicht beabsichtige, vor Ablauf von vierundzwanzig Stunden nach Hause zurückzukehren. Der Kühlschrank war gefüllt, wie man den Herd bedient, war beiden geläufig, die Versorgung des Hundes delegierte sie vorsichtshalber an Johanna, das war sicherer. Nicht, dass am nächsten Tag eine hungrige, traumatisierte Ronja auf Erlösung wartete. Der Rucksack, den Sibylle auf der Rückbank verstaute, enthielt neben Zahnbürste, Nachthemd und einer Flasche Primitivo als Gastgeschenk für Jan alles, was frau sonst so braucht, wenn sie auswärts nächtigt. Sie ließ das Auto rückwärts aus der Einfahrt rollen, und während sie den Vorwärtsgang einlegte, warf sie einen letzten Blick auf ihr Haus und winkte zum Abschied Johanna zu, deren kupferne Mähne über einem spöttisch-amüsierten Gesicht sie hinter der Terrassentür sah. Dann kuppelte sie ein und war weg.

Bei Jan hatte sie sich telefonisch angekündigt, war aber überrascht gewesen über dessen Reserve. Es schien fast so, als komme dieser Besuch ihm ungelegen, oder sei ihm peinlich – jedenfalls brach bei ihm keine Begeisterung aus. Warum nur? Warum freute er sich nicht wie sie auf Zweisamkeit und Intimität? Nun gut, die bisherigen Begegnungen waren ein bisschen kopflastig gewesen, auch anstrengend, theoretische Debatten halt; jeder hatte sein Revier markiert, aber jenseits der Mühe war doch auch immer der Wunsch spürbar gewesen, zueinander zu kommen. Jedenfalls für sie. Hatte Jan vielleicht kein erotisches Interesse an ihr? Oder generell keines mehr? Oder hatte er einfach nur Premierenangst? Sie würde es rausfinden müssen.

Während sie sich in den Verkehr der A7 einfädelte, schaltete sie das Radio ein. Auf HR-Info lief eine Magazinsendung, die sich mit den Ereignissen in der Silvesternacht am Kölner Hauptbahnhof befasste. Die groben Umrisse des Geschehens waren Sibylle aus der Tagesschau vom Abend vorher bekannt, und sie hätte nicht sagen können, was ihr mehr die Sprache verschlug: Dass es tausenden junger Männer unter den Augen der Polizei gelungen war, Frauen an die Wäsche zu gehen, oder dass dieselbe Polizei am Neujahrstag wahrheitswidrig getwittert hatte, es habe einen ruhigen Jahreswechsel ohne besondere Vorkommnisse gegeben. Nach und nach jedoch wurde dieser Darstellung immer lauter und entschiedener widersprochen, und zwar unisono von betroffenen Frauen, beteiligten Polizisten und unbeteiligten Augenzeugen. Deren Erzählungen zeichneten ein komplett anderes Bild: Die Lage auf der Domplatte war vollkommen aus dem Ruder gelaufen, die Polizei hatte vor der schieren Masse junger Migranten kapituliert und sich zurückgezogen, sie war nicht mehr in der Lage gewesen, Frauen vor den alkoholisierten Angreifern zu schützen, in der Folge hagelte es über sechshundert Strafanzeigen wegen sexueller Gewalt. Aus Hamburg, Stuttgart und Ulm wurde ähnliches berichtet.

Hatte die Polizei diesen Fake-Tweet abgesetzt, um ihr Versagen zu kaschieren? Oder sah sie die Übergriffe als Teil eines legitimen Silvestervergnügens an, halb so schlimm also? Oder handelte es sich gar um eine offizielle Sprachregelung mit dem Ziel, eine durch die Migrationsdebatte verunsicherte Öffentlichkeit nicht noch weiter zu beunruhigen? Oder ging es lediglich darum, sich nicht zur Zielscheibe gutmenschlicher Rassismus-Vorwürfe zu machen?

Genau diese These wurde nun zwischen der Moderatorin und einem zugeschalteten Reporter diskutiert. Dieser berichtete, die Polizei habe sich in einem Dilemma gesehen: Einerseits wollte man die Nationalitäten der Täter verschweigen, weil aus den Reihen der GRÜNEN und der LINKEN der Vorwurf des Rassismus so unfehlbar kommen würde wie das Amen in der Kirche. Die Rechten und die Populisten von der AfD wiederum würden frohlocken und dieses Wasser auf die eigenen Mühlen lenken. Andererseits war auch klar, dass die feministische Gutmensch-Kamarilla um Alice Schwarzer und Anne Wizorek ebenfalls versuchen würde, Honig aus diesen Vorfällen zu saugen. Die Polizei hatte einfach die Schnauze voll davon, stets Prügelknabe zu sein, egal für wen: Griff sie durch, war sie für die einen rassistisch, für die anderen faschistisch. Tat sie es nicht, war sie je nach Perspektive sexistisch oder zu lasch. Das war wie die Wahl zwischen Pest und Cholera. Also twitterte man die Lage schön.

Die Moderatorin fragte nach, ob der Kollege es für möglich halte, dass eine entsprechende Sprachregelung „von ganz oben" – in Berlin also – verhängt worden sei, denn der Bundesregierung müsse doch daran gelegen sein, nicht noch Öl in das Feuer der Flüchtlingsdebatte zu gießen. Von einer behördlichen Sprachregelung für die Polizei wisse er nichts, so der Reporter, aber er verwies auf eine Richtlinie des Deutschen Presserats, die es den Medien untersagte, die Herkunft eines Straftäters zu nennen. Wörtlich heiße es dort: „In der Berichterstattung über Straftaten wird die Zugehörigkeit der Verdächtigen

oder Täter zu religiösen, ethnischen oder anderen Minderheiten nur dann erwähnt, wenn für das Verständnis des berichteten Vorgangs ein begründbarer Sachbezug besteht. Besonders ist zu beachten, dass die Erwähnung Vorurteile gegenüber Minderheiten schüren könnte."
Ob es einen solchen ‚Sachbezug' gebe, sei Gegenstand der öffentlichen Diskussion.
Na, klar, dachte Sibylle, während sie ihren Opel auf der mittleren Fahrspur die steile Abfahrt zur Werratalbrücke hinablenkte, dabei peinlichst die Geschwindigkeitsbegrenzung von 100 km/h einhaltend, junge Kerle, imprägniert vom Machismo ihrer Heimat, Samenstau bis über beide Ohren, treffen im deutschen Exil auf einen Typus Frau, der in ihrem bisherigen Kosmos nur als verachtenswerte Hure vorkam. Mit denen hatten sie nun genau das angestellt, was sie in ihren Augen nicht anders verdienten. Natürlich hatte die Tat mit der Herkunft der Täter zu tun, was denn sonst? Pf! Aber, meine Herren, nicht mit uns! Wir sind ein wenig selbstbewusster als eure vollverkleideten und tiefergelegten Gebärmütter!
Sibylles Aufmerksamkeit wurde schlagartig abgelenkt durch einen ICE, der auf der parallel zur Autobahnbrücke verlaufenden Bahnstrecke plötzlich aus dem nördlichen Tunnelportal schoss, an ihr vorbeiflog und in das südliche wieder eintauchte, kaum dass sie den Blick dorthin hatte wenden können. Die Werra tief unter sich hatte sie nun verpasst, aber das focht diese nicht im geringsten an, denn die folgte sowieso nur ihrer Bestimmung und strömte in Richtung Weserstein.
Zwischenzeitlich spielte das Radio Musik, bevor die Sprecherin das nächste Thema anmoderierte. Nun befand Sibylle sich bereits in Niedersachsen und fingerte den

Ausdruck aus ihrer Tasche, der Jans Wegbeschreibung enthielt. Sie müsste die Ausfahrt 'Göttingen Nord' nehmen, das erinnerte sie noch, und dann?
Zwanzig Minuten später hatte sie die Ausfahrt erreicht, den Zubringer hinter sich gelassen und hielt nun an einer großen Ampelkreuzung, die Jan ihr beschrieben hatte. Seinen Notizen folgend stand sie bald vor der angegebenen Adresse in Weende-Nord.
Nun spürte sie doch eine Art Lampenfieber, ein aufgeregtes Herzklopfen, während sie ausstieg, ihren Rucksack nahm, mit leicht zittrigen Fingern das Auto abschloss und sich orientierte.
Sie stand vor einer gepflegten Wohnanlage, bestehend aus gleichförmigen, dreigeschossigen, verputzten Riegeln mit großzügigen Rasenflächen dazwischen, die von einzelnen ungebändigten Bäumen und Sträuchern aufgelockert wurden. Die Hauseingänge waren über Zuwege erreichbar, die von der Straße aus rechtwinklig die Tiefe des Grundstücks erschlossen. Langsam ging sie auf die Haustür zu, suchte den Namen Albrecht und klingelte. Unmittelbar darauf ging der Summer und sie drückte die Tür auf. Jan kam ihr von oben entgegen, strahlte sie an, nahm ihr die Tasche ab und gemeinsam stiegen sie ins zweite Obergeschoss. Dort ließ er ihr den Vortritt in seine Maisonettewohnung. In der Diele roch es nach Gebäck und frisch gebrühtem Kaffee, gleich links blickte sie ins Wohnzimmer, das sparsam mit Einzelstücken möbliert war, Tisch und Stühle aus geölter Buche, Couch und Sessel aus schwarzem Leder, ein bunter Nepalteppich, an den Wänden großformatige Abstraktionen. Auf dem Couchtisch ein Stoß sorgfältig gefalteter Zeitungen, darunter, etwas gefleddert, offenbar ausgelesene Exemplare.

Was Sibylle sofort auffiel, war das Fehlen von Blumen. Zwar gab es zwei oder drei immergrüne Topfpflanzen, aber das zählte für sie nicht. Hier gab es nichts Blühendes. Das war wieder typisch Mann, dachte sie, schnörkellos, funktional, klare Linien. Durchaus nicht ungemütlich oder steril, das nicht, aber irgendetwas fehlte. Jan schloss die Wohnungstür und nahm ihr den Mantel ab, verschwand dann kurz in der Küche, um heißes Wasser nachzugießen, kam zurück, nahm sie an der Hand und führte sie eine stählerne Wendeltreppe hinauf auf die zweite Ebene, auf der das Bad sowie das Schlaf- und das Arbeitszimmer lagen. Letzteres mit einem geräumigen Schreibtisch, wandfüllenden Bücherregalen und Aktenschränken auf Eichenparkett. Die Tür zum Schlafzimmer blieb einstweilen geschlossen. Was Sibylle sah, war das Gegenteil einer durchgestylten Katalogwohnung. Nachdem sie ihre Eindrücke eine Weile auf sich hatte wirken lassen, gerannen sie in ihrem Kopf zu einem Begriff: Redundanz. In dieser Wohnung fehlte Redundanz. Hier war nichts überflüssig oder überschüssig.

„Setz dich doch", sagte Jan, als sie wieder unten waren, „wohin du willst, an die Fenster- oder an die Wandseite."

Er stellte die Kaffeekanne auf den gedeckten Tisch.

Sibylle lachte, während sie sich ans Fenster setzte. „Wie früher in der Schule. Da gab es auch eine Fensterseite, eine Wandseite und eine Mitte."

„Ja, stimmt. Jetzt, wo du's sagst … Kaffee?"

Sibylle hielt ihm die Tasse hin und Jan schenkte ein. „Hast du auch Milch?"

Überrascht brach Jan das Einschenken ab. „Touché. Nee, leider nicht. Aber ich kann dir Sahne anbieten, ich meine, ungeschlagene Sahne."

„Ja, gerne", nickte sie.
Jan verschwand und kehrte mit dem Sahnebecher zurück. „Geht das so oder möchtest Du ein Porzellankännchen?"
„Nein, nein, ist schon okay so, danke."
Endlich setzte auch Jan sich, tat Sibylle vom selbstgebackenen Blechkuchen auf und wünschte ihr guten Appetit. Schweigend nahmen sie die ersten Bissen.
„Schön hast du's hier", bemerkte Sibylle zwischen zwei Schlucken Kaffee.
„Oh, danke!", erwiderte Jan. „Gefällt's dir?"
„Ja, doch, es hat Stil, auch wenn es nicht unbedingt meiner ist. Aber nicht unangenehm. - Ach übrigens, ich hab dir 'ne Kleinigkeit mitgebracht", sagte sie, ging jetzt ihrerseits in den Flur und kam mit der eingewickelten Flasche zurück. „Bitte sehr!"
„Danke dir", sagte Jan und schälte das Papier ab, bis das Etikett freilag. „Oh, Primitivo, herzlichen Dank, woher wusstest du?"
„Das war nicht schwer, du hast beim Italiener in Hannoversch Münden so sehr davon geschwärmt, dass ich gedacht habe, damit nichts falsch machen zu können. Und das offenbar zu Recht, wie ich sehe", schmunzelte sie.
„Das hast du dir gemerkt? Alle Achtung! Vielleicht sollte ich ihn schon mal öffnen ..."
„Nein, um Himmels willen, lass uns erst noch mal rausgehen, bevor wir hier versumpfen ..."
„Hier versumpft niemand, ich will den Wein nur dekantieren, damit wir ihn heute Abend trinken können … oder musst du heute noch zurück?"
„Nee, müssen muss ich nicht ..."
„Soso, aber wollen willst du?"

„Nee, auch nicht; das heißt, ich weiß nicht genau, was ich nicht wollen will ...“
„Na, das Nachhausefahren natürlich, was sonst?“
„Ach so, ja, da sagste was; was auch sonst … aber mal im Ernst: Hast du einen Plan für heute, und wenn ja, wie sieht der aus?“
Jan räusperte sich. „Ich dachte, wir gehen eine Runde, ich zeige dir ein wenig die Stadt, anschließend können wir zum Abendbrot irgendwo einkehren und dann werden wir ja sehen, wie's weitergeht. Nichts muss, alles kann ...“
„Okay, das ist ein nettes Motto, damit bin ich einverstanden, das hält uns alle Optionen offen.“
„Gut. Noch Kaffee, oder wollen wir starten?“
„Nee, mir reicht's, lass uns aufbrechen.“
Das taten sie und machten sich zunächst per Bus, dann zu Fuß entlang über den Campus, durch den botanischen Garten auf den Stadtwall bis zum Deutschen Theater, von dort zur Jakobikirche, dann zum Wilhelmsplatz. Schließlich kehrten sie zu einem kleinen Imbiss im ‚ALEX‘ ein.
Sie hatten einen schlauchartigen Zugang, in dem sich einige Raucher mit schlechtem Gewissen herumdrückten, zu passieren, der zunächst in einen ehemaligen Innenhof führte, der allerdings zu einem Wintergarten umgestaltet war, indem man ihm ein Glasdach aufgesetzt hatte. Daran schlossen sich Räume an, denen anzusehen war, dass sie früher einmal handwerklich oder industriell genutzt worden waren, vermutlich von einer Schlosserei. Im Wesentlichen hatte man die Räume gelassen, wie sie waren: Die unverputzten Wände waren weiß, die gusseisernen Fensterrahmen in den Wänden schwarz gestrichen, der Fußboden mit schwarzen Steinplatten belegt. Rundum an

den Wänden hingen in Wechselrahmen Bilder mit Preisschildern.
„Ach, das sieht ja nett aus", bemerkte Sibylle, „ist das eine Galerie?"
„Auch", antwortete Jan, „das ALEX ist Anfang der Siebziger gegründet worden als Kneipe, Galerie und Veranstaltungsort. Oben gibt es noch einen kleinen Saal. Das Problem ist: Das Stammpublikum ist mit seinen Gründern alt geworden. Wir gehören hier zu den Jüngeren."
Sibylle sah sich um, und tatsächlich schien siebzig das Durchschnittsalter jener Herrschaften zu sein, die die Tische rundum bevölkerten. Bei manchen Herren blitzten in der Haar- und Barttracht noch Reste alt-68er Revoluzzertums durch, das allerdings durch saturierte Wohlbeleibtheit konterkariert wurde. Bei manchen Damen war es die buchstäblich dick aufgetragene Jugendlichkeit auf pergamentenen Runzeln, die zu Spott einlud.
Sibylle trank einen Weißwein, Jan ein Weißbier und gemeinsam verzehrten sie eine griechische Vorspeisenplatte.
Zurück zu Hause schaltete Jan wegen der Nachrichten den Fernseher ein. Während Sibylle auf der Couch Platz nahm, füllte er zwei Rotweingläser je zu einem Drittel mit dem Primitivo aus dem Dekanter. Die Nachrichten plätscherten an ihnen vorbei, während sie an ihren Gläsern nippten und sich über die Vorzüge dieses Gewächses austauschten. Als Claus Kleber aber im Rahmen der Berichterstattung über den aktuellen Stand der Vorkommnisse in Köln einen, wie er es nannte, ‚Zwischenruf' anmoderierte, wurde Jan plötzlich hellhörig. Diese Rubrik hatte es in der Sendung bisher nicht gegeben. Aber hier und jetzt stand da plötzlich eine junge Frau vor

der Kamera, fast ein Mädchen noch, mit schulterlangem blonden Haar, weit auseinanderstehenden Augen und leichtem Zahnschiefstand, und verkündete im Gestus der Erleuchteten Unerhörtes: Die Täter von Köln als nordafrikanische Migranten zu brandmarken, sei rassistisch. Die Wahrheit sei, dass Männer generell – unabhängig von ihrer Herkunft – für sich in Anspruch nähmen, sich jede Frau nehmen zu können, die sie wollten. Und damit kämen sie auch durch, denn die Gesellschaft gestehe ihnen das zu. Das 'heutzutage' immer noch gültige 'Männlichkeitsbild' sehe vor, dass Männer halt so seien. Von den Frauen werde verlangt, sich mal nicht so anzustellen. Wenn aber eine solche Denkweise als normal hingenommen werde, könne niemals eine Gesellschaft entstehen, in der die Geschlechter einander mit Respekt begegneten. Auf keinen Fall aber dürften Frauenrechte und Feminismus instrumentalisiert werden, um Rassismus zu legitimieren.

Jan war sprachlos. „Sag mal, hat die 'ne Meise? Das ist doch … unfassbar!"

Sibylle sah ihn verständnislos an. „Wieso? Stimmt doch!"

„Was stimmt?"

„Na, dass der alte weiße Mann jetzt auf den Sexismus der Migranten zeigt, um von sich selbst abzulenken." Sie hob leicht die Schultern und öffnete fragend die Hände: „Wo ist das Problem?"

„Das was du gerade gesagt hast, heißt, dass du als Mann immer die Arschkarte kriegst. Entweder bist du Rassist oder Sexist. Nein, besser: Sexist bist du als Mann sowieso, den Rassisten kannst du noch dazubuchen. Das soll gewaltfrei sein? Wie nennt ihr Psychologen derartige Zwickmühlen gleich?"

„Double binds?"
„Genau. Double binds, Doppelbotschaften, gestrickt nach dem Prinzip: Du hast keine Chance, also nutze sie."
Eine Weile herrschte Stille. Beide hingen ihren Gedanken nach.
Irgendwann fragte Jan erregt: „Kennst du auch nur einen Menschen, der ein männliches Recht auf sexuelle Übergriffe verträte?"
„Nein, offen sagt das natürlich keiner ..."
„Ah, ich verstehe … aber denken tun das viele? War es das, was du sagen wolltest?"
Sibylle zuckte mit den Schultern und sah ihn fest an. „Ja, das glaube ich. Einem Vergewaltiger passiert doch vor Gericht nichts! Siehe Kachelmann!"
„Wieder eine Unterstellung. Erstens wurde Kachelmann freigesprochen, folglich ist er kein Vergewaltiger ..."
„Aus Mangel an Beweisen, schon klar!", versetzte Sibylle.
„... und zweitens ist ihm sehr wohl was passiert. Er ist beruflich und finanziell ruiniert."
„Geschieht ihm recht."
„Wie bitte? Wie kannst du so etwas sagen? Und du willst frei sein von Vorurteilen? Zu beweisen oder zu widerlegen, was in einer intimen Begegnung zwischen zwei Menschen passiert ist, ist, wie du weißt, so gut wie unmöglich, weil es keinen unbeteiligten Dritten gibt. Und jemanden ohne Beweis seiner Schuld aufgrund einer bloßen Behauptung in den Knast zu stecken, wäre die Abschaffung der Unschuldsvermutung."
„Ach, Jan, nun setz dich doch. Warum regt dich das so auf?"
Jetzt war die Verblüffung ganz auf Jan' Seite. „Das fragst du?"

„Ja, das frage ich!"
„Weil ich die Pauschalität deiner Rhetorik persönlich nehme! Was glaubst du, was es mit mir macht, wenn diese Frau daherredet, dass kein Mann ein Problem mit sexuellen Übergriffen habe, dass diese Haltung quasi in der männlichen DNA verankert sei, dass unsere Gesellschaft derlei sogar billigend in Kauf nehme? Und du stimmst dem auch noch zu!"
„Darf ich etwa nicht zustimmen? Ich bitte Dich!"
„Ach, ums Dürfen geht's doch gar nicht. Es geht darum, dass wir hier zum ersten Mal ganz unter uns sind, in einer Situation, die bis eben noch völlig offen war. Jetzt ist sie es nicht mehr. Wir sind unter vier Augen, und was immer auch heute noch geschieht, wird ohne Zeugen geschehen. Kann ich mich vor diesem Hintergrund noch darauf einlassen, wenn ich weiß, dass jedes Wort, jede Geste, jede Berührung auf eine ganz bestimmte Weise missdeutet werden kann?"
„Aber, Jan, was hat denn das eine mit dem anderen zu tun?"
Jan kam aus dem Staunen nicht heraus. „Etwa nichts?"
„Nein! Das eine ist meine grundsätzliche politische Haltung, das andere bin ich privat. Punkt. Komm. Entspann dich." Sibylle stand nun ebenfalls auf, nahm ihr Weinglas und baute sich vor Jan auf. Dann nahm sie einen großen Schluck von dem Wein, drückte ihre Lippen auf Jans Mund und, als dieser sich leicht öffnete, spülte mit einer warmen, brennenden Woge voller Aromen und Verheißungen seinen Zorn fort.
Am nächsten Morgen machte Jan sich auf den Weg zum Bäcker, während Sibylle duschte. Mit einer Tüte Brötchen, einem halben Liter Milch und einer Zeitung kam er

eine Viertelstunde später zurück, setzte Teewasser und Eier auf – Madame war noch immer im Bad. Den Frühstückstisch deckte er im Wohnzimmer. Erst, als alles fertig war, Jan sich bereits eine Tasse Tee eingeschenkt hatte und dem Kandis beim Knistern zuhörte, entließ das Bad eine Dampfwolke, die sich nur langsam legte und eine frisch gefönte Sibylle freigab, die nur noch in ihre Wäsche schlüpfen musste. Was sie auch flugs tat, bevor es zu weiteren Handgreiflichkeiten kam.
Das Frühstück verlief heiter bei angeregtem Gespräch. Die Nacht hatte gewirkt wie ein elektrischer Kurzschluss: Das Spannungspotential zwischen den beiden Polen war durch einen impulsiven Ladungsausgleich nivelliert worden und hatte dadurch für den Moment an Macht verloren.
Irgendwann waren die Brötchen gegessen, der Tee getrunken und das Ei gelöffelt; es war also an der Zeit, das weitere Tagesprogramm zu besprechen.
„Wann musst Du nach Hause?", erkundigte Jan sich.
„Bald."
„Ist noch ein Spaziergang drin?"
Sibylle sah nach draußen. Der Himmel hatte sich bezogen, die Temperaturen waren auf über Null gestiegen, es drohte Schmuddelwetter. Sie schüttelte den Kopf. „Nein."
„Hast du Lust auf ein Spiel?"
„Hm, na ja, meinetwegen."
„Magst du Scrabble?"
„Ist das nicht dieses Kreuzwortdingenskirchen?"
„Ja, genau. Ich spiele es für mein Leben gern."
„Ich hab's noch nie gespielt, aber zeig's mir halt."
Jan nahm das Spiel aus dem Schrank und holte aus dem

Arbeitszimmer Schreibzeug und Duden. Dann klappte er das Spielbrett auf und erklärte Sibylle, dass es darum gehe, möglichst wertreiche Wörter zu legen, wobei der Wert sich zum einen aus der Punktzahl ergebe, die auf jedem Buchstaben vermerkt sei – also z.B. zehn Punkte für ein 'Y', aber nur einer für ein 'E' – , zum anderen aber aus den roten und blauen Spielfeldern, die die Buchstaben- und Wortwerte verdoppelten oder sogar verdreifachten, wenn ein Wort sie überdeckte. Zu guter Letzt gebe es noch eine Prämie von fünfzig Punkten, wenn es einem gelinge, alle sieben Buchstaben gleichzeitig abzulegen. Jeder Spielzug – außer dem ersten natürlich - müsse an ein bereits gelegtes Wort anknüpfen, indem er es kreuze oder verlängere oder - zum Teil parallel gelegt - ein Zwei-Buchstaben-Wort wie 'oh' oder 'ab' oder 'ja' bilde.

„Aber am besten lernst du's ohnehin by doing. Lass uns einfach beginnen und die ersten Runden offen spielen. Dann kann ich dir bei Bedarf assistieren. Okay?“

Sibylle nickte, zog sieben Buchstabensteine aus dem Säckchen und sortierte sie auf ihr Bänkchen: B-E-I-N-K-R-V. Nach kurzem Überlegen löste sie das 'BEIN' vom Rest, sortierte dann um zu KERN, probierte VIER aus, sah dann die Möglichkeit VERB, und legte am Ende mit einem Überraschungsjuchzer KEVIN aufs Spielfeld. Jan schüttelte bedauernd den Kopf. Eigennamen seien tabu. Sowohl die von Menschen als auch die von Städten und Ländern.

„Aber das ist doch so'n schönes Wort“, schmollte Sibylle, „und ich werde fünf Buchstaben los statt nur vier. Sowas Blödes.“ Verdrießlich legte sie 'VERB' auf E8 bis H8 und bekam dafür zweiundzwanzig Punkte gutgeschrieben.

Jan hatte auf seinem Bänkchen C-D-I-O-L-N und einen

Blanko-Stein. Den konnte er anstelle jedes beliebigen Buchstabens setzen. Zunächst probierte er 'LIND', kam dann mit dem Blanko auf 'BLIND', was er mit dem E von 'VERB' zu 'BLINDE' hätte ausbauen können; auch 'BLONDE' wäre gegangen; BLONDIE indes sah der Duden nicht vor. Unter Einsatz des Blankos und des E von VERB wäre auch CODIER möglich. Dafür aber den Blanko herzugeben, schien ihm im Verhältnis zur erreichbaren Punktzahl – magere 13, denn der Blanko zählte nur null – wie Perlen vor die Säue zu werfen. Als er das Spielfeld musterte, ging ihm aber plötzlich auf, dass er das 'VERB' zu 'VERBIND' verlängern konnte. Das brachte vierzehn Punkte und ersparte ihm den Verlust des Blankos. Also legte er 'VERBIND' auf E8 bis K8 und notierte die Punktzahl.

„Was ist 'VERBIND'?"

„Der Imperativ zu 'VERBINDEN'! Verbind mal den Patienten!"

„Das ist erlaubt?"

„Natürlich!"

„Aha! Ich darf also auch alle Verbformen legen? Also auch VERBAND, VERBUNDEN, VERBÄNDE und so weiter?"

„Ja, klar!"

„Okay. Und wieso vierzehn Punkte? Das 'VERB' war doch meins und du hast meine Buchstaben einfach mitgezählt!"

„Ja! Es ist ja auch ein neues Wort entstanden, und das darf ich vollständig abrechnen. Nur die Verdoppelung, die darf ich nicht mehr beanspruchen, die ist quasi verbraucht."

„Das heißt, ich dürfte jetzt noch einmal verlängern und

wieder alles mitzählen?“
„Ja, genau.“
„Gut.“ Sibylle zog vier neue Steine zu ihren drei verbliebenen und hatte nun A-F-I-K-L-N-U auf ihrem Bänkchen. Von FINK ging es über FLINK zu FAUL und KAUF bis hin zu KNAUF. Im Duden fand sie die Pluralform KNÄUFE und ärgerte sich, dass die Möglichkeit, KNAUFE auf F3 bis F8 zu legen, nicht statthaft war. Trotzdem legte sie diesen Zug und sah Jan mit betont harmloser Miene an. Der hob die Brauen und schaute fragend zurück.
„Was ist das?“
„Ein schönes Wort.“
„Das ist wahr, aber Ästhetik ist nicht das Kriterium.“
„Sondern?“
„Die Einhaltung der Regeln. Die grammatische Korrektheit.“
„Ach komm, du Korinthenkacker, nun hab dich mal nicht so. Kann man nicht poetisch sagen: 'Dem Knaufe sah man an, dass er poliert war'?“
Jan lachte. „Sehr schön, aber steht's auch im Duden?“
Sibylle schlug den gelben Band auf, blätterte vor, fand den Eintrag, machte wieder einen Schmollmund und schlug das Buch geräuschvoll zu. „Dämlich, sowas.“
Jan machte einen Vorschlag zur Güte. „Leg doch einfach KAUFEN statt KNAUFE. Die Punktzahl bleibt gleich.“
Sibylle zog bei angehobenen Brauen tief die Luft ein, schob die Unterlippe vor, sortierte die Steine um und sagte: „Na gut, weil du's bist.“
„Braves Mädchen“, sagte Jan mit ironischem Seitenblick auf Sibylle, die die Bemerkung nicht überhört hatte, wie er an ihren grimmig verengten Augen unschwer erkann-

te, und notierte vierzehn Punkte zu den bereits verbuchten zweiundzwanzig hinzu. Dann zog er für sich drei neue Steine aus dem Säckchen. Vor ihm lagen nun C-E-I-L-O-R und der Blanko.
Er rieb sich das Kinn. Außer 'LORE' und 'LIRE' fiel ihm nichts ein. So ein Mist. Das C war, ohne H oder K, zu nichts gut. Das K von KAUFEN lag ja auf dem Brett, das könnte er in seine Lösung einbauen. Das Wort LOCKER brächte an der Stelle dreißig Punkte. Das war nicht schlecht. Aber was, wenn er jetzt seinen Blanko opferte? Damit würden 'LOCHER', CHOR oder CHLORE möglich. Mit dem E aus diesen Wörtern könnte er sogar 'VERBIND' zu 'VERBINDE' verlängern, aber was brächte das? 'LOCHER' auf L4 bis L9 brächte einschließlich dieser Verlängerung zweiundvierzig Punkte. Auf jeden Fall besser als dreißig. Jan war drauf und dran, den Zug zu machen, als ihm plötzlich die Chance ins Auge sprang, unter Einsatz des Blanko 'VERBIND' zu 'VERBINDLICH' verlängern und damit das dunkelrote Verdreifachungsfeld zu erreichen. Er hielt die Luft an, kalkulierte die Punktzahl, kam auf drei mal dreiundzwanzig Punkte und atmete erleichtert wieder aus. Er schmunzelte, machte den Zug und notierte '69'.
„Was? So viel? Ungerecht!“ Verdrossen zog Sibylle sechs neue Steine. Sie ergaben E-G-N-R-U-W-X. „Oh, Scheiße“, murmelte sie, „das ist ja gar nichts.“
Auf Jans Konto standen jetzt dreiundachtzig Punkte zu Buche, auf ihrem eigenen gerade mal sechsunddreißig. Das würde sie nie aufholen. Jan war ein geübter Spieler, sie Anfängerin. Er spielte rational und strategisch, sie eher impulsiv und assoziativ. Kreuzworträtsel zu lösen war eine ihrer Passionen und sie war versiert darin. Aber

das hier erinnerte sie eher an ein abstraktes Strategiespiel wie Schach, das machte keinen Spaß. Verdrossen kippte sie ihr Bänkchen mit den aufgereihten Spielsteinen um und setzte in einer letzten spontanen Aufwallung noch ihr U und ihr N vor das VERBINDLICH, warf die übrigen Buchstaben ins Säckchen zurück und sagte zu Jan: „Lass uns aufhören. Das ist mir zu anstrengend."

Jan war die Enttäuschung über den Spielabbruch anzusehen. Aber auch die Art und Weise, in der er vollzogen wurde, kränkte ihn.

„Was ist denn los? Stimmt was nicht?"

„Doch, alles okay, aber ich möchte gern nach Hause."

„Wie du möchtest", entgegnete Jan pikiert, „ich hatte gehofft, du würdest dir ein wenig mehr Zeit nehmen für Deinen Besuch. Es ist ja noch nicht einmal Mittag."

„Tut mir leid."

„Sehen wir uns denn am nächsten Wochenende?"

„Vielleicht, ich weiß noch nicht, ob ich Zeit haben werde, zu kommen."

„Ich könnte zu dir kommen", schlug Jan vor, „dann entlaste ich dich vom Fahren und lerne dein Zuhause kennen."

„Nein", widersprach Sibylle brüsk, indem sie ihren Rücken plötzlich von der Stuhllehne löste und kerzengerade dasaß, „das möchte ich nicht. Mein Zuhause und meine Kinder bleiben tabu. Wir können uns hier treffen. Nicht bei mir."

Nun verstand Jan gar nichts mehr. Diese Frau, die Hohepriesterin der Empathie und Wertschätzung, hatte ihn mit konsequentem Anbaggern weichgeklopft, und in dem Moment, da sie durchs Ziel ging, stieß sie ihn vor den Kopf? Was war das nur für ein Scheißspiel? Aber er

schluckte den aufquellenden Ärger und fragte: „Wie stellst *du* dir denn den Fortgang unserer Beziehung vor?“
„Beziehung? Haben wir eine Beziehung?“
„Haben wir keine?“
„Nicht, dass ich wüsste. Glaubst du, nur weil wir einmal miteinander geschlafen haben, hättest du mich gekauft?“
Jan blieb die Spucke weg. „Sag mal, was redest du da?“, stotterte er entsetzt.
Sibylle zuckte wie beiläufig die Achseln.
„In den letzten Wochen haben wir uns getroffen“, fuhr Jan fort, „Zeit miteinander verbracht, Gespräche geführt, einander Dinge erzählt, sind einander vertrauter geworden - dadurch sind wir doch aufeinander bezogen! Etwa nicht?“
„Nach deiner Definition vielleicht …“
„Und wie sieht Deine aus?“
„Ich habe keine. Weil ich keine feste Beziehung mehr will. Ich möchte von Mal zu Mal entscheiden, mit welchem Mann ich zusammen sein will.“
„Ist das dein Verständnis von Wertschätzung, die dir so wichtig ist? Ich empfinde das eher als Abwertung, als Missbrauch. Ich bin kein Gigolo.“
„Ach, Gottchen, Missbrauch! Du weißt nicht, wovon du redest. Missbraucht werden Frauen, und zwar von Männern.“
„Hör doch bitte mal auf damit, alle Männer über deinen feministischen Leisten zu schlagen. Ist dir klar, was du damit zwischen uns anrichtest? Du beleidigst und kränkst. Und zwar auch mich ganz persönlich. Entspricht das deinem Verständnis von Gleichberechtigung?“
„Ja, denn zur Gleichberechtigung gehört es auch, Rechte zu beanspruchen, die bislang als männliches Privileg gal-

ten. Bislang haben Männer Frauen und Kinder in die Küche gesperrt, wenn sie fremdgingen. Jetzt hat Frau auch mal Bock auf Polygamie. Was dagegen?"
„Hallo? Schon wieder begründest du individuelles Verhalten pauschal! Bleib doch mal bei uns, bei mir und dir! Ich bin in keiner meiner beiden Ehen fremdgegangen. Wie war's bei dir?"
„Nein, ich auch nicht."
„Und dein Mann?"
„Soweit ich weiß, auch nicht; ich würde es aber ausschließen. Erst kurz vor unserer silbernen Hochzeit ist ihm eine andere Frau über den Weg gelaufen, in die er sich verknallt hat. Aber auch da war er konsequent."
„Inwiefern?"
„Er hat gar nicht erst versucht, irgendwas zu verstecken. Er hat unsere Ehe beendet und sich zu der neuen Frau bekannt."
„Und warum verbreitest du dann so ein ideologisches Geschwurbel, wenn deine persönlichen Erfahrungen ganz andere sind?"
„Meine Erfahrung ist die, dass der Vater meiner Kinder mich und die Kinder einer Anderen wegen verlassen hat." Bei diesem Satz überschlug sich ihre Stimme beinahe.
„Niemand verliebt sich in eine andere Frau, wenn die eigene Beziehung stimmig ist", sagte Jan ruhig. „Und sein Verhalten zeigt doch, dass er fair mit der Situation umgegangen ist."
Sibylles Augen begannen zu schwimmen. „Das nennst du fair? Zweiundzwanzig Ehejahre wegzuschmeißen? Ist das fair?"
„Findest du fair, was du gerade mit mir machst?", fragte

Jan leise zurück.
Mühsam versuchte sie, das Beben ihrer Lippen zu unterdrücken, kapitulierte dann aber doch vor dem Ansturm ihrer Gefühle. Sie begrub ihr Gesicht in den Händen und begann, tonlos zunächst, dann lauter, zu schluchzen. Jan war bestürzt und wusste nicht, was tun. Hilflos blieb er sitzen, schob ihr eine Serviette zu und nahm ihre Hand.
„Ich bin so fertig", schluchzte Sibylle, „meine Tage fressen mich auf. Das Haus, der Garten, die Sorge um den Jungen – alles wächst mir über den Kopf. Und auf der Arbeit laden auch noch fremde Leute ihren Lebensmüll bei mir ab. Urlaub hatte ich seit Jahren keinen mehr. Ich komme kaum noch zu mir selbst. Ich kann bald nicht mehr. Ich fühle mich sowas von erledigt und verbraucht, jeden Morgen starte ich kaputt in den Tag und weiß nicht, wie ich ihn zu Ende bringen soll."
Jan sagte nichts und begriff plötzlich ihre zeitweilige Härte. Auch empfand er nun tiefes Bedauern über sein eigenes, zuweilen rechthaberisches Verhalten. Er hatte sich oft so angemacht gefühlt von ihren scharfen Femo-Sprüchen, dass er dem Impuls, zurückzuschießen, immer seltener widerstanden hatte. Hätte er gewusst, was sich ihm nun offenbarte, hätte er Sibylles Verfassung korrekt eingeschätzt, dann wäre er nachsichtiger mit ihr gewesen. Aber wie sollte er Bescheid wissen, wenn sie ihm nur ihre Schale zeigte, nie ihren Kern? Wenn sie ihm eine Sibylle vorspielte, die sie nicht war?
„Was ist denn eigentlich mit deinem Sohn los?", fragte er.
„Ich kann's dir nicht sagen. Ich begreif ihn ja selbst nicht. Ich bin am Ende mit meinem Latein. Ich sehne mich so sehr nach einer Auszeit", fuhr Sibylle, jetzt ein wenig gefasster und mit der Serviette die Tränen trocknend, fort,

„Pause von allem, dem Haus, dem Sohn, dem Hund, dem Job. Pause für mich."

„Dann solltest du darüber nachdenken, wie sich das organisieren lässt. Wie sieht's aus mit Urlaub? Kannst du Winfried für eine Weile bei deinem Ex unterbringen? Gibt es Nachbarn, die das Haus versehen? Triff Entscheidungen. Aber tu was. Lass es nicht schleifen."

Sibylle atmete auf und nickte. „Jetzt möchte ich doch lieber hier mit dir zu Mittag essen", schniefte sie. „Was gibt's denn?"

„Vorweg Maultaschen in der Brühe", sagte Jan, „danach einen mediterranen Salat mit geröstetem Ciabatta."

„Sind die Maultaschen vegetarisch oder mit Fleischfüllung?"

„Mit Fleischfüllung natürlich, sonst wären's keine Maultaschen. Ach ja, du bist ja Vegetarierin! Sorry, das habe ich nicht bedacht."

Sibylle nickte. „Nicht weiter schlimm, da mach ich heut mal 'ne Ausnahme", sagte sie.

Jan verschwand in der Küche, brachte Besteck und Geschirr mit der Bitte, den Tisch zu decken, trug gekühltes Mineralwasser auf und war bald mit den heißen Maultaschen wieder zurück. Den Salat hatte er schon am Vortag vorbereitet und kühl gestellt.

Als die Schüsseln leer waren, fragte Sibylle, ob es kein Dessert gebe.

Nee, gab Jan verlegen zu, daran habe er nicht gedacht.

Aber sie habe da eine Idee, verkündete Sibylle verschmitzt.

## *Kassel, 15. Januar 2016*

Am Samstagnachmittag donnerte der ICE mit Jan an Bord über die Werra-Brücke in Richtung Kassel. Diesmal führte die Werra Schmelzwasser aus Thüringen zum Weserstein. Zehn Minuten später stieg Jan am Bahnhof Wilhelmshöhe aus, lief die Rampe zur Willi-Allee hinauf, wie die Kasseler ihre West-Ost-Magistrale respektlos nennen, und stieg dort in die Tram der Linie 1, die ihn über Königsplatz und Holländischen Platz zum Halit-Platz brachte.

Der Platz war dem einundzwanzigjährigen Halit Yozgat gewidmet, der vor ziemlich genau zehn Jahren gleich nebenan in seinem Internet-Café von Uwe Mundlos und Uwe Böhnhardt durch zwei Schüsse ins Gesicht getötet worden war.

Die Einfriedungsmauer des Kasseler Hauptfriedhofs wich hier um etwa dreißig Meter von der Holländischen Straße zurück, um Raum zu schaffen für einen Blumenpavillon und eine Steinmetzwerkstatt. Dazwischen lagen eine Rasenfläche und ein Fahrweg, der auf das eiserne Haupttor des Friedhofs zulief, hinter dem eine düstere Allee mächtiger Eichen begann.

Eine Ecke der Rasenfläche wurde seit kurzem von einem gepflasterten Viertelkreis von vielleicht vier Schritten Ausdehnung beansprucht. Mitten darauf stand eine hüfthohe, pultartige Betonstele, die radial auf die Ecke des Viertelkreises ausgerichtet war. Auf der schrägen Pultfläche ruhte eine Bronzeplatte mit den Namen und Todesdaten der acht Türken und des einen Griechen, die dem Nationalsozialistischen Untergrund zum Opfer gefallen waren. Der zehnte Name, Michèle Kiesewetter, war durch eine andere Schrifttype optisch von den anderen abgesetzt. Denn Michèle Kiesewetter passte nicht in die Reihe der Opfer: Sie war Frau, sie war Deutsche, stammte aus der thüringischen Heimat der Mörder, und sie war Polizistin. Dass ihr Tod trotzdem auf das Konto des NSU ging, hatte man erst ganz zum Schluss begriffen.

Erschossen worden war sie in Heilbronn, neben ihrem Kollegen, der schwerverletzt überlebte, im Dienstfahrzeug sitzend. Die Spurensicherung stellte am Tatort die DNA einer weiblichen Person fest, die man mit dem Datenbestand des Polizeicomputers abglich. Ergebnis: Dieselbe DNA war seit 1993, zum Tatzeitpunkt also seit vierzehn Jahren, an zig Tatorten in Süddeutschland, Österreich und Frankreich aufgetaucht. Die dazugehörige Person aber war unbekannt. Die Presse sprach wahlweise vom Heilbronner Phantom oder von der Frau ohne Gesicht. Mysteriös war, dass die Delikte, um die es jeweils ging, kein Muster erkennen ließen. Sowohl Mord kam vor, als auch Autodiebstahl, Raubüberfall, Drogenhandel und bewaffneter Familienstreit. Die Mischung war beliebig. Alles schien auf eine Frau hinzudeuten, die einer mafiösen Organisation als graue Eminenz oder Vollstreckerin diente.

Erst nach dem Selbstmord der beiden Uwes im November 2011 hatten die Presse, mehrere Untersuchungsausschüsse und der NSU-Prozess in München nach und nach aufgedeckt, dass Polizei und Verfassungsschutz sich mit unerschütterlicher Sturheit jahrelang an eine rassistische Tathypothese geklammert hatten: Türken machen krumme Geschäfte, sie sind mafiös organisiert, sie regeln Konflikte intern. Folglich sind die Täter im Milieu zu suchen. Ergo haben sich die Ermittlungen auf die Familien

der Opfer zu konzentrieren, um irgendwelche Belege für die gesetzten Annahmen zu finden.
Sämtliche Motive, die in diese Grundannahme passten, wurden durchdekliniert.
Zunächst Ehrenmord. Haben Ehefrau oder Töchter der Getöteten sich im Koordinatensystem des türkisch-islamischen Ehrenkodex' auf irgendeine Weise schuldig gemacht? Hat das Familienoberhaupt dafür bluten müssen? Oder sind geschäftliche Differenzen mit der Waffe ausgetragen worden? Hat es gar Verrat innerhalb der türkischen Mafia gegeben? Die Polizei jedenfalls behandelt die Hinterbliebenen wie Beschuldigte. Sie unterzieht sie hochnotpeinlichen Verhören, fragt nach Eheproblemen des Ermordeten, will wissen, ob er zu Prostituierten gegangen ist, ob er seine Frau misshandelt hat, ob er Spielschulden hatte und ob die gemeinsamen Kinder wirklich von ihm stammen. Sie setzt sogar verdeckte Ermittler auf sie an, um ihr Vertrauen zu erschleichen, und installiert Wanzen in deren Autos. Gefunden wird am Ende nichts, außer der Erkenntnis, dass die betroffenen Familien einschließlich ihrer Väter ein vollkommen integres, unbescholtenes und durchschnittliches Leben führten.
Nächstes Motiv: Schutzgelderpressung. Alle Opfer waren Kleinunternehmer, Inhaber eines Blumenhandels wie Enver Şimşek, das erste Opfer, oder eines Internet-Cafés wie Halit Yozgat, das letzte Opfer, oder eines Döner-Imbisses wie Ismail Yasar, Opfer Nummer sechs. Deshalb wurde gemutmaßt, sie hätten sich Schutzgeldforderungen verweigert und dafür mit dem Leben zahlen müssen. Auch in diesem Kontext werden die Angehörigen wie Komplizen behandelt.
Nach der Ermordung von Ismail Yasar, dem Imbissbe-

treiber, macht der Begriff „Döner-Mord" Karriere. Die Nürnberger Polizei richtet eine Soko „Halbmond" ein, später wird auf Bundesebene die Mordkommission „Bosporus" ins Leben gerufen. Sämtliche Bezeichnungen verraten die ideologischen Scheuklappen der Ermittler.
Dann: Drogenhandel. Enver Şimşek, der Blumenhändler aus Nürnberg, ist regelmäßig nach Holland gefahren, um Schnittblumen zu kaufen. Da Nürnberg auf der Hauptroute des Drogenhandels zwischen Amsterdam und Prag liegt, gehen die Ermittler bereitwillig auf den Hinweis eines kleinkriminellen Junkies ein, der Şimşek des Drogenhandels im großen Stil bezichtigt. Wieder werden Familie und Mitarbeiter unter großem Druck befragt – ergebnislos. Viel später erweist sich die Aussage des Junkies, die zu überprüfen man nicht einmal für nötig fand, als falsch. Im bekifften Zustand hatte der Mann Şimşeks Transporter mit einem anderen verwechselt.
Es folgte: Eifersucht. Die Ermittler konfrontieren die Witwe von Enver Şimşek mit dem Fake, ihr Mann habe nicht nur eine Geliebte gehabt, sondern sogar eine Zweitfamilie mit zwei Kindern. Sie fragen sie nach intimsten Details des ehelichen Verkehrs, mit der Absicht, Frau Şimşek aus der Reserve zu locken. Quasi um sich an ihrem angeblich treulosen Ehemann zu rächen, soll sie ihn nun ans Messer liefern. Stattdessen beweist sie den Ermittlern ihre Größe: Wenn das zutreffe, so sagt sie, betrachte sie die fremden Kinder als die ihren.
Zum Schluss bleibt nur noch Steuerhinterziehung übrig. Man unterwirft die Betriebe der Opfer einer kleinteiligen Beriebsprüfung, um irgendeinen Anhaltspunkt für die Taten zu finden, und sei er noch so winzig. Nichts. Und weil nichts zu finden ist, versteckt die Steuerfahndung

anlässlich einer Hausdurchsuchung eine Tüte mit 25000 D-Mark in bar unter dem Bett der Witwe Şimşek, wo sie dann – Überraschung! – auch gefunden wird. Mit diesem Fund angeblich unversteuerten Schwarzgelds setzt man Frau Şimşek erneut unter Druck. Erfolglos.

Wer nun erwartet hat, die Fruchtlosigkeit all dieser Bemühungen müsse zu einer Überprüfung der Arbeitshypothese geführt haben, irrt: Die Polizei interpretiert die Erfolglosigkeit ihres Ermittlungsansatzes als dessen Bestätigung. So sind Türken nun mal. Sie unterwerfen sich bedingungslos der 'Omertà', dem ultimativen Schweigegebot. Welch bittere Ironie! Die rassistische Borniertheit der Polizei kongruiert mit den rassistischen Motiven der Täter und verdeckt sie dadurch. Ideologie als blinder Fleck.

Zu welchen Verwerfungen das Vorgehen der Polizei innerhalb der Familien führt, lässt sich unschwer erahnen. Der Familienvater wird aus heiterem Himmel erschossen, neben die Trauer um den Menschen, den Ehemann, den Vater, tritt die Sorge um die Zukunft, um das Weiterleben, um die wirtschaftliche Basis der Familie. Der Leichnam ist noch nicht kalt, da tritt in Gestalt der Polizei der Staat auf und macht die Opfer zu Tätern, und zwar aufgrund eines einzigen Merkmals: der türkischen Herkunft. Dieses Kriterium entscheidet alles. Der blinde Fleck verdeckt genau jenes Motiv, das für jeden anderen deutlich sichtbar ist: Xenophobie, Fremdenhass, Rassismus. An keinem Tatort wird etwas gestohlen, jeder Mord ist eine professionelle Hinrichtung, den meisten Opfern wird ins Gesicht geschossen; das verrät den Hass. Den Tätern geht es ums Töten, und indem sie es am helllichten Tag tun, an Orten mit Publikumsverkehr; unter hohem Risiko, gesehen zu werden, demonstrieren sie ihre Mission, ihre Entschlossenheit, ihre kriminelle Energie. Blind dafür ist einzig die Polizei.

Der Witwe Adile Şimşek entgleitet das Leben, sie wird schwer depressiv. Die Kinder müssen seit dem Jahrtausendwechsel mit der Frage leben, ob ihr Vater möglicherweise ein Krimineller war. Zugleich müssen sie ihre Mutter auffangen und selbst weiter funktionieren. Damit konfrontiert, entgegnet während des NSU-Prozesses ein Mordermittler aus München, man möge doch bitteschön nicht so tun, als gebe es keine türkische Drogenmafia.

Getreu dem Motto, irgendwas wird schon dran sein, geht auch die Nachbarschaft auf Distanz zu den betroffenen Familien. Auf die familiäre Erosion folgte die soziale.

Derweil ist die Polizei am Ende ihres Lateins. Sie agiert planlos, hilflos, ratlos. Und lässt dennoch nicht von ihrer Hypothese ab.

Stattdessen eröffnet sie in München eine Dönerbude. Ein alter Imbisswagen wird gekauft, renoviert und im Stadtgebiet aufgestellt. Ein Betreiber wird gefunden und in das Vorhaben eingeweiht. Die Idee ist, ausstehende Rechnungen für geliefertes Fleisch nicht zu begleichen, mit der Absicht, so die Mafia, die man hinter den „ethnisch bedingten Geschäftspraktiken türkischer Gewerbetreibender" vermutet, zu Reaktionen zu provozieren. Die Kripo München stattet die Bude mit einem Startkapital von 1200 Euro aus.

Die Dönerbude erweist sich als Flop. Sowohl wirtschaftlich als auch strategisch.

Die Hamburger Polizei geht in ihrer Not noch einen Schritt weiter, indem sie sich darauf einlässt, ein Medium damit zu beauftragen, im Jenseits Verbindung mit dem in

Hamburg getöteten Süleyman Taşköprü aufzunehmen. Es kommt zu einer Séance, in deren Verlauf Namen genannt werden, die von den Beamten anschließend überprüft werden – als sei dies übliche Ermittlungspraxis. Am Ende lässt das Mordopfer mitteilen, es begreife selbst nicht, warum es getötet wurde.

Und so werden über Jahre hinweg weiterhin munter Türken massakriert – Halit Yozgat ist der letzte.

Der Zwanzigjährige wartet am 6. April vor zehn Jahren auf seinen Vater, der ihn um 17.00 Uhr am Tresen des Internet-Cafés ablösen soll. Ismail Yozgat verspätet sich um wenige Minuten, und als er den Laden betritt, findet er seinen Sohn auf dem Boden liegend vor, aus zwei Schusswunden im Kopf blutend, tot. Das Blut fließt noch, der Körper ist noch warm, der Mord muss unmittelbar zuvor passiert sein. Erst, als Ismail Yozgat um Hilfe schreit, bemerken vier anwesende Kunden die Tat und das Opfer.

Ein Mann aus dem Irak telefoniert in einer Kabine im vorderen Teil des Cafés. Er steht dem Opfer am nächsten. Allerdings ist seine Sicht behindert durch ein Plakat, das an der Scheibe der Kabinentür klebt. Außerdem steht er mit dem Rücken zu Yozgats Tresen. Er beendet sein Telefonat um 17.03 Uhr, wenige Sekunden, bevor Ismail Yozgat erscheint. Der Kunde sucht, da er bezahlen will, Halit Yozgat im rückwärtigen Teil des Lokals. Dort findet er ihn nicht, kehrt unverrichteter Dinge nach vorne zurück und trifft auf Ismail Yozgat, der seinen sterbenden Sohn im Arm hält und schreit. In einer weiteren Telefonkabine befindet sich eine Frau mit Kind. Sie gibt später an, während des Telefonats etwas rumpeln gehört zu haben, als sei ein Stuhl umgefallen. Sie habe sich aber nichts weiter

dabei gedacht. Hinten surfen zwei Jugendliche auf Pornoseiten. Auch sie haben weder irgendetwas gehört noch gesehen – außer, dass bis vor kurzem auch noch ein Mann dort gesurft habe, der aber jetzt verschwunden sei. Dieser Mann, so stellt sich später heraus, ist Mitarbeiter des Hessischen Verfassungsschutzes. Sein Name ist Andreas Temme. Die Untersuchung der PC-Anlage ergibt, dass Temme sich um 16.51 h am PC Nr. 2 ein- und um 17.01 h wieder ausgeloggt hat. Er hat auf einer Dating-Plattform mit Damen geflirtet, während seine Frau hochschwanger zu Hause auf ihn wartet. Auch er findet, als er bezahlen will, Halit Yozgat nicht an seinem Platz und legt die fälligen fünfzig Cent auf den Tresen. Dann geht er. Wenn man für diesen Vorgang eine halbe Minute ansetzt, dann bliebe eine Lücke von anderthalb Minuten, in der die Mörder den Raum betreten, Halit Yozgat erschossen und ihn wieder verlassen haben müssen, bevor Ismail Yozgat zur Tür hereinkam. Die sekundengenaue Auswertung der Verbindungsdaten der Telefon- und PC-Anlage ergibt ein Zeitfenster von 41 Sekunden zwischen Temmes Logout und dem Ende des Telefonats des Irakers.
Damit eröffnen sich gleich drei Möglichkeiten.
Eins: Temme selbst ist der Mörder. Diese Möglichkeit wird gewissenhaft geprüft, aber verworfen. Laut polizeilicher Ermittlung kann er es nicht gewesen sein. Allerdings verhängt Temmes Dienstvorgesetzter ein Aussageverbot.
Zwei: Temme ist schon weg, als die Schüsse fallen. Denkbar; aber wo ist dann Halit Yozgat gewesen, als Temme bezahlen wollte?
Drei: Temme verlässt den Laden erst nach dem Mord. Aber wieso nimmt ein Verfassungsschützer zwei Schüsse

nicht wahr? Selbst wenn er sie überhört haben sollte, so müsste er sie gerochen haben; immerhin ist er an der Waffe ausgebildet und privat Mitglied eines Schießclubs. Und wie kann man eine Leiche übersehen, die unter einem Schreibtisch liegt? Hat er, als er das Fünfzig-Cent-Stück hinlegt, die Blutlache unter und die Blutspritzer auf dem Schreibtisch nicht gesehen? Oder will er sie nicht sehen, weil ihm schwant, dass er ein Problem bekommen wird?

Am Ende bleibt Temme juristisch sauber, ihm ist nichts anzuhängen. Aber als Agent ist er verbrannt. Er wird an eine andere Dienststelle versetzt. Außerdem wird er seiner Frau einige Erklärungen schulden.

Erst fünf Jahre später, nach dem Selbstmord der NSU-Killer in Eisenach, findet man in deren ausgebranntem Wohnmobil die Dienstwaffen von Michèle Kiesewetter und ihrem Kollegen. Damit ist klar, wer die beiden auf dem Gewissen hat.

Und das Phantom von Heilbronn, die Frau, deren DNA an über vierzig Tatorten in halb Europa gefunden worden ist? Die Wahrheit ist unfassbar banal: Diese Frau, eine ältere Dame im Rentenalter, hat stundenweise im Versand eines Unternehmens gearbeitet, das Wattestäbchen für kriminaltechnische Untersuchungen herstellt. Sie hat die Stäbchen beim Eintüten mit ihrer eigenen DNA verunreinigt. Nicht nur die deutsche Polizei hat von dort ihr Material bezogen, sondern auch die österreichische und die französische. So ist eine Rentnerin, ohne davon auch nur eine Ahnung zu haben, jahrelang die meistgesuchte Frau von Interpol gewesen.

Klar, dachte Jan, in einer sarkastischen Aufwallung den Kopf schüttelnd, das passt doch wieder perfekt.

Sein Blick fiel auf das blaue Schild mit der Aufschrift „Halit-Platz". Es war montiert an einem verzinkten Rohr, das in einer Ecke der Rasenfläche des Halit-Platzes einbetoniert war. Darunter ein kleineres Schild mit einer Erläuterung. Jan musste, um sie zu lesen, den Kopf weit zurücklegen: „Halit Yozgat, 1985–2006, Kasseler Opfer einer rechtsterroristischen Mordserie". Nur wenige Meter abseits steckte das Straßenschild „Holländische Straße" im Pflaster, ein Stück seitlich davon dasjenige der „Mombachstraße". Beide waren bequem aus den Augenwinkeln zu lesen; nur das „Halit-Platz"-Schild nicht – es war mindestens anderthalb Meter höher montiert. Der Höhenunterschied hätte unter anderen Umständen vielleicht komisch gewirkt, hier jedoch wirkte er grotesk. Da hatte offenbar irgendein gewitzter Kommunalbeamter die dummen Gedanken der Kasseler Glatzen vorweggenommen.

Jan kehrte dem Platz nun den Rücken, wartete an der Fußgängerampel der Holländischen Straße auf Grün und folgte dann der Mombachstraße nach Osten. Er durchquerte den dunklen Nordstadtpark, kreuzte das Flüsschen Ahne und ließ rechter Hand das Kasseler Klinikum liegen. Sodann tauchte er in das Dichterviertel ein, so genannt, weil die Straßen dort nach Hebbel, Mörike, Stifter, Eckermann und Grillparzer benannt sind. Nach kurzem Suchen fand er das Haus, das Sibylle ihm beschrieben hatte. Als er sich durch den engen Durchlass einer verbuschten Ligusterhecke zwängte und sich dem Haus unter den tiefhängenden Ästen eines verwahrlosten Apfelbaums näherte, bemerkte er, dass sich in der unteren Hälfte der milchverglasten Haustür etwas bewegte. Beim Näherkommen erkannte er zunächst eine schwarze Prali-

ne mit zwei Öffnungen, aus denen feuchtwarme Luft die kalte Scheibe beschlug. An der Hausecke machte es plötzlich 'klack' und eine auf Retro getrimmte Leuchte flammte auf, deren Licht allerdings vom wild wuchernden Efeu der Hauswand zum großen Teil geschluckt wurde. Das übrige Streulicht löste nun das Rätsel der Praline, die sich im Kontext mit je einem Paar gespitzter Ohren und glänzender Augen als Hundenase erwies. Da fiel Jan plötzlich die Frage ein, die Sibylle ihm vor über zwei Wochen im Bergpark gestellt hatte: Magst du keine Hunde?
Sie hatte also einen Hund. Nun gut. Sein Klingeln brachte Bewegung in das Tier; es jammerte und hüpfte hin und her, als könne es nicht abwarten, den unbekannten Besucher einem Examen zu unterziehen.
Es dauerte eine Weile, bis im Flur das Licht eingeschaltet wurde, eine schmale Gestalt sich der Tür näherte und diese nur so weit öffnete, dass der Hund gerade nicht entwischen konnte, was er natürlich trotzdem versuchte. Zwei Augenpaare starrten Jan durch den Türspalt an: das untere gehörte dem Hund, das obere zu einem mageren, von Aknepusteln verzierten Gesicht unter einer kupferfarbenen Haartolle. Niemand sprach.
„H-m", räusperte Jan sich leicht verlegen, „du bist sicher Winfried", und streckte ihm die Hand hin. „Ich heiße Jan. Ist Deine Mutter da?"
Der Knabe blieb stumm, ignorierte die angebotene Hand und starrte Jan weiter an. Ohne den Blick von ihm abzuwenden, rief er laut: „Sibylle? Hier is' wer für dich!" Dann drückte er die Tür ins Schloss und verschwand.
Na großartig, dachte Jan, das ist ja allerliebst, wenigstens der Hund ist dageblieben, vielleicht habe ich ja bei dem Chancen. Unterdessen hörte er schnelle Schritte klackend

die Treppe herunterkommen und dann verdeckte Sibylles Schattenriss auch schon den des Hundes, griff nach dessen Halsband und öffnete die Tür.

„Hallo, komm schnell rein, sonst ist Ronja gleich weg.“

Jan schlüpfte durch die Tür, die sich hinter ihm schloss, und wurde sofort von Sibylles Hund belagert. Der drängte sich an Jans Beine, beschnüffelte sie ausgiebig, setzte sich am Ende auf dessen Füße und schmiegte den Kopf an seine Oberschenkel, dabei erwartungsvoll zu ihm aufblickend. Da Jan offensichtlich nicht wie erwartet reagierte, sondern unter den Liebkosungen des Hundes förmlich erstarrte, nicht wissend, wie darauf zu reagieren sei, stellte Ronja sich wieder auf alle viere und schleckte am Ende mit rauher, warmer Zunge Jans Hände ab, die dieser ihr aber sofort entzog, indem er sie über den Kopf hob. Nun war es der Hund, der ihn rat- und verständnislos ansah, betrogen um die sicher geglaubte Gegenleistung für diese stürmisch-feuchte Begrüßung.

Endlich griff Sibylle ein, packte Ronja am Halsband und bugsierte die widerstrebende unsanft durch die Küchentür, die sie hinter ihr wieder schloss. Nun begrüßte sie ihrerseits den Gast, indem sie die Arme ausbreitete. Jan aber stand noch immer da mit gespreizten Fingern an erhobenen Händen und wünschte nichts mehr, als sich diese waschen zu können. Erst danach nahm er Sibylle in den Arm.

Während Sibylle ihm Jacke und Rucksack abnahm, jammerte und fiepte hinter der Milchglasscheibe der Küchentür der ausgesperrte Hund und befeuchtete sie mit seiner Praline. Jan zeigte auf ihn und sagte: „Ronja schießt zwar deutlich übers Ziel hinaus, aber wenigstens ist sie freundlich.“

„Wie meinst Du?“, fragte Sibylle befremdet.
„Wovon der Hund zuviel hat, davon hat der junge Herr, der mir die Tür öffnete, zu wenig.“
„Hattest du erwartet, dass er dir die Hände leckt? Oder die Füße küsst?“
„Nein, eben nicht. Dass aber die angebotene Hand genommen und mit mir geredet wird, schon.“
„Das darfst du nicht persönlich nehmen. Winfried ist momentan in einer schwierigen Phase.“
„Ah ja. Sind Kinder das nicht immer?“
„Natürlich ...“
„Und außerdem ist das binnen einer Woche schon die zweite Aufforderung, etwas 'nicht persönlich' zu nehmen.“
„Tatsächlich?“
Mittlerweile hatte Sibylle ihren Gast ins Wohnzimmer geführt und ihm einen Platz angeboten. Der Tisch war fürs Abendbrot nett eingedeckt, auf dem Stövchen gluckste eine Teekanne. Überall dunkles Holz, dicke Teppiche, Möbel vom Antik-Händler, ein Klavier, viel Nippes, Dekokram und Blumen. Behaglich, aber überladen.
„Ja, tatsächlich.“
Während Sibylle Tee einschenkte, wurde Jans Aufmerksamkeit von zwei kleinen, von ungelenker Hand gearbeiteten Figuren beansprucht, die wegen ihrer monströsen Brüste und Hinterbacken unschwer als Frauendarstellungen zu erkennen waren. Sie standen an exponierter Stelle hinter Glas. Sibylle, die Jans Blicke bemerkte, schmunzelte. Als er sie fragend ansah, nahm sie die beiden Damen aus der Vitrine und stellte sie ihm als Venus von Willendorf und Venus vom Hohlefels vor. Beide seien Göttinnen einer steinzeitlichen Mutterreligion gewesen, die lei-

der, leider von den sehr viel späteren männlichen Göttern der großen monotheistischen Religionen verdrängt worden sei. Beide seien um die dreißigtausend Jahre alt, während der Gott des Judentums erst seit dreitausend Jahren, der des Christentums seit zweitausend Jahren und der des Islam seit dreizehnhundert Jahren verehrt würden. Gemessen an der Willendorf seien das allenfalls pubertierende Jungspunde und benähmen sich auch so.

„À propos Jungspund – isst Winfried nicht mit uns?“

„Der isst nie mit uns. Dem stell' ich das Essen vor sein Zimmer, und wenn er Lust hat, holt er es rein und isst es dort.“

„Okaaaay“, erwiderte Jan verwundert, das Wort ausgiebig dehnend, „das ist ja wie im Hotel.“

„Oder wie im Knast“, versetzte Sibylle und nahm ungerührt ihren Vortrag wieder auf, indem sie anfügte, dass bei den männlichen Göttern einfach zuviel Testosteron im Spiel sei, denn in deren Namen gediehen Gewalt, Ungerechtigkeit und Krieg – samt und sonders Dinge, die es unter den Mutterreligionen nie gegeben habe. Im Kosmos weiblicher Götter gebe es weder Mord noch Totschlag, weder Hunger noch Kriege. Die Menschen seien solidarisch gewesen, hätten satt zu essen gehabt und ansonsten friedlich gelebt.

„Friede, Freude, Eierkuchen“, kommentierte Jan spöttisch und rührte in seinem Tee, „das erklärt natürlich, warum die so propper sind“, frotzelte er weiter, während er mit der Kuppe seines rechten Zeigerfingers zwischen den respektablen Arschbacken der Willendorf entlangfuhr. „Satte, aggressionsfreie, tiefenentspannte Frauen haben wohl immer Rubensformat?“

„Machst du dich grad lustig?“ In Sibylle' Augen blitzte es.

„Ach wo, im Gegenteil", sagte Jan scheinheilig, „ich versuche lediglich zu ergründen, warum deine Figur, die kennenzulernen ich ja mittlerweile Gelegenheit hatte, dieses Ideal so gründlich verfehlt … Hast du übrigens Zitrone?"

„Na, klar." Sibylle verschwand in der Küche und kam mit einer halben Zitrone samt Presse zurück. „Hier, bitte. – Versuchst du übrigens gerade, meine Gunst mit Komplimenten zurückzugewinnen? Das wird vorerst nichts, fürchte ich, denn ich bin weder satt noch aggressionsfrei."

„Oh, dann wird's Zeit, dass du schnell was isst, bevor mir was zustößt … "

„Gute Idee." Jetzt griff auch Sibylle zu und bestrich eine Scheibe Brot mit Butter und belegte sie mit Gurkenscheiben.

„Wer auch immer diese Figuren verfertigt hat", Jan zeigte mit dem Finger wieder auf die Willendorf, „hat viel Mühe auf die Details der Genitalien verwendet. Schamlippen, Vulva – alles da. Dazu die dicken Möpse und Hinterbacken … Was würde dazu nur die Gleichstellungsbeauftragte des Werra-Meißner-Kreises sagen? Vielleicht doch nur steinzeitlicher Voyeurismus?"

Angesichts soviel männlicher Ignoranz fiel Sibylle erneut in Ohnmacht und versuchte ihrem Besucher auseinanderzusetzen, dass es sich erstens um Fruchtbarkeitssymbole handele, von daher erkläre sich die Konzentration auf die Genitalien, und dass zweitens Gesellschaftsformen wie das Matriarchat unter anderem deshalb zutiefst friedlich seien, weil sie die Bedürfnisse ihrer Mitglieder – und dazu zählten auch die erotischen – bestmöglich zu stillen wüssten. Wenn jeder jederzeit Sex haben könne, sobald ihm danach sei, ohne moralische Schulden aufzuhäufen, wozu bräuchte es da Pornografie? Das sei doch offensichtlich absurd, denn Befriedigung und Befriedung seien in diesem Kontext dasselbe.

„Noch Tee?"

„Gerne, danke." Er reichte ihr seine Tasse.

Jan hatte aufmerksam zugehört, und während er eine Scheibe Brot mit Lachs belegte, entgegnete er, dass er Sibylles Behauptung von der grundsätzlichen Friedfertigkeit weiblicher Herrschaft doch sehr bezweifle. Katharina von Medici, Maria Theresia von Österreich, Maggie Thatcher, Golda Meir und Angela Merkel seien samt und sonders keine ausgesprochen friedfertigen Damen (gewesen). Die Medici habe Zehntausende Hugenotten ermorden lassen, was – notabene – der Grund dafür sei, dass so viele hugenottische Siedler den Schutz des Landgrafen von Hessen-Kassel gesucht hätten. Was das für die Grimm'schen Märchen bedeute, brauche er ihr ja wohl nicht zu erklären. Maria Theresia hingegen habe den Erbfolgekrieg, Margret Thatcher den Falklandkrieg und Golda Meir den Yom-Kippur-Krieg geführt. Und Angela Merkel beiße gnadenlos jeden männlichen Konkurrenten weg. Ob sie die Damen vielleicht für erotisch unterversorgt halte? Er strich noch ein wenig Remoulade auf den Lachs und begann zu essen.

Darüber, dozierte Sibylle mit dem leicht herablassenden Gestus der Erleuchteten, der Jan bereits eine Woche zuvor an der jungen Frau Wizorek aufgefallen war, könne sie schlecht Auskunft geben, wolle es aber auch nicht bestreiten, denn die Genannten lebten schließlich im Patriarchat und nicht im Matriarchat. Das sei auch der Grund dafür, dass die Damen einfach keine Handlungsalternativen gehabt hätten, denn wenn Frauen unter den Bedingungen des Patriarchats zu handeln gezwungen seien, seien sie eben auch gezwungen, dies mit seinen Mitteln zu tun.

Fast verschluckte Jan sich ob dieser Antwort und ließ die rechte Hand mit dem Brot sinken. „Das ist nicht dein Ernst“, sagte er, und riss überrascht die Augen auf.

„Wieso nicht?“, fragte Sibylle mit verkniffenen Augen.

Jan streckte beschwichtigend seine Hand nach der ihren aus, und als er sie zögerlich bekam, sagte er, nun mit leerem Mund: „Ich stell mir gerade die Revolutionäre des Juli 1789 vor, die mit flammenden Appellen Liberté, Egalité und Fraternité von ihrem König einfordern, und – nachdem derselbe abgesetzt ist – kurzerhand dessen Unterdrückungsapparat übernehmen, um ihn nun gegen ihre eigenen Gegner einzusetzen. Von den Guillotinen rollen weiter die Köpfe, nur jetzt halt die der anderen. Liberté, Egalité und Fraternité? Schnee von gestern. Die Revolution frisst ihre Kinder. Sieht so das Finale der Frauenbewegung aus?“

„Unsinn! Natürlich nicht! Ich hab dir doch bei unserem Spaziergang im Bergpark von den Standardwerken der Matriarchatsforschung berichtet, die in meinem Regal stehen. Bring dich erst einmal auf den Stand der Debatte, vielleicht können wir die Diskussion solange vertagen ...“

Jan sah sie an und nickte ernst. „Ja, ich werde das lesen. Verlass dich drauf.“

Mittlerweile machte der Hund in der Küche sich immer nachdrücklicher bemerkbar, gelegentlich bellte er jetzt sogar. „Ich fürchte, Ronja muss mal raus“, sagte Sibylle, „ihre Blase wird voll sein.“

„Kann Winfried das nicht übernehmen?“, schlug Jan vor.

„Ja", seufzte Sibylle, „so war es mal gedacht. Aber ..."
„Aber?"
„... aber leider juckt ihn das alles nicht."
Jan sah sie an, sagte aber nichts.
„Kommst Du mit auf einen Hundespaziergang?"
„Wollen wir nicht erst noch zu Ende essen?"
„Wir lassen den Tisch gedeckt, dann können wir anschließend vielleicht noch eine zweite Brotzeit halten."
Wie ein Blitz schoss Ronja, nachdem Sibylle die Tür geöffnet hatte, aus der Küche auf Jan zu und versuchte erneut mit ihm anzubändeln, indem sie sich an ihn schmiegte, um ihn dazu zu veranlassen, sie zu streicheln, womit er am Ende zu ihrer Genugtuung auch zögerlich begann.
„Willst du sie an die Leine nehmen?", fragte Sibylle, während sie ihren Mantel überwarf.
„Wieso ich?", fragte Jan zurück. „Ich habe noch nie einen Hund ausgeführt!"
„Irgendwann ist immer das erste Mal. Nun hab dich nicht so. Guck mal, wie sie Dich anhimmelt."
Widerstrebend nahm Jan den Kunststoffgriff entgegen, den Sibylle ihm hinhielt, während sie einen Karabinerhaken am Geschirr des Tieres einhakte. Jan fand das Seil reichlich kurz, änderte aber sofort seine Meinung, als Sibylle die Haustür öffnete, Ronja stehenden Fußes loslief und die verdeckte Seilrolle in seiner Hand zu seiner Überraschung Meter um Meter Leine freigab, die er umständlich wieder einholte.
„Du brauchst nur diesen Knopf da zu drücken, dann spult die von selbst wieder zurück", sagte sie mit spöttischem Blick, „wie das Kabel beim Staubsauger, du verstehst?"

„Wo willst du Ronja denn lassen, wenn du deine Auszeit nimmst?“, fragte Jan, als sie endlich losliefen.
„Es gibt am Edersee eine Hundepension, in die ich sie gelegentlich bringe, wenn ich verreise. Da brauche ich nur anzurufen. Das ist das kleinere Problem. Das größere ist Winfried.“
Jan sagte nichts und wartete ab.
„Mein Ex ist not amused über meine Pläne“, fuhr Sibylle fort, „sieht aber immerhin ein, dass ich 'ne Auszeit verdient habe. Er müsste Urlaub nehmen und Winfried hier zu Hause betreuen.“
„Ach, der lebt gar nicht in Kassel?“
Sibylle schüttelte den Kopf. „M-m, der ist seiner neuen Frau hinterhergezogen.“
Jan nickte. „Verstehe. Und? Wird er das machen?“
„Ich habe noch keine Zusage, aber er kümmert sich. Er will auf keinen Fall seinen Jahresurlaub mit seiner neuen Schnecke gefährden. Wenn das gewährleistet ist, wird er kommen. Anfang Mai wäre ihm recht.“
„Anfang Mai passt doch gut. Dann ist Vorsaison, die Preise halten sich noch im Rahmen, die Temperaturen ebenso – für Südeuropa perfekt.“
„Ach, Südeuropa? Der Herr hat schon Pläne gemacht! Hat er mich gefragt?“
„Willst du Anfang Mai lieber nach Skandinavien? Nach Island? Oder vielleicht nach Grönland?“
„Nein, nein, beruhige dich, alles okay. Ich will ja auch dahin, wo's warm ist.“
Jan begann von seiner Liebe zu Frankreich zu erzählen, von der Sprache, der Lebensart, der Faszination, die besonders die Provence auf ihn ausübe, seit er das erste Mal dort war, und von der Vielfalt ihrer Landschaften, die ihn

suchthaft in ihren Bann geschlagen habe. Von der entrückten Kahlheit des Mont Ventoux; der kargen, steinigen Wildheit der Alpillen; des amphibischen Rhône-Deltas mit der topfebenen Camargue; des Luberon mit seinen Stecheichenwäldern und Ockersteinbrüchen; der tief in den Fels geschnittenen Schlucht des wildromantischen Verdon mit seinen im Aufwind kreisenden Gänsegeiern – höchst unterschiedliche Landschaften mit je eigenem Charakter, manche nur einen Katzensprung voneinander entfernt, vereint unter demselben weitgespannten provençalischen Himmel. Und erst die Städte: Marseille, Cassis, Salon, Arles, Nîmes, Avignon, St. Rémy – und allen voran: Aix-en-Provence.

Einmal im Jahr auf dem Cours Mirabeau zu sitzen unter den Platanen mit den tarnfleckigen Stämmen und knotigen Ästen, gekühlten Pastis zu schlürfen, Pistazien zu knabbern und den Flaneuren zuzusehen, wie sie liebkost werden vom lebhaften Spiel von Licht und Schatten, welches das vom Wind bewegte Blätterdach auf dem Boulevard aufführt – das sei für ihn ein Genuss ohnegleichen. Er brauche dieses Lebensgefühl von Leichtigkeit und gesteigerter Wahrnehmung, das ihm nur die Provence verschaffen könne, wie eine Droge, die nach ihrer jährlichen Dosis verlange.

Sibylle sah ihn erstaunt von der Seite an. „Alter Schwede! Das war ja für deine Verhältnisse fast schon ekstatisch", sagte sie mit gelindem Spott. „Das macht ja wirklich Lust auf mehr."

Währenddessen hatten sie eine kubistisch verschachtelte Wohnanlage erreicht, deren weiße Fassade an manchen Stellen mit Inschriften versehen war. Bei näherem Hinsehen las Jan:

> Moralisten sind Menschen, die sich dort kratzen, wo es andere juckt.
>
> S. Beckett

„Nicht schlecht", grinste er, jetzt neugierig geworden. Er zog Ronja hinter sich her in den Innenhof der Anlage, Sibylle folgte. Dort entdeckten sie eine weitere Inschrift:

> Mancher ist von Antworten so fasziniert,dass er die Fragen dazu erfindet.
>
> S. Beckett

Einige Meter weiter die nächste:

> Wir alle werden verrückt geboren. Manche bleiben es.
>
> S. Beckett

„Was ist denn das hier", fragte Jan, gleichermaßen erheitert wie überrascht, „immerzu Beckett-Zitate?"
„Das ist die Beckett-Anlage", erklärte Sibylle, „Samuel Beckett hat sich zu Beginn der 1930er Jahre häufig in Kassel aufgehalten, außerdem enthält einer seiner Romane autobiografische Skizzen über Kassel. Diese Wohnanlage ist Kassels Hommage an ihn."
Plötzlich blieb Jan stehen und traute seinen Augen kaum:

> Stets versucht, nie geschafft – halb so schlimm. Versuch's nochmal, verdirb's nochmal – verdirb's besser.
>
> S. Beckett

„Ever tried, ever failed, no matter. Try again, fail again, fail better", murmelte er leise. „Was will mir das sagen?"
„Wie bitte?", fragte Sibylle irritiert.

„Na, das da", Jan machte eine Kopfbewegung zur Fassade, „genau das hat meine Tochter mir vor zwei Wochen auch gesagt. Und jetzt begegnet mir exakt derselbe Spruch hier in Kassel."
Sibylle lachte. „Und jetzt beginnst selbst du an Schicksal und Bestimmung zu glauben?" Sie gluckste.
„Im Unterschied zu dir glaub ich daran schon länger", gab er ironisch lächelnd zurück, „wenn auch aus anderen Gründen."
Ronja zog jetzt wie verrückt an der Leine, so dass Jan sich dagegen stemmen musste. „Was hat die denn jetzt?", rief er genervt aus.
„Vielleicht will sie hier wieder raus. Oder sie riecht einen anderen Hund. Was weiß ich."
„Nimm du sie jetzt lieber eine Weile, dieses Tier überfordert mich gerade." Er drückte Sibylle die Leine in die Hand. Ronja blieb stehen und sah ihm vorwurfsvoll hinterher.

## Marburg, 7. Februar 2016

Sibylle hatte im Kulturteil der Frankfurter Rundschau den Hinweis auf eine Matinee gefunden, die im Fürstensaal des Marburger Landgrafenschlosses gegeben wurde, einschließlich eines Vortrags zum Grimm'schen Märchen „Vom Fischer und seiner Frau".

Nun lenkte sie ihr Auto gen Süden, kurz hinter der Kasseler Eissporthalle wechselte sie von der Bundesstraße auf die Autobahn. Bald nach der Kreuzung mit der A 44 gelangten sie auf das Gebiet der Stadt Baunatal und sahen auf der anderen Seite der Autobahn das Brauhaus Knallhütte vorüberziehen.

„Schweinshaxe! Mich schüttelt's", sagte Sibylle mit spöttischem Seitenblick auf Jan.

Der wand sich auf dem Beifahrersitz in Krämpfen: „Vegetarische Maultaschen! E-kel-haft!"

„Mal im Ernst", fragte Sibylle, „wollen wir heute abend auf dem Rückweg wieder dort einkehren? Heute ist der 7. Februar. Wir kennen uns jetzt ein Vierteljahr."

„Daran fehlt noch genau ein Tag", warf Jan ein.

„Korinthenkacker!"

„Und überhaupt: Findest du das etwa einen Grund zum Feiern?", fragte er mit gespieltem Entsetzen.

„Na, hör mal", empörte sich Sibylle, „du etwa nicht?"

„Und was ist, wenn der Laden heute abend genauso voll ist wie beim letzten Mal?"

„Wir könnten von unterwegs telefonieren und einen Tisch bestellen."

„Okay, meinethalben. Aber jetzt achte bitte lieber auf die Straße statt auf mich."

„Angeber. Als ob ich überhaupt auf dich achtete ..."

„Stimmt auch wieder."
Die A 49 endete nach rund fünfzig Kilometern im nordhessischen Outback, von wo man sich über die Dörfer bis zur B 3 kämpfen musste, die weiter nach Marburg führte.
In Jesberg fuhr Sibylle an eine Freie Tankstelle.
„Huch", wunderte Jan sich, „hast du nicht erst gestern in Kassel getankt?"
„Ja", kicherte Sibylle, „aber hier tanke ich immer, wenn ich nach Marburg fahre."
„Immer."
„Ja, immer."
„Grundsätzlich."
„Ja, grundsätzlich."
„Nun gut, wat mutt, dat mutt ..."
Sibylle tankte und kam mit einer Quittung über sieben Euro für fünf Liter Superbenzin zurück.
Sie lachte, während Jan amüsiert den Kopf schüttelte und sagte: „Und du nennst mich einen Korinthenkacker? Ich fass' es nicht."
In Marburg folgten sie der ebenso verschlungenen wie undurchsichtigen Verkehrsführung der Unterstadt und fanden glücklicherweise zwischen Lahn und Oberstadt ein Parkhaus, von dem aus ein gläserner Aufzug sie gefühlte zwanzig Stockwerke hoch in die Oberstadt hob. Dort folgten sie einer kopfsteingepflasterten Gasse abwärts, bis ein Schild sie rechter Hand auf den Markt führte. Sie nahmen die Fassade des historischen Rathauses in Augenschein, passierten anschließend einen Brunnen und folgten der Nikolaistraße aufwärts bis auf den mit entlaubten Platanen bestandenen Platz vor einer Kirche mit schiefem Turm. Von dort sahen sie über das rot eingedeckte und von mehreren Gauben durchbrochene al-

tersschwache Dach eines alten Fachwerkhauses hinweg auf das Lahntal. Anschließend wandten sie sich um, ließen die Kirche rechter Hand liegen und stiegen über die Zwingli-Treppe weiter zum Schloss auf, dessen Südfront sie schließlich erreichten.

Den Schlosshof betraten sie von Osten, gleich rechts befanden sich Eingang, Kasse und Garderobe. Nach Erledigung aller Formalitäten stiegen sie die Treppe zum Fürstensaal hoch.

Sie waren ein wenig früh und hatten deshalb Muße, diesen bemerkenswerten gotischen Saal auf sich wirken zu lassen. Er maß etwa zwanzig Schritte in der Breite und vierzig in der Länge. Mittig standen längs vier Stützpfeiler, die den Saal in fünf Querjoche teilten, was ein Gewölbe von zehn Kreuzrippen ergab. Jedes Joch schloss nach Süden hin mit einem Maßwerkfenster ab, dessen Umrisse in etwa dem Lichtraumprofil des Jochs entsprachen. Das Maßwerk selbst zeigte eine Rosette über zwei Vierpassen; darunter ein vierteiliges Stabwerk. Auch nach Osten hin gingen zwei dieser Fenster, was im Ergebnis dazu führte, dass dieser Saal besonders jetzt, am späten Vormittag, von Licht geflutet schien.

Da bis zum Beginn des Vortrags noch Zeit und das Auditorium erst sehr lückenhaft besetzt war, schlenderten Sibylle und Jan zu einem großformatigen Gemälde, das in der nordöstlichen Ecke des Saals neben einer Texttafel hing.

Es zeigt etwa dreißig Herren in gediegener spätmittelalterlicher Tracht, teils sitzend, teils um einen großen Tisch stehend, in exakt jenem Fürstensaal, in dem sie sich selbst gerade befanden.

Auf dem Tischtuch steht mit Kreide etwas geschrieben,

auf das ein stattlicher Herr in herrischer Gebärde den Zeigefinger seiner rechten Hand richtet, während er zugleich die linke abwehrend vor seinen Körper hält und seinen Nachbarn zur Linken mit empörtem Blick fixiert. Dieser Herr ist Martin Luther, der seinen Nachbarn Ulrich Zwingli auf das festnageln will, was er zuvor selbst auf den Tisch gekritzelt hat: „Hoc est corpus meum - das ist mein Leib". Der Streit um die richtige Auslegung dieser Worte Jesu Christi ist der Grund für das Zusammentreffen dieser Männer in Marburg im Oktober 1529.

In einer Zeit, in der der Kaiser des Heiligen Römischen Reiches Deutscher Nation damit droht, die Reformation gewaltsam zu beseitigen, um die Einheit des Glaubens wiederherzustellen, ist auch den weltlichen Fürsten die Geschlossenheit des Protestantismus ein Anliegen; denjenigen jedenfalls, die in ihrem Herrschaftsgebiet nach dem Grundsatz „Cuius regio, eius religio" die Reformation eingeführt haben. Zu diesen gehört Landgraf Philipp von Hessen, der zu diesem Gespräch geladen hat; sein Ziel ist es, die Spaltung des Protestantismus zu heilen, die aus der unterschiedlichen Auslegung der Worte „Hoc est corpus meum" folgt.

Luther und Zwingli stehen an der rechten Seite des Tisches. Um sie herum sitzen die führenden Reformatoren ihrer Zeit, Philipp Melanchthon und Martin Bucer auf der einen, Oswald Myconius, Andreas Osiander und Johann Oecolampadius auf der anderen Seite. An der linken Seite des Tisches thronen, durch Kleidung, Haltung und Lichteinfall herausgehoben, Landgraf Philipp von Hessen sowie der aus seinem Herzogtum vertriebene Ulrich von Württemberg.

Gegenstand der dargestellten Debatte ist der Abendmahlsstreit, jenes theologische Problem, das die Protestanten damals wie heute entzweit.

Die Lutheraner nehmen die Worte „Dies ist mein Leib" wörtlich, glauben also an die Realpräsenz des Leibes Christi im Abendmahl, während die Reformierten um Zwingli der Theorie von der Idealpräsenz, also der nur symbolischen Anwesenheit seines Leibes in Gestalt der Hostie und seines Blutes in Gestalt des Weines, anhängen.

„Wenn Gott etwas redet", herrscht Luther Zwingli an, „so sollen die armen Menschen hören." Ohne Beweis des Gegenteils gehe er davon aus, dass Gott meine, was er sage. Nichts an diesen Worten sei dunkel. „Wenn Gott mir geböte, Mist zu essen, so würde ich es thun und gewiss sein, dass es mir heilsam ist." Zwingli entgegnet ihm schlicht: „Gott mutet uns nicht zu, das Unbegreifliche zu glauben."

Damit ist im Prinzip alles gesagt. Weder Luther noch Zwingli geben nach. Am Ende hebt das Marburger Religionsgespräch die Spaltung des Protestantismus nicht auf, sondern schreibt sie fest. Unterm Strich zieht Luther den Kürzeren, denn seine Sichtweise setzt sich ausschließlich in Deutschland durch, während der Rest der protestantischen Welt Zwinglis Auffassung folgt. Seinem Schüler Jean Calvin zu Ehren nennen seine Anhänger sich Calvinisten.

„Die haben mal Probleme", seufzte Sibylle halb belustigt, halb verunsichert, „hast du das verstanden?"

„Nicht wirklich", erwiderte Jan, „schon gar nicht, wie man darüber vier Tage ergebnislos streiten kann."

Nach und nach hatte der Saal sich mit Geplauder und Stimmengewirr gefüllt, allenthalben begrüßte man einan-

der, und nach Ablauf des akademischen Viertels betrat die Leiterin der Volkshochschule das Rednerpult, begrüßte in geschliffenen Worten das Publikum und führte zugleich den Referenten der heutigen Matinee ein. Dieser, ein weißhaariger Mann von über siebzig mit Doktortitel, übernahm das Mikrofon und ging gleich in medias res.
Das Grimm'sche Märchen „Vom Fischer und seiner Frau" verdanke seine Sonderstellung nicht nur dem Umstand, dass es kein versöhnliches Ende finde, sondern ebenso jenem, dass es ursprünglich auf Plattdeutsch verfasst, dann aber von Wilhelm Grimm ins Hochdeutsche übertragen worden sei. Das Plattdeutsche verweise auf Norddeutschland als Ursprung dieses Textes, also ausdrücklich nicht auf Nordhessen.
Den Inhalt des Märchens setze er, Dr. Carl, als bekannt voraus, trotzdem wolle er dem Gedächtnis seiner Zuhörer kurz auf die Sprünge helfen.
Ein Fischer und seine Frau Ilsebill fristeten in einer armseligen Kate am Meer, dem „Pisspott", wie Ilsebill sie nonchalant getauft habe, ihr Leben mehr schlecht als recht. Als der Fischer eines Tages einen sprechenden Butt fange, der ihn beschwor, ihn wieder freizulassen, weil er ein verwunschener Prinz sei, komme der Fischer dieser Bitte nach und erzähle seiner Frau später davon. Diese erfasse die Chancen dieser Situation mit der ihr eigenen Bauernschläue, indem sie unterstellte, dass ein verwunschener Prinz selbst auch über Zauberkräfte verfügen müsse. Also bedränge sie ihren Mann, erneut ans Meer zu gehen, den Butt zu rufen und ihn um einen Gefallen zu bitten. Er möge den „Pisspott" in ein veritables neues Haus verwandeln.

Dies geschehe und beide freuten sich. Aber vierzehn Tage später sei Ilsebill unzufrieden und möchte lieber in einem Schloss wohnen. Auch dieser Wunsch werde ihr erfüllt, doch nur, um binnen kurzem den nächsten zu gebären. In immer schnellerer Abfolge wünsche sie erst König, dann Kaiser und schließlich Papst zu sein, um am Ende zu verlangen, in Gott verwandelt zu werden. Der letzte Wunsch werde ihr nicht nur verweigert, sondern führe direkt dazu, dass sie aus dem Papstpalast wieder in den „Pisspott" zurückfalle.
Jedes Mal sei Ilsebill nicht selbst aktiv geworden, sondern habe ihren Mann mit ihren Wünschen an den Strand geschickt. Deshalb könne sie nicht wahrnehmen, wie das Meer ihre Ansprüche kommentiere: Zunächst sei es blau und klar, dann grün und trüb, dann verfärbe es sich violett und walle auf, beim letzten Wunsch stinke es schwarz und werde von einem Orkan aufgewühlt. Am Ende sei es wieder blau, klar und friedlich.
Günter Grass habe das Märchen in seinem Roman „Der Butt" als Herabwürdigung des weiblichen Geschlechts gedeutet; Ilsebill werde als herrschsüchtig und unersättlich dargestellt, außerdem imaginiere sie sich stets in männliche Rollen hinein: König, Kaiser und am Ende Gott, womit sie in einer gesellschaftlichen Epoche, die von der Vorstellung eines männlichen, patriarchalen Gottes geprägt gewesen sei, natürlich scheitern müsse. Aber Ilsebills Griff nach der Gotteswürde könne man aus matriarchatsfeministischer Perspektive auch als Versuch deuten, das Rad der Geschichte zurückzudrehen und wieder zu mütterlichen Göttinnen zurückzukehren. Aus genderfeministischer Perspektive müsse man die unwilligen Reaktionen der Natur, versinnbildlicht durch das

Meer, als kritische, ja, ablehnende Kommentare zum Wechsel der Geschlechtsrolle interpretieren. Denn, wie man ja wisse, leugne das Genderkonzept den Einfluss der biologischen Verfasstheit auf die menschliche Geschlechtsrolle ganz und gar und stelle damit zugleich die Existenz eines Schöpfers – für Agnostiker: der Evolution – in Abrede. Folglich müsste es die Kommentare des Meeres auf sich selbst beziehen – wovor es sich hüte.

Er selbst, Dr. Carl, halte von solchen Gedankenspielchen nicht viel, weil es zur Entstehungszeit dieses Märchens, Anfang des neunzehnten Jahrhunderts, den Bezugsrahmen, den der Feminismus aufspanne, gar nicht gegeben habe. Eine historisch-kritische Textinterpretation aber dürfe die historischen Rahmenbedingungen, unter denen ein Text entstanden sei, nie aus den Augen verlieren.

Auch könne er, Dr. Carl, dem Urteil des geschätzten Herrn Grass schon deshalb nichts abgewinnen, weil ja der gierigen, unersättlichen Ilsebill kein strahlender männlicher Held gegenüberstehe, sondern ein antriebsloser Hampelmann, der sich mit allem abfinde, was seine Frau ihm zumute. Zwar widerspreche er ihr stets, biete ihr aber nie die Stirn. Stets beuge er sich ihrem Willen, wenn auch nur murrend.

Ilsebill hingegen habe die Hoffnung, ihrem elenden Leben zu entkommen, nie aufgegeben und greife beherzt zu, als das Schicksal ihr in Gestalt des sprechenden Butts die Gelegenheit dazu biete. Ihr Handeln könne man also durchaus als emanzipatorischen Impuls deuten, den schicksalhaften Festlegungen von Geburt und Stand zu entkommen, zumal ihre steile, aber kurze Karriere sämtlichen Rollenmustern der damaligen patriarchalen Gesellschaft widerspreche.

Dass sie am Ende aus den erreichten Höhen jäh abstürze, folge daraus, dass sie ihren Aufstieg nicht eigener Leistung, sondern fremder Gunst, nämlich der des Butts, verdanke. Nie gehe sie selbst ans Meer, stets schicke sie ihren Mann. Die Phasen der Zufriedenheit bis zur Geburt des nächsten Wunsches verkürzten sich ein ums andere Mal. Ihr Selbstwert hänge ausschließlich an Besitz und Status. Die Begehrlichkeiten überstiegen bei weitem ihre Fähigkeiten. Das mache sie blind dafür, dass sie mit ihrem letzten Wunsch, nämlich Gott zu sein, jedes menschliche Maß überschreite, indem sie den Unterschied zwischen Schöpfer und Geschöpf ignoriere. Ilsebill kenne keine Grenzen. Genau deshalb scheitere sie an dieser ultimativen Grenze so kläglich.
Ihr Mann hingegen, der Fischer, scheitere, weil er umgekehrt jede Grenze, jede Beschränkung hinnehme, die das Leben ihm auferlege. Phantasielos und abgestumpft akzeptiere er sein Schicksal, nie lehne er sich auf und verweigere so jede Entwicklung.
Dieses Märchen transportiere also eben nicht die Botschaft „Finde dich ab!". Im Gegenteil: Indem der Fischer seine Möglichkeiten unterschreite, während Ilsebill die ihren überschreite, laute die Botschaft: Jeder entwickle sein individuelles Maß. Jeder schöpfe sein Potential aus. Jeder werde der, der er ist.
Schließlich könne man sogar die Quintessenz des Märchens im Niebuhr'schen Gelassenheitsgebot erblicken:
*Lieber Gott, gib mir die Gelassenheit, Dinge hinzunehmen, die ich nicht ändern kann, den Mut, Dinge zu ändern, die ich ändern kann, und die Weisheit, das eine vom anderen zu unterscheiden.*
Als Lebewesen, das sich durch Gestalt und Färbung so

gut an seine Umgebung angepasst habe, dass es auf dem Meeresboden quasi unsichtbar sei, symbolisiere der Butt etwas Vorhandenes, aber Unbemerktes, nämlich das eigene Selbst, das erkannt und entwickelt werden wolle. Zugleich repräsentiere sein Körper, dem infolge der Anpassung das Augenpaar auf eine Seite gerutscht und das Maul schief geworden sei, die Summe all seiner Erfahrungen. Und weil er ein verwunschener Prinz sei, seien ihm die Gefahren des Wünschens und Ver-Wünschens geläufig.

Das verleihe ihm das Wissen um den Suchtcharakter des Wünschens, darum, dass kein einziger erfüllter materieller Wunsch die erhoffte Befriedigung bringe, dass jede Sucht kollabieren müsse, bevor sie geheilt werden könne. Dieses Wissen verschaffe ihm die Geduld, mit Ilsebills Gier umzugehen.

„Ich danke Ihnen."

Zufrieden lächelnd strich Herr Dr. Carl den langanhaltenden Beifall ein, der ihm für diesen Vortrag gezollt wurde. Nachdem dieser verebbt war, überreichte die VHS-Leiterin ihm ein großzügiges Blumenbukett und dankte ihm per Handschlag.

Sibylle gründelte ebenso wie Jan in eigenen Gedanken, aus denen sie erst durch das Klirren von Gläsern geweckt wurden. Einige junge Leute trugen Tabletts mit Sekt und Orangensaft herum und boten den Gästen davon an. Diese versammelten sich um runde Stehtische an der Rückwand des Saals und bedienten sich an Nüssen und Salzstangen, die darauf angerichtet waren.

Sibylle hielt Jan gerade ihr Glas hin, um mit ihm anzustoßen, als ein weiteres Paar zu ihnen an den Tisch trat. Die beiden diskutierten erregt miteinander und scherten sich

nicht um ihr Publikum, kaum dass sie gegrüßt oder der Form halber um Einverständnis gefragt hätten .
„Aber genau so isses doch in vielen Ehen“, sagte er aufgebracht, „die Frau hat die Hosen an und kommandiert ihn herum.“
„Du spinnst doch. Mach mal die Augen auf! Dann siehst du die wirklichen Machtverhältnisse“, giftete sie zurück.
„Ich rede aber gerade nicht von Macht, sondern von Einfluss. Und der Einfluss von Frauen auf ihre Männer ist nie Gegenstand der Debatte.“
„Quatsch. Warum sollten sich die Kerle auch rumkommandieren lassen?“
Der Mann lachte sarkastisch. „Das weißt du ziemlich gut.“
„Nein, das weiß ich nicht. Und nun sei so gut und hol bitte meine Jacke, mir wird kalt.“
Der Mann hob ergeben die Hände und schickte einen hilfesuchenden Blick gen Himmel, bevor er sich umdrehte, das Verlangte zu bringen.
Sibylle und Jan hatten Mühe, ernst zu bleiben, was die Dame offensichtlich in Verlegenheit brachte. Sie wandte ihnen den Rücken zu und nippte an ihrem Sekt. Als ihr Begleiter mit der Jacke zurückkam, stellte sie das Glas ab und teilte ihm knapp mit, dass sie zu gehen wünsche. Der Mann sah Jan mit einer Mischung aus Erstaunen und Verzweiflung an und verdrehte kurz die Augen, bevor er ihm zum Abschied zunickte. Jan grüßte grinsend zurück.
„Das war ja mal 'ne Schnepfe“, sagte Sibylle.
„Von der Sorte gibt's einige“, versetzte Jan, „aber nur, weil's zu viele Fischer gibt.“
„Und du? Bist du ein Fischer?“
„Ich bemühe mich, Butt zu sein.“

Sie verließen das Landgrafenschloss und suchten um den Markt herum nach Restaurants. Ihre Wahl fiel auf das 'Del Castello', dessen Name sich zwar auf das Schloss bezog, aber unschwer erkennen ließ, mit welcher Nationalküche man es hier zu tun hatte. Es residierte in einem uralten Fachwerkbau, der ursprünglich eine alte Burschenherrlichkeit beherbergt hatte, wie Jan bei einem Gang zur Toilette feststellte. Dort gab es nämlich außer den üblichen Keramiken ein veritables Kotzbecken mit zwei Haltegriffen darüber – in der Burschensprache 'Papst' genannt; denn ein deutscher Bursche beugt den Nacken nur vor dem Papst.
Sie bestellten jeder nur einen Salat, weil sie ja später noch in Baunatal einkehren wollten. Bei der Gelegenheit fiel ihnen ein, dass ja noch ein Anruf zu erledigen war. Sibylle loggte sich mit ihrem Smartphone in das W-LAN des 'Castello' ein, suchte die Rufnummer der Knallhütte heraus und speicherte sie ab.
Während sie sich über den Salat hermachten, sagte Sibylle, dass 'Vom Fischer und seiner Frau' sie ratlos mache, weil das bewährte Interpretationsschema vor diesem Text versage.
„Dir fehlen wohl Weiß, Rot und Schwarz?“, lästerte Jan.
„Ja, aber nicht nur. In den mir vertrauten Märchen geht es immer auch um Mütter. Nicht so in diesem. Die Fischersleute haben ja nicht einmal ein Kind.“
„Vielleicht erklärt genau das die Gier der Ilsebill. Status und Besitz als Ersatzbefriedigung.“
„Status und Besitz sind wohl eher ein männliches Problem, denke ich.“
„Mag sein“, stimmte Jan lächelnd zu, „aber nicht das des Fischers. Dieses Märchen stellt deine liebgewordenen

Rollenklischees radikal in Frage.“
Sibylle verkniff sich eine Replik.
Nach dem Bezahlen vertraten sie sich in der pittoresken Marburger Altstadt ein wenig die Beine, während Sibylle mit der Knallhütte wegen eines Tisches am Abend telefonierte. Schließlich kehrten sie im Café Vetter ein und genossen von dort den weiten Blick über das Lahntal. Dann traten sie die Heimreise an.
Im Auto kam Jan auf die bevorstehende Reise zu sprechen. In den vergangenen Wochen hatte Sibylle die Voraussetzungen für ihre Auszeit geschaffen; bei ihrem Arbeitgeber hatte sie Urlaub beantragt, der ihr gewährt worden war; Robert, Sibylles Ex-Mann und Vater ihrer Kinder, würde zwei Wochen seines Jahresurlaubs darauf verwenden, während ihrer Abwesenheit Sohn, Tochter und Hund zu Hause zu betreuen. Der Reise an sich stand also nichts mehr im Wege. Offen war nur noch das Ziel.
Sibylle hatte anfangs eine Flugreise vorgeschwebt, pauschal irgendwohin, nach Griechenland oder in die Türkei. Damit stieß sie bei Jan auf hinhaltenden Widerstand, denn er mochte weder Pauschal- noch Flugreisen. Pauschalreisen fand er öde, Flugreisen aufreibend. Wenn man nur vierzehn Tage habe, so argumentierte er, würden vier Tage von An- und Abreise sowie dem Ankommen und Aufbrechen aufgezehrt, es blieben also effektiv nur zehn Tage für die Erholung. Hinzu komme, dass es im östlichen Mittelmeer – Griechenland, Türkei – Ende April und Anfang Mai durchaus noch kalt sein könne, während es in der Provence schon warm sei.
Wenn man hingegen mit dem Auto aufbreche, nach Italien oder Frankreich zum Beispiel, sei das Individualurlaub vom ersten Tag an, denn man reise von Ziel zu Ziel,

auf einer Route, die täglich spontan neu ausgehandelt werde, die täglich neue Überraschungen bringe, und die täglich geändert werden könne. Nie wisse man morgens, wo man abends lande.

All diesen Gedanken hörte Sibylle zu und erwog sie mit Hirn und Herz. Am Ende sagte sie: „Weißt du, am meisten hat mich dein begeisterter Vortrag vor drei Wochen überzeugt. Über die Landschaften der Provence, die Städte, die Boulevards. Und, last not least, so lange ich lebe, war ich noch nie in Frankreich. In Spanien, Portugal, Italien, Griechenland, der Türkei – überall bin ich gewesen, in Frankreich, der Heimat der Hugenotten, der Eltern von Dorothea Viehmann, aber noch nie. Ich lass mich auf das Abenteuer mit Dir ein. Du hast mich angesteckt. Wir fahren nach Frankreich. Abgemacht?“ Sie hielt ihm die Hand hin.

„Abgemacht.“ Jan schlug ein.

## *Danksagung*

Wichtige Impulse beim Verfassen des vorliegenden Textes verdanke ich

- Joachim Kahls Aufsatz über das Märchen vom „Fischer und seiner Frau“ (http://www.kahl-marburg.privat.t-online.de/Kahl_Fischer.pdf)
- Markus Somms Aufsatz über das Marburger Religionsgespräch von 1529 (https://www.svp-wohlen-anglikon.ch/wb/media/media/baz_2012_04_07_somm3.pdf)
- Ralf Bönts Aufsatz über Feminismus und Patriarchat (https://www.faz.net/aktuell/feuilleton/debatten/ende-des-patriarchats-der-feminismus-hat-sich-verirrt-12289395.html?printPagedArticle=true#pageIndex_2)
- Tanjev Schultz‘ Buch: „NSU – Der Terror von rechts und das Versagen des Staates“, München 2018
- der Ausstellung „Monet und die Geburt des Impressionismus“ im Städel-Museum Frankfurt (https://www.staedelmuseum.de/de/ausstellungen/monet-und-die-geburt-des-impressionismus)

Außerdem danke ich all jenen, die den Schreibprozess begleiteten, indem sie mir zuhörten, mit mir diskutierten und mir gelegentlich auch widersprachen. Stellvertretend für all jene danke ich meiner Lebensgefährtin Petra Nachtigall, deren Kreativität sich das Cover verdankt.

*Martin Elsbroek*

studierte nach dem Abitur Mitte der siebziger Jahre an der RWTH Aachen Ingenieur- und Sozialwissenschaften für das Lehramt an Berufsschulen.

Das Referendariat verbrachte er in Emden; später lebte und arbeitete er in Leer.

Seit Mitte der Neunziger lebt er in Göttingen.

Dreißig Jahre nach Beginn seines Erststudiums begann er dortselbst das Studium der Germanistik, welches er berufsbegleitend mit dem ersten Staatsexamen abschloss.

Wenige Jahre später verließ er aus gesundheitlichen Gründen den Schuldienst.

Seither verfasst er belletristische und Sachtexte.

Martin Elsbroek ist Vater zweier erwachsener Kinder und mehrfacher Großvater.

# Lothar Assmann

**Shaker Media**
ISBN 978-3-95631-773-6
508 Seiten
Deutsch
Paperback
21 x 14,8 cm
19,90 EUR

## Chachapoya - Die Wolkenmenschen

Das Vermächtnis von Aidan, Pau und Sakarbal

Seit es Menschen gibt, sind sie unterwegs. Krisensituationen in ihrer Heimat, die Hoffnung auf ein besseres Leben an einem anderen Ort, die Neugier, die Aussicht auf erfolgreiche Handelsgeschäfte oder die pure Abenteuerlust sind mögliche Beweggründe für ihren Aufbruch. Von einer solchen Begebenheit erzählt dieser Roman. Um das Jahr 149 v. Chr. sehen Menschen in Galizien, im nordöstlichen Spanien, den Balearen und in Karthago ihr freies Leben durch die aggressive Expansionspolitik Roms bedroht. Sie müssen sich entscheiden – Tod und Knechtschaft oder Flucht in eine ungewisse neue Welt. Sie gehen das Wagnis ein und starten eine Reise über den Atlantik nach Westen, um eine neue Heimat in Freiheit zu finden. Lassen sie sich fesseln von den Erlebnissen der Auswanderer. Erfahren Sie dabei, welche Geschichte hinter den archäologischen Entdeckungen in den Nebelwäldern des Andenhochlandes in der Amazonasregion Perus stecken könnte.

# Helmut Goebel

**Shaker Media**
ISBN 978-3-95631-343-1
208 Seiten
Deutsch
Paperback
11,5 x 18,5 cm
12,90 EUR

## Tahomah

Eine amerikanische Liebeslegende

Tahomah begleitet die Fotografin Catherine Cawley auf ihrer Reise duch den Südwesten der USA. Er ist Navajo und von der Schamanin seines Volkes als Heiler geschult worden. Als er von Catherines lebensbedrohlicher Krankheit erfährt, wendet er seine Heilpraktiken an. Sie fühlt sich bald besser und aus ihren anfänglichen Sympathien entsteht das Verlangen, sich zu lieben. Die erotische Spannung zwischen ihnen steigt, jedoch hatte keiner von beiden jemals eine sexuelle Begegnung mit dem anderen Geschlecht. Zu hrem Wunsch für eine gemeinsame Zukunft erbittet Tahomah die Hilfe der Götter.